古典と歩く古都鎌倉

佐藤智広 著

新典社

目次

はじめに

鎌倉については、要害の地という呼称がしばしば聞かれる。確かに東西北の三方を山で囲まれ、南は相模湾に臨むという地形は、都市としての封鎖性、逆に言えば堅牢さを感じさせよう。また、『吾妻鏡』治承四年（一一八〇）九月九日の記事にある、千葉常胤が安達盛長に伝えた鎌倉への移動の進言や、九条兼実の日記『玉葉』において、鎌倉を「鎌倉城」「頼朝城」と記していることなどを知ると、やはり防衛面に優れた都市という印象を持つだろう。しかし、近年の発掘調査によって、源頼朝が「鎌倉の主」となって統率した鎌倉は、本来の地形を利用しながら発展したことはあっても、要害化といった工事は行われなかったことが判明している。少なくとも十三世紀中頃以前には、つまり源頼朝から実朝の時代には人為的な防衛対策は施されていないのである。

私たちはともすると情報をそのまま受け入れてしまいがちだが、実際にはどうなのか。今一度振り返ることがあってもいいだろう。典拠も示さずにあらましだけを記した断片的な情報をそのまま鵜呑みにしてしまってはいないだろうか。本書は、古都鎌倉を眺めるにあたって、古典に描かれた形という視点での照射を試みたもので、従来知られている逸話や物語を、古典作品から直接読み取り、改めて鎌倉を見つめてみた。

例えば、鶴岡八幡宮では四月の鎌倉まつりの折に、三の鳥居から本殿に向かう途中にある舞殿で静の舞を奉納する。源義経と離れればなれになった白拍子・静が舞を舞ったという故事に基づくが、その当時、舞殿は存在せず、実際には廻廊で奉納したことが『吾妻鏡』や『義経記』に記されている。

また、「いざ、鎌倉」という慣用句がある。鎌倉の一大事の時に馳せ参じるということで、おおごとの起こった時に用いるもので、この句については、能「鉢木」に由来する、といった説明がしばしばなされている。しかし、実際には「鉢木」の中で、「いざ、鎌倉」の詞章はでてこない。シテ（主人公）の佐野常世の心情はまさに「いざ、鎌倉」なのだが、それが本文としては現れてこないのである。

鎌倉は、ここ数年ドラマや小説の舞台としても話題に上り、また世界遺産登録を巡るニュースも度々流れてきた。本書は、そうした鎌倉を様々な古典作品から読み直そうというものである。もとより、文芸作品であれば、それが歴史上の事実であるとは限らない。しかし、少なくとも古典作品そのものと向き合うことによって見えてくる鎌倉があると信じている。今は失われてしまった屋敷や寺社、風景などに思いを馳せていただけたらと考えている。

なお、本書の執筆にあたっては、鎌倉にかかわる人と逸話を、中世の文芸作品のジャンルを可能な限り網羅して描くことに努めたが、『吾妻鏡』ほかの記録類や、時には近世の文献も引用している。本書の題名を「古典文学と」ではなく「古典と」としたのはそのためである。

引用作品については、冒頭にその出典を示した。また、その出典の編集方針上、歴史的かな遣いなどの誤りをそのまま翻刻しているものなどは、読解の便を図るため、私に表記を統一している。また、和歌については、『万葉集』は西本願寺本『万葉集』の訓を用い、その他はすべて角川書店『新編国歌大観』により、

はじめに

私の読みによって適宜漢字を宛てた。取り上げた作品や文中に書名を挙げた主な作品は、巻末に簡略な解説を付し、略年表を添え、作品の背景の理解の一助となるよう努めた。本書が、改めて鎌倉を見直し、訪れてみようという端緒になることを願っている。

第一章　武家社会以前

鎌足稲荷社

■1　万葉集と鎌倉

三浦半島の西側基部に位置する鎌倉は、東西北を小高い山に囲われ、南は相模湾に面している。奈良時代から平安時代にかけては相模国鎌倉郡七郷の一つで、郡衙の置かれた土地であったと判明している。

「鎌倉」の地名は、早く『古事記』景行天皇条で、倭建命《やまとたけるのみこと》の子・足鏡別王《あしかがみわけのみこ》が「鎌倉の別《わけ》」の祖であることとして登場する。また宮久保遺跡（神奈川県綾瀬市）からは「天平五年（七三三）九月」の日付を持つ鎌倉の地名が記された木簡が出土し、『正倉院文書』中の「天平七年相模国封戸《ふこ》租《そ》交易帳《こうえきちょう》」で鎌倉郡鎌倉郷が家屋三十戸であったことを伝えている。『万葉集』巻十四東歌《あずまうた》には、鎌倉を詠んだ歌が三首収められている。東歌であるから、この近辺の人物によって詠まれたものと考えて間違いないだろう。

万葉歌碑

『万葉集』　※本文は『西本願寺本萬葉集　巻十四』（おうふう、1995）による

鎌倉の見越《みこし》の崎の岩くえの君が悔ゆべき心は持たじ　（巻十四・三三六五）

まかなしみさ寝に我《わ》は行く鎌倉の水無瀬川《みなのせがは》に潮満つなむか　（巻十四・三三六六）

薪《こ》伐る鎌倉山の木垂《こだ》る木をまつと汝《な》が言はば恋ひつつやあらむ　（巻十四・三四三三）

一首目の「見越の崎」は、現在の稲村ガ崎とも、甘縄神明社裏手の山ともいわれ、はっきりしないが、この神社には万葉歌碑が建立されている。二首目の「水無瀬川」は、現在の稲瀬川で、由比ガ浜に注ぎ込む小川である。歌舞伎「青砥稿花紅彩画《あおとぞうしはなのにしきえ》」（通称「白浪五人男」）の稲瀬川勢揃場の稲瀬川もここを指し、河口のところには「稲瀬川」碑が建っている。三首目にある「鎌倉山」の名称は、近代以降具体的に鎌倉西部の丘陵を指すものとなったが、和歌に詠まれる場合は、具体的にどこの山というわけではなく、鎌倉を囲む山々の意である。

東歌（東国の歌）の全体的な傾向でもあるが、いずれも地名を含めながら、あなたが後悔するような浮気心は持たない（三三六五）、愛しいあなたに逢いに行く（三三六六）、あなたが待つと言うなら、このままここで待つなどということがあろうか、すぐに逢いに行こう（三四三二）といった恋を歌った点で共通している。

また、鎌倉に住む男が防人《さきもり》として難波津から出発する際に詠んだ歌が巻二十・四三三〇番に採られている。

■2　地名の由来

鎌倉の地名は何によるのだろうか。例えば、東西北

稲瀬川碑

の三方を囲まれた地形が竈《かまど》のようで、しかも倉《くら》のように一方向だけ開いているというものがある。その他、神武天皇の東征に際し、多くの死者が出て、屍《かばね》が蔵《くら》のようになったというもの（『新編相模国風土記稿』所引「古風土記」）、などがある。

先の「たきぎこる」の歌を引き、鎌倉山について語釈を加えたのが、室町時代の由阿《ゆあ》による『万葉集』の注釈書『詞林采葉抄《しりんさいようしょう》』である。

『詞林采葉抄』「鎌倉山」　※本文は冷泉家時雨亭叢書『詞林采葉抄・人丸集』（朝日新聞社、2005）により、私に漢読し、送りがなを補った

凡《およそ》、鎌倉トハ鎌ヲ埋ム倉ト云詞也。其《その》濫觴者《は》昔大織冠《たいしよくくわん》鎌足イマダ鎌子ト申奉リシ比《ころ》、宿願オマシ〳〵ケルニヨリテ、鹿嶋参詣ノ時、此由井ノ里ニ宿シ玉ヒケル夜、霊夢ヲ感ジテ、年来所持シ玉ヒケル鎌ヲ今ノ大蔵ノ松ガ岡ニ埋ミ玉ヒケル、ヨテ鎌倉ノ郡ト申ト云々。之《これ》ニ因テ之ヲ思フニ、此歌ニ鎌倉山ノ松トツヾクルコト、鎌ヲ埋所ハ松ガ岡也トヨメルニアラズヤ。凡、鎌ト云義尺、松ト云字尺、是異朝本朝今モ古《いにしへ》モ其理《ことわり》之多シ。先《まづ》鎌倉トハ鎌ハ金ヲ兼ヌト書ル者也。金ハ兵甲武機ヲ司ル。倉ハ人君ト書ケリ。然者《されば》、此鎌倉ハ自然ノ理ヲ含ンデ、武備将兵ノ居ナル者也。

鎌倉の名は、中臣鎌足が鹿嶋参詣の途中で由比の里に宿泊した夜、霊夢を受け、持ち馴れた鎌を、大蔵の松が岡に埋めたことに端を発するというのが『詞林采葉抄』の説である。また、「鎌」という字は金偏に兼

ねるという旁なので、武術の道具を司り、「倉」という字は人・君と書くので、武具を携えた者たちの場所だとしている。

なお、文明十九年（一四八七）三月に鎌倉を旅した堯恵《ぎょうえ》は、浄妙寺に参詣した折、向かいに鎌を奉納する社があるのを見つけ、『詞林采葉抄』の紹介する鎌足鎮座の社がここであると考えている（『北国紀行《ほっこくきこう》』）。

由阿はこの後、鎌倉が地形・方位の点から優れていることを述べ、再び、歴史の記述に戻っていく。

茲《ここ》ヲ以《もっ》テ大織冠ノ古ヲ勘《かんが》フルニ、此所ニ鎌ヲ埋メ玉ヒテ後、天智天皇八年ニ中臣ヲ改メテ、始テ藤原姓ヲ賜リ、内大臣ニ任ジ玉ヒシヨリ以降《このかた》、代々皇帝ノ執柄《しっぺい》トシテ末代ニ至マデ、万国ヲ治メ玉フ。随ヒテ後、孫染屋太郎大夫時忠東大寺朗弁僧正父也文武天皇御宇ヨリ聖武天皇神亀年中ニ至マデ、鎌倉ニ居住シテ東八ヶ国ノ惣追補使《そうついぶし》ニテ、東夷ヲ鎮メ国家ヲ守リ奉リキ。其後、平将軍貞盛孫上総介直方鎌倉ヲ屋敷トス。爰《ここ》ニ鎮守府ノ将軍兼伊予守源頼義イマダ相模守ニテ下向ノ時、直方ノ聟トナリ玉ヒテ、八幡太郎義家鎮東将軍出生シ玉ヒシカハ、鎌倉ヲ譲リ奉リシヨリ以来《このかた》、源家相伝ノ地トシテ、去治承五年ニ右幕下征夷将軍鶴岡ニ八幡宮ヲ崇メ奉リ玉フ。

この地に鎌を埋めて以来、中臣鎌足は藤原姓を賜り、昇進がかなった。その鎌足の孫として記される染屋時忠は、関東八カ国の惣追捕使（その地域の警備防衛を担う官人）として、東国の人々を統括して国家の安泰を維持した。さらに後の時代、常陸を拠点として平将門を退けた平貞盛の孫にあたる平直方が鎌倉に住み、そこに相模守として下向した源頼義が娘婿となり、その息子義家以降、源氏相伝の地となった。そして、治承五年（一一八一）に右幕下（右近衛大将）頼朝が鶴岡に八幡宮を建立した（正しくは治承四年）。

染屋時忠は「由比の長者」と呼ばれ、鎌倉最古の神社である甘縄神明社を建立した人物と伝えられる。娘が大鷲にさらわれてしまい、その死体片があちこちに散らばったという伝承が鎌倉各地にあるが、そもそも時忠自身が実在していたのかもはっきりしない。ただし、郡衙が置かれたような地域であるので、一定の力を持つ有力者が居た可能性は高いだろう。なお、「染屋太郎大夫時忠邸址」碑が江ノ電由比ヶ浜駅から鎌倉文学館に向かう道沿いの左側にある。

■3　名所歌枕の地

平安時代の鎌倉に関する文献は皆無といってよい。鎌倉幕府に極めて近いところで編集された日記『吾妻鏡』の治承四年（一一八〇）十月十二日の記事に、前九年の役終結の翌年康平六年（一〇六三）八月に、当時相模守であった源頼義が戦勝を祈念して、石清水八幡宮を勧請したこと、頼義の子義家が永保元年（一〇八一）にこの八幡宮を修造したことが記されている。この頃には源氏縁《ゆかり》の八幡信仰が根付いていたと推測される。さらに下って、天養二年（一一四五）二月には源義朝が鎌倉に居住していたことが知られる（『天養記』）。

この時代は、歌枕の地としての「鎌倉」の用例が見られる。歌枕とは、歌語を集めた書籍または歌語そのものを指し、和歌にしばしば詠まれ、何らかのイメージを引き出す言葉である。実感実情に由来する日常的な詠ばかりではなく、題詠に基づく観念的な詠作が増加したため、実際には行ったことのない場所を歌に詠むことも増加していく。

『実方集』
　殿上にて、ほととぎすまつころ
かきくもりなどか音せぬほととぎす
　ためすけききて
鎌倉山にみちやまどへる　（六一）
※本文は『新編国歌大観第三巻』（角川書店、1985）による

『堀河百首』
鎌倉や見越が嶽に雪きえて水無瀬《みなのせ》川に水まさるなり
（一三八二・題「川」・顕仲）
※本文は『新編国歌大観第四巻』（角川書店、1986）による

『永久百首』
我ひとり鎌倉山を越え行けば星月夜こそうれしかりけれ
（五〇四・題「星」・常陸）
※本文は『新編国歌大観第四巻』（角川書店、1986）による

鎌倉時代後期に成立した私撰集『夫木和歌抄』や、近世の『新編鎌倉志』などの地誌類には、相模国鎌倉・鎌倉山の例歌として『実方集《さねかたしゅう》』の「かきくもり」の歌が挙がることもあるが、その場の景を詠むという連歌の当座性を考えると、京と近江の境に位置する鎌倉山のことであろう。

二首目の「見越が嶽」は先の万葉歌「見越の崎」と異なり山であるから、「水無瀬川」上流であることが明らかである。雪解け水で川が増水したのである。

一首目・三首目は、夜の深い闇を想起させるものとなっている。これは「鎌倉」の地名に「暗（くら）」を響かせた表現によるもので、深い闇の鎌倉山の中で迷っている、鎌倉山の深い闇の中では星と月の明るい夜が嬉しいという歌になっている。江ノ電極楽寺駅から極楽寺坂を越えた左手に「星月の井」の井戸があり、その辺りが星月夜という地名であったという伝承もある（『北国紀行』など）。

星月の井

第二章　源頼朝の時代

由比若宮

■1　頼朝の鎌倉入り

平治元年（一一五九）の平治の乱で伊豆流罪となった源頼朝は雌伏の時期を過ごす。その間に、北条時政の娘政子と夫婦の契りを交わし、以後、頼朝と時政一族とのつながりが強固なものとなっていった。そして以仁王《もちひとおう》の令旨《りょうじ》が全国の源氏に届けられた治承四年（一一八〇）八月に、頼朝は伊豆の地で蜂起した。しかし、その初戦となった石橋山の合戦ではあえなく敗退し、房総に逃れた。それでもなお、頼朝は屈することなく関東一円の武士団を掌握しながら、再び打倒平家に立ち上がった。頼朝は、石橋山での残存武士団に加えて、上総や武蔵の戦力を加えながら鎌倉に入った。鎌倉は頼朝の父義朝の屋敷があった土地であるばかりでなく、八幡太郎義家が居住した時期もあり、源氏縁の土地であった。

※本文は新訂増補国史大系『吾妻鏡前篇』（吉川弘文館、1932）により、私に訓読した

『吾妻鏡』治承四年十二月十二日条

十二日庚寅。天晴れ風静か。亥の刻、前武衛将軍（頼朝）の新造の御亭に、御移徙《わたまし》の儀あり。景義《かげよし》を奉行とす。去んぬる十月、事始めありて、大倉郷に営作せしむるなり。時尅、上総権介広常の宅より、新亭に入御《じゅぎょ》す。御水干《すいかん》、御騎馬石和栗毛なり。和田小太郎義盛、最前に候。加々美次郎長清は、御駕の左方に候ふ。毛呂冠者秀光は、同じく右にあり。北条殿（時政）、同じく四郎主（義時）、足利冠者義兼、山名冠者義範、千葉介常胤、同じく太郎胤正、同じく六郎大夫胤頼、藤九郎盛長、土肥次郎実平、岡崎四郎義実、工藤庄司景光、宇佐美三郎助茂、土屋三郎宗遠、佐々木太郎定綱、同じく三郎盛綱以下、供奉す。畠山次郎重忠が最末に候ふ。

> 寝殿に入御の後、御共の輩は侍所十八ケ間に参り、二行に対座す。義盛はその中央に候し、着到すと云々。凡《およ》そ出仕の者三百十一人と云々。又御家人等同じく宿舘を構ふ。しかつしより以降《このかた》、東国は皆その有道《いうだう》を見、推して鎌倉主と為す。所は素より辺鄙にして、海人野叟の外はト居の類これ少なし。正にこの時に当るの間、閭巷路を直し、村里号を授く。しかのみならず家屋甍を並べ、門扉軒を輾《きし》ると云々。

鎌倉に入った頼朝は上総広常の屋敷に仮住まいをし、十月から鎌倉大倉郷に新しい邸宅を建てた。それが完成し、十二月十二日に移徙《わたまし》（転宅）となった。寝殿（主人の居所）まで十八間（三二m以上）にわたって関東の武士三百十一人が両側に居並ぶ中、頼朝が進んでいった。御家人たちも鎌倉に邸宅を構え、頼朝の徳行を目にして「鎌倉の主」に推戴した。

この記事によれば、賑々しい移徙の儀とは対照的に、かつての鎌倉が未開の地であったかのような印象を受ける。鎌倉は辺鄙なところで、漁師や田舎者しか住んでいなかったが、頼朝の鎌倉入りをきっかけに、道が整備され、村や里が形成されていったという。しかし、発掘調査・研究によって、頼朝の鎌倉入り時点よりも前から、鎌倉は町としての機能を有していたことが判っている。もちろん、この後、幕府としての鎌倉は発展していくのであるが、この時点では武家政権の

大蔵幕府旧蹟碑

拠点が完成したわけではない。『吾妻鏡』記録者は、頼朝によって鎌倉の町が整備されたということを、ことさら強調したかったのであろう。

頼朝の御所は後に大倉幕府（大蔵幕府とも）と呼ばれ、鶴岡八幡宮の東側に位置し、宇都宮辻子《ずし》に移転するまで、幕府はここに置かれていた。鶴岡八幡宮から東の鳥居を抜け、法華堂・頼朝の墓に向かう道筋、現在の清泉小学校の南西の角に「大蔵幕府旧蹟」碑が建っている。

■2　曾我兄弟

源平の争乱が本格化する中、鎌倉では二人の幼い兄弟を処刑しようとする事件が起こった。兄一万は十一歳、弟箱王は九歳と、まだ元服も迎えていない少年であった。この出来事の背景には、兄弟の祖父である伊東祐親《すけちか》と頼朝との対立があった。平治元年（一一五九）の平治の乱で伊豆に流されていた頼朝は、監視者である伊東祐親の娘と関係を持ち子を授かったが、祐親はそれを認めず二人を別れさせた上、子どもも殺害してしまった。また、頼朝の挙兵時には平家方に付き、石橋山合戦で頼朝を撃退する側に立っていた。しかし、頼朝方の勢いが巻き返し、治承四年（一一八〇）十月の富士川の戦で祐親は捕らえられ、養和二年（一一八二）二月、ついに自害し果てたのである。

祖父祐親の自害に合わせて孫二人の殺害を頼朝に唆したのは、工藤祐経《すけつね》であった。祐経はかつて所領争いによって、祐親の長子河津祐泰《すけやす》（兄弟の実父）を殺害していた。祐経が恐れたのは、実父を殺害した我身へ敵討ちだったのである。

兄弟を処刑するという頼朝の命令に不本意ながらも従った梶原景季《かげすえ》は曾我の里に赴き、養父となっていた曾我祐信《すけのぶ》共々二人を鎌倉に連れてきた。処刑は由比ガ浜と決まった。

『曾我物語』巻三「由比のみぎはへひきいだされし事」

※本文は日本古典文学大系『曾我物語』（岩波書店、1966）による

やゝ有て、景季きたり、「時こそうつり候へ」といひければ、祐信、かれらをいでたゝせ、由比浜へぞいでける。今にはじめぬ鎌倉中のこと〱しさは、かれらがきらるゝみんとて、門前市をなす。源太(景季)が屋形も、浜のおもて程とほからで、ゆく程に、羊のあゆみなほちかく、命も際《きは》になりにけり。すでに敷皮うちしきて、二人の者どもなほりにけり。今朝までは、さり共、源太や申たすけんと、たのみし心もつきはて、かれらにむかひ申けるは、「母が方に、思ひおく事やある」ととふ。「たゞ何事も、御こゝろえ候て、おほせられ候へ。たゞし、最期は、御をしへ候しごとく、おもひきりて、未練にも候はざりしとばかり、御かたり候へ」「箱王はいかに」ととへば、「おなじ御心なり。今一度《たび》見たてまつて」といひもあへず、涙にむせび、ふかくなげく色見えけり。一万これを見て、「おほせられしをや。祖父《おほぢ》の孫ぞと思ひ出して、おもひきるべし。かまへて、母や乳母《めのと》がこと、おもひいだすべからず。さやうなれば、未練の心いでくるぞ。「たゞ一すぢにおもひきれ」とをしへたまひし事、わすれたまふかや。人もこそみれ」といさめければ、箱王、このことばにやはぢけん、顔おしのごひ、あざわらひ、涙を人に見せざりけり。貴賤、をしまぬ者はなかりけり。

二人の少年の処刑を見ようと、町中の人が由比ガ浜に集まった。身柄を預かっていた梶原景季の屋敷も浜から遠くなく、間もなく、養父祐信に連れられた二人が斬首の座に臨んだ。最期の時が近づき涙にくれる弟箱王に対し、兄一万は毅然と叱責する。箱王もその言葉に促され、顔を拭って笑顔を見せた。その気立てに、誰もが処刑を惜しんだ。祐信が改めて兄弟に最期の心構えを説くと、二人は極楽浄土での父との再会を念じた。

……西にむかひ、おの〳〵ちひさき手をさゝげて、「南無」とたからかにきこえければ、堀弥太郎、太刀ぬき、ひきそばめ、二人が後にちかづきて、兄をまづきらんは、順次なり、しかれども、弟見て、おどろきなんも、無慙なり、弟をきるは、逆なりと、おもひわづらひ、たちたりしを、祐信、思ひにたへかねて、はしりより、とりつき、「しかるべくは、打物をそれがしにあづけられ候へ。われらが手にかけて、後生をとぶらはむ」と申ければ、「御はからひ」とて、太刀をとらせけり。祐信とりて、まづ一万をきらむとて、太刀さしあげみれば、折節、朝日かゝやきて、しろくきよげなる首の骨に、太刀影のうつりて見えければ、左右《さう》なくきるべき所も見えざりけり。祐信、たけき物《武士》のふと申せども、打物をすてて、くどきけるは、「なか〳〵思ひきりて、曾我にとゞまるべかりしものを、これまできたりて、うきめを見ることのくちをしさよ。しかるべくは、まづそれがしをきりて後に、かれらを害したまへ」となげきければ、見物の貴賤、「理《ことわり》かな。幼少よりそだてて、あはれみ給へば、さぞ不便《ふびん》なるらん」

と、とぶらはぬ者はなかりけり。

兄弟は西方（阿弥陀如来の極楽浄土）に向かって合掌し、「南無」と阿弥陀の名号を唱えた。処刑人の堀弥太郎は年齢順に兄からと思ったが、弟が兄の処刑を見て恐怖するのも無惨だと思い、かといって、弟から処刑するのは長幼の序に反すると思い直し、なかなか処刑できない。それに堪えられなくなった祐信は自らが首を落とすことを申し出た。まず兄を斬ろうとしたが、朝日の輝く中、清らかな白い頸に刃の影がさし、刀を振り下ろすことができない。それればかりか自分自身を斬り殺してから二人を処刑しろと嘆願するまでになった。幼い頃から育てた義父の心中を思い遣って、人々もその状況を悼んだ。

兄弟の打ち首を哀れに思った御家人たちは、こぞって頼朝に助命の願いを申し出た。まず梶原景時（景季の父）、以下、和田義盛、宇都宮朝綱、千葉常胤が説得を試みたが、頼朝の心は変わらなかった。そしてついに畠山重忠が登場した。

『曾我物語』巻三「畠山重忠こひゆるさるゝ事」

こゝに、武蔵国の住人、畠山庄司二郎重忠、在鎌倉して、筋違橋《すぢかひ》にありけるが、この事をきゝ、とるものもとりあへず、いそぎ御前にまゐられける。君御覧ぜられて、「重忠めづらし」とおほせくだされければ、「さん候」とて、ふかくかしこまり、やゝありて、申されけるは、「伊東が孫どもを、浜にてきられ候なる。いまだをさなく候へば、成人の程、重忠に御あづけ候へかし」。君きこしめし、「存知のごとく、伊東がふるまひ、条々のむね、わするべきにあらず。かれらが子孫におきては、いかにいやしき者なりとも、たすけおかんとはおぼえず。これらはまさしき孫ながら、嫡孫ぞかし。頼朝が末の敵となるべし。されば、誅してもたらざる物を。頼朝うらみ給ふべからず」とおほせられければ、「かなはじとの御諚《ごぢやう》、かさねて申あぐる条、おそれにて候へども、成人の後、いかなるふるまひ候とも、重忠かゝり申べし。その上、一期に一度の大事をこそ存じ候て、つねには訴訟を申さず候へ。これほかりをば、御免わたらせたまへ」と申されければ、君のおほせには、「かれらが先祖の不忠、みな〱存知の事、何とてかほどにのたまふ。この事かなへぬおこたりに、武蔵国二十四郡をたてまつらん」とおほせくだされしぞ、まことにかたじけなくはおぼえける。重忠うけたまはり、「御諚のおもむき、かしこまり存ずれども、国をたまはり、かれらを誅せられては、世のきこえ、重忠が恥辱にて候べし。それがしがもとまゐりて候所領をまゐらせあげ、かれらをたすけ候てこそ、人のおもはくも候へ」と申されければ、君御返り事にもおよばざりけり。

筋違橋（現在の筋替橋跡）辺りの邸に滞在していた重忠は、事の次第を聞き、頼朝のもとに駆けつけると、直ちに処刑の中止を訴えた。工藤祐経の讒言を刷り込まれた頼朝は伊東祐親との確執に拘ったが、一生に一度の大事とばかりに重忠は中止を訴え続けた。頼朝は、武蔵国二十四郡と引き替えに処刑を実行させようとするが、重忠は、土地をもらって、兄弟の処刑を受け入れては、自身の恥辱であり、むしろ、今領地となっている土地を召し上げられてでも兄弟の処刑を中止してほしいと訴え出た。この態度には、さすがの頼朝も返答できなくなった。

この後、重忠の力説が功を奏し、兄弟の処刑は中止となり、二人は義父祐信と共に曾我の里に帰った。

この話は、引用した仮名本『曾我物語』のほか、類話が謡曲「切兼曾我《きりかねそが》」（廃曲）、舞の本「切兼曾我」などにも取り込まれている。敵討ちという主題とはかけ離れているが、『曾我物語』前半の名場面といえよう。なお、漢文体表記を採る真名本『曾我物語』ではこの場面は語られない。

重忠が滞在していた辺りになる筋替橋は鎌倉十橋の一つで、現在は川が暗渠《あんきょ》となり、橋も碑を残すのみとなっている。鶴岡八幡宮正面、三の鳥居の前から金沢街道を東に向かい、道沿いに進んだところに「筋替橋」碑がある。また、「畠山重忠邸址」碑は、鶴岡八幡宮流鏑馬道から東側の鳥居を出たところに建てられている。そのまま東に直進し、突き当たった右手が「筋替橋」碑の場所となる。つまり、鶴岡八幡宮と大倉幕府の間が畠山重忠の屋敷の場所と伝えられていたのである。

■3　頼朝への院宣

鎌倉の主となった頼朝は、優れた武将の活躍によって、鎌倉に居ながらにして平清盛一族を西国へと追いやっていった。頼朝、そしてこの頃の鶴岡八幡宮を描いているのが『平家物語』である。寿永二年（一一八三）十月、後白河院からの平家追討の院宣が鎌倉にもたらされた場面である。

『平家物語』巻八「征夷将軍院宣」　※本文は新日本古典文学大系『平家物語・下』（岩波書店、1993）によるさる程に、鎌倉の前《さきの》右兵衛佐《うひやうゑのすけ》頼朝、ゐながら征夷将軍の院宣を蒙る。御使は左史生《さししやう》中原泰定とぞ聞えし。十月十四日、関東へ下着。兵衛佐の給《宣ひ》けるは、「頼朝年来勅勘を蒙ッたりしかども、今武勇《ぶよう》の名誉長ぜるによッて、ゐながら征夷将軍の院宣を蒙る。いかんが私でうけとり奉るべき。若宮の社にて給はらん」とて、若宮へ参りむかはれけり。八幡は鶴が岡にたゝせ給へり。地形、石清水《いはしみづ》にたがはず。廻廊あり、楼門あり。つくり道十余町見くだしたり。

段葛

後白河院からの使いは左史生（太政官の下級役人）中原泰定（康定とも）で、十月十四日に鎌倉に到着した。頼朝は院宣を私邸で受け取ることを避け、鶴岡八幡宮を拝受の場所とした。石清水八幡宮を勧請した若宮（本宮に対して新たに勧請した社）である鶴岡八幡宮は、石清水八幡宮と地形が似て、廻廊・楼門・作り道があった。

寿永二年十月の宣旨は、実際には征夷大将軍についてのものではなく、東国支配権を認めるものにすぎなかった。しかし、『平家物語』はこの時点で、頼朝に、正式に平家（伊勢平氏）を討伐する資格を与えているのである。

鎌倉の地に石清水八幡宮を勧請したのは頼朝の先祖源頼義で、由比の若宮として海に近い場所に建立した。その所在地は現在の材木座一丁目になり、「元八幡」と呼ばれている。この由比の若宮を頼朝が現在の雪ノ下の地に遷したのである。現在の鶴岡八幡宮の舞殿から東に向かう道を進むと、由比若宮遙拝所がある。「つくり道」は段葛と呼ばれる、海岸から鶴岡八幡宮に向かってまっすぐに延びた人工の道で、道の高さを通常の路面よりも高くしている。これは頼朝が妻政子の安産祈願のために整備したもので（『吾妻鏡』寿永元年1182三月十五日条）、現在の若宮大路の中央に残っている。現在、一の鳥居から二の鳥居までの段葛は失われてしまったが、二の鳥居から三の鳥居にかけてが残っている。

『平家物語』では、鶴岡八幡宮での院宣の下賜の翌日、頼朝邸と頼朝自身の様子も語っている。

> 次日、兵衛介の館へむかふ。内外《うちと》に侍あり。ともに十六間なり。外《と》侍《さぶらい》には、家子《いえのこ》・郎等肩をならべ、膝を組でなみゐたり。内《うち》侍には一門の源氏上座して、末座に大名・小名なみゐたり。源氏の座上に泰定をすゑらる。良《やや》あッて寝殿へ向ふ。ひろ廂《びさし》に紫縁《べり》の畳をしいて、泰定をすゑらる。うへには高麗縁の畳を敷き、御簾たかくあげさせ、兵衛佐どの出《いで》られたり。布衣《ほうい》に立烏帽子也。貌《かほ》大に、せいひきかりけり。容貌悠美にして、言語分明《げんぎよふんみよう》也。

翌日、頼朝邸（大倉幕府）の内外では、多数の一族郎党、御家人が居並んだ。一介の役人に過ぎない泰定は一門の上座に据えられた。鎌倉方の歓待ぶりを『平家物語』の語り手は示したかったのであろう。頼朝は布衣（六位以下の者の布製の狩衣）に立烏帽子姿で現れた。顔は大きく、背は低いが、顔立ちは優美で、言葉遣いがなめらかではっきりしていた。

泰定はたくさんの褒美を受け取り、都に戻ると、後白河院の御所に早速参内して鎌倉での様子を語った。

『平家物語』巻八「猫間」

泰定都へのぼり院参して、御坪の内にして、関東のやうつぶさに奏聞《そうもん》しければ、法皇も御感ありけり。公卿・殿上人も、皆ゑつぼにいり給へり。兵衛佐はかうこそゆゝしくおはしけるに、木曾の左馬頭《さまのかみ》、都の守護してありけるが、たちゐの振舞の無骨さ、物言ふ詞つゞきのかたくななる事、かぎりなし。ことわりかな、二歳より信濃国木曾といふ山里に、三十まで住みなれたりしかば、争《いかで》か知るべき。

泰定の報告を聞いた後白河院はじめ貴族たちは笑い興じた。兵衛佐頼朝がこれほどまでに「ゆゆし（立派）」であるのに対し、都に居る木曾義仲は立ち居振舞が洗練せず、言葉遣いもなめらかではないと評される。『平家物語』の語り手は、同じように東国で生活してきた頼朝と義仲とを対照的に描く。これは頼朝の家系が勝利していくことを知った上での描写であるが、それを雅と鄙との対比（洗練されているかどうか）という形で描く点で、武力による支配の世となろうとも、王朝文化を優位とする意識が垣間見える。

第三章　都市の発展

能「盛久」　シテ中森貫太（鎌倉能舞台）

■1　刺客との対決

源頼朝が関東の勢力を固め、武家政権を確立させていく一方、頼朝の暗殺を謀る者もいた。例えば、永福《ようふく》寺《じ》造営の工事が進む中、左目に魚の鱗を嵌めて隻眼を装った男が紛れ込み、頼朝の命を狙うことがあった（『吾妻鏡』建久三年 1192 一月二十一日条）。男の名は藤原忠光（平忠光）、悪七兵衛景清《かげきよ》の兄にあたる。この時は佐貫広綱が素早く取り押さえて、事なきを得た。

景清も、建久六年（一一九五）に頼朝が東大寺大仏供養に参詣した折に、暗殺を企てているが、これも失敗に終わった。景清はこの後、包囲網をかいくぐって逃げたとするもの（謡曲「大仏供養」、浄瑠璃「出世景清」など）と、捕らえられたもの（『平家物語』など）とがあり、その死も、絶食による干死《ひじに》（『平家物語』など）、日向国での往生（謡曲「景清」など）と、様々な伝承が残っている。鎌倉には捕らえられた景清が最期を迎えたという土牢が伝わる。海蔵寺の近く、化粧坂を上る入り口手前の崖の窪みがそれで、「水鑑景清大居士」の墓石と景清の娘人丸（第十五章参照）が建立したと伝えられる向陽庵の碑がある。

これに先立つ寿永二年（一一八三）、木曾義仲の忠臣手塚太郎の娘唐糸《からいと》が頼朝の命を狙ったという伝承がある。

義仲に命じられた唐糸による暗殺計画は露見し、捕まった唐糸は土牢に閉じ込められる。また、唐糸の娘万寿は、四歳で生き別れとなっていた母を追いかけて信濃国を出て、鎌倉で母との涙の再会を果たす一方、その出自を隠しながら頼朝の信を得た。年の改まった正月、鶴岡八幡宮では選りすぐりの舞手十二人による舞が行われた。中でも万寿の舞の美しさは頼朝を満足させ、頼朝直々の声がかかった。

お伽草子『唐糸さうし』　※本文は日本古典文学大系『御伽草子』（岩波書店、1958）による

さて次の日、頼朝は、万寿を御前に召し出《いだ》して、「さて汝は、今様の上手かな。めでたうこそは歌うたれ。国はいづくの者なるぞや、親をばたれと申すらん、親を名のれ、御引出物給はるべき」とぞ仰せける。万寿承り、名のり申すまじと思へども、此度《このたび》名のり申さずは、叶はじとや思ひけん、思ひきりてぞ名のりける。「自らが親は、御所様の御裏の、石の籠《ろう》につきこめ給ふ、唐糸にて候なり。されば四つ子にて捨てられさふらふが、去年の春の頃、母が籠者の由を、信濃国にて承り、今はあるにもあられずして、母の命に代らんと思ひ、これまで参りて候ぞや。此度の今様の御引出物には、母が命に、自らをとりかへてたび給へ」とぞ申しける。頼朝きこしめし、大きに御驚かせ給ひ、しばらく物をものたまはず。やゝあつて仰せけるは、「唐糸は汝が母にて有りけるぞや。唐糸を助くる事は、烏の頭《かしら》が白くなりて、駒に角の生ゆるとも、助けまじとは思へども、此度のよろこびには、いづれの物か惜しからん、唐糸が露の命、今まで存命にてあるならば、急ぎ召しいだし、万寿に取らせよ」とぞ仰せける。土屋、「承る」と申して、石の籠を引きやぶらせ、二とせに余る籠者せし、唐糸を召しいだし、御所さまの庭に召し具して、万寿にこそ渡されける。万寿なのめに喜びて、母にひしと抱《いだ》きつき、うれしき泣きに泣きければ、母もろともに涙を流す。頼朝をはじめ奉り、大御所御台（政子）いづれもまします。侍達、「人の宝には、子にましたる宝なし、さても万寿は、女とも思はず、十二三の者が、これまで参り、鰐の淵なる親を助けたる、不思議なり」と、みな感涙を流しけり。

万寿の生い立ちを尋ねて褒美を取らせようとする頼朝に、万寿は身分を隠すという当初の考えを改め、唐糸の娘であることを告白し、自らの命と引き換えに母の助命を願った。頼朝は何があっても唐糸を赦免する気がなかったが、この度の万寿のすばらしい舞に心を動かされ、ついに唐糸を放免とした。年端も行かぬ万寿が鰐の淵（絶体絶命）の親を救い出したとあって、誰もが感動して涙を流した。

頼朝・政子ほか、多くの人々から褒美の品を下された万寿は、母唐糸とともに故郷の手塚の里に帰り、子孫共々繁栄した。それも万寿の孝行心ゆえであったと『唐糸さうし』は結んでいる。

唐糸・万寿が実在していた証拠はないが、唐糸が一年余り投獄されていたと伝わる牢は、「唐糸やぐら」の名で現在も残っている。田楽辻子《でんがくずし》の道と大町釈迦堂遺跡口とを結ぶ釈迦堂切通の近辺、かつて北条時政屋敷跡と伝わっていたところから石段を登ると土牢のような横穴があり、「唐糸やぐら」と呼ばれている（崩落のため釈迦堂切通は現在通行禁止）。

唐糸やぐら（鎌倉市教育委員会資料提供）

■2　勝長寿院建立

源頼朝は西国への攻撃の手を緩めぬまま、鎌倉の整備にも着手していった。そのような折、高尾の文覚《もんがく》が源義朝《よしとも》とその忠臣鎌田正清の首を探し出してきた。頼朝の父義朝は、保元元年（一一五六）の保元の乱で戦功を挙げたものの、続く平治元年（一一五九）の平治の乱においては、平清盛方と敵対し、翌年正月、敗走中の尾張国で討たれたのであった。義朝を供養するための堂が文治元年（一一八五）に建立された。

※本文は新日本古典文学大系『平家物語・下』（岩波書店、1993）による

『平家物語』巻十二「紺掻之沙汰」

同八月廿二日、鎌倉の源二位頼朝卿の父、故左馬頭《さまのかみ》義朝のうるはしきかうべとて、高尾の文覚上人頸にかけ、鎌田兵衛が頸をば、弟子が頸にかけさせて、鎌倉へぞ下られける。去《さんぬる》治承四年のころとり出《いだ》してたてまッたりけるは、まことの左馬頭のかうべにはあらず、謀反をすゝめ奉らんためのはかりことに、そゞろなるふるいかうべを、しろい布につゝんでたてまッたりけるに、謀反をおこし、世をうちとッて、一向父の頸と信ぜられけるところへ、又尋出《たづねいだ》してくだりけり。是は年ごろ義朝の不便にして召しつかはれける紺かきの男、年来獄門にかけられて、後世をとぶらふ人もなかりし事をかなしんで、時の大理《たいり》にあひ奉り、申給はりとりおろして、「兵衛佐殿《(頼朝)》、流人でおはすれ共、すゑたのもしき人なり。もし世に出て、たづねらるゝ事もこそあれ」とて、東山円覚寺といふ所に、ふかうをさめておきたりけるを、文覚聞出《ききいだ》して、かの紺かき男ともにあひ具して下りけるとかや。けふ既に鎌倉へつくと聞えしかば、源二位片瀬河まで迎におはしけり。それより色の姿になりて、泣々鎌倉へ入給ふ。聖をば大床《おほゆか》に立て、

我身は庭に立ッて、父のかうべをうけとりたまふぞ哀なる。是を見る大名・小名みな涙を流さずといふ事なし。石巌のさがしきをきりはらッて、新なる道場を造り、父の御為と供養じて、勝長寿院と号せらる。公家にもかやうの事を哀《あはれ》と思食《おぼしめし》て、故左馬頭義朝の墓へ、内大臣正二位を贈らる。勅使は左大弁兼忠とぞ聞《きこ》えし。頼朝卿、武勇の名誉長ぜるによッて、身をたて、家をおこすのみならず、亡父聖霊贈官贈位に及けるこそ目出けれ。

文覚は、かつて治承四年（一一八〇）にも義朝の頸という骨を持ってきていたが、これは頼朝に挙兵の決意を促すため、無関係の古そうな遺骨を見せたに過ぎなかった。しかし、頼朝がようやく戦乱を収めたので、本当の頸を尋ね出したのだった。その頸は、義朝に仕えていた紺掻（染色業の者）が、獄門に掛けられていた義朝の頸を引き取り、京都東山の円覚寺に納めたものであった。頼朝は鎌倉から片瀬川（江ノ島近くの川）まで迎えに出て、色の姿（喪服姿）になって鎌倉に戻り、その後、父の供養のために勝長寿院を建立した。また、朝廷もこのことに胸打たれ、義朝に内大臣正二位の官位を追贈した。

文覚が治承四年に義朝の頸を探し出した話は『平家物語』巻五「福原院宣」で語られ、屋代本や延慶本・長門本など他の『平家物語』にも共通する。一方、引用本文である覚一本の「紺掻之沙汰」の逸話は、屋代本にはなく、延慶本は寿永二年（一一八三）、征夷将軍の院宣の直後に語る。長門本は延慶本とほぼ同じ位置で、内容が極めて簡素になっているなどそれぞれの本によって大きな相違が見られる（『平家物語』の諸本については、巻末の作品解説を参照）。

頼朝が父義朝のために建立した勝長寿院は、別名を南御堂《みなみみどう》または大御堂《おおみどう》といい、大御堂ガ谷《やつ》という地名が残っている。創建当時は源氏の菩提寺としての性格が強く、源実朝が鶴岡八幡宮の社前で暗殺された際も、遺体がこの勝長寿院に納められた（『吾妻鏡』承久元年 1219 一月二十八日条）。勝長寿院は火災消失と再建を繰り返しながら、享徳四年（一四五五）の享徳の乱によって、当時の門主成潤が鎌倉を離れるまで続いたが、以後廃絶となり、再建されることはなかった。

鶴岡八幡宮の東側、滑川《なめりかわ》の大御堂橋を南に渡って直ぐの突き当たりに「文覚上人屋敷迹」碑がある。ここを左折してすぐの、右に折れる細い道を上っていくと、「勝長寿院旧跡」碑と、源義朝・鎌田政清のものと伝えられる墓がある。

■3　盛久頸の座

源平の争乱が終結した後も、源氏による平家の残党狩りは続いた。伊勢平氏の流れを汲む平盛国の末子盛久もそうした中の一人である。

主馬判官《しゅめのはんがん》盛久は都で身を隠し、長年の宿願として等身の千手観音菩薩を清水寺に奉納し、千日詣でを果た

勝長寿院碑

そうとしていた。しかし、ある下女の密告によって北条時政に探し出され、ついには鎌倉へ送られてしまう。

長門本『平家物語』巻二十　※本文は『長門本平家物語　四』（勉誠出版、2006）により、濁点・送りがなを付した

梶原平三景時《へいざうかげとき》、兵衛佐殿の仰せを承て、盛久を召す。心中の所願をたづね申すに、子細をのべず。「盛久、平家重代相伝の家人、重恩厚徳の者なり。はやく斬刑にしたがふべし」とて、土屋三郎宗遠に仰せて、「首を刎ねらるべし」とて、文治二年六月廿八日に、盛久を由比の浜に引き据ゑて、盛久、西に向ひて念仏十返ばかり申しけるが、いかゞ思ひけん、南に向ひて又念仏二三十返ばかり申しけるを、宗遠、太刀を抜き、頸を打つ。その太刀、中より打ち折りぬ。又打つ太刀も、目貫より折れにけり。不思議の思ひをなすに、富士の裾より、光二すぢ、盛久が身に差し当てたりとぞ見えける。宗遠、使者を立て、此由《このよし》を兵衛佐殿に申す。又、兵衛佐殿の室家《しつか》の夢に、墨染の衣着たる老僧一人出で来たりて、「盛久、斬首の罪にあてられ候が、まげて宥免《いうめん》候べき」由申す。室家、夢中に、「誰人にぞおはするぞ」。僧申しけるは、「我、清水辺に候小僧なり」と申すとおぼえて夢覚めて、兵衛佐殿に、「かゝる不思議の夢をこそ見たれ」と宣《のたま》ひければ、「さる事候。平家の侍に、主馬入道《しゆめのにふだう》盛国が子に、主馬八郎左衛門盛久と申す者、京都に隠れて候つるを、尋ね捕りて、唯今、宗遠に仰せて、『由比の浜にて首を刎ねよ』とて遣はして候。此事、清水寺の観音の、盛久が身にかはらせ給ひたりけるにや。『首を刎ね候なるに、一番の太刀は中より三に折れて候。又、次の太刀は目貫より折れて、盛久が頸は斬《き》れず候』由申して候」とて、盛久を召し返されたり。

文治二年（一一八六）六月二十八日、潔く斬首の刑を受けようとする盛久は、処刑地由比ガ浜に腰を下ろすと、西と南に向かって念仏を唱えた。執行役の宗遠がまさに斬り落とそうとしたその時、太刀の刃が突然折れ、もう一つ取りだした刀も根本から折れた。不思議に思っていると、富士山の裾野の方角から二筋の光が現れ、盛久の体に射し込んでいたように見えた。宗遠が使者を立てて、頼朝の御所にこのことを報告させると、不思議なことに頼朝の妻政子の夢にも清水寺辺の僧が現れ、盛久の赦免を願い出ていた。清水寺の観世音菩薩の利生だと悟った源頼朝は、盛久の斬首を中止したばかりか、都に戻してやった。

先に触れたように、『平家物語』の伝本は差異が大きく、この盛久にまつわる話は『平家物語』諸本の中では、長門本のみが収めている。また、この話は謡曲「盛久」としても知られる。ただし、謡曲「盛久」の最後が、舞を舞って退出する盛久を描くのに対し、長門本では、処刑の同時刻に清水寺では観音菩薩が倒れて腕が折れたことを伝え、観音利生譚としてまとめている。

また、斬首の前に光る玉が現れ、斬首が中止となったことは、文永八年（一二七一）九月に起こった日蓮の竜ノ口の法難にも見られる（第十一章参照）。日蓮のこの事件が、盛久の説話形成に影響を与えている可能性が高い。

盛久の斬首のことは『吾妻鏡』にも記事がなく、処刑予定の場所も判っていない（史実であったのかも不明）が、観音信仰という点から長谷寺の近辺、江ノ電由比ヶ浜駅の北側がその地とされている。県道三一一号線沿いに「盛久頸座」碑が建っている。

■4　西行との対面

漂泊の歌人西行。俗名・佐藤義清《のりきよ》は北面の武士の立場を捨て、遁世者としての生き方を選んだ。以来、旅に生き、桜と月を愛し、歌を詠み続けた。西行は二度の奥州への旅を行っていることが判っている。その二度目にあたる文治二年（一一八六）八月、東国に下る道すがら、鎌倉に立ち寄った。

『吾妻鏡』文治二年八月十五日条

※本文は新訂増補国史大系『吾妻鏡前篇』（吉川弘文館、1932）により、私に訓読した

十五日己丑　二品（頼朝）鶴岡宮に御参詣。而《しか》るに老僧一人鳥居の辺に徘徊す。之《これ》を恠《あやし》みて、景季《かげすゑ》を以《も》つて名字を問はしめ給ふの処、佐藤兵衛尉憲《義》清法師也。今は西行と号すと云々。仍《よ》つて奉幣以後、心静かに謁見を遂げ、和歌の事を談ずべきの由、仰せ遣はさる。西行承るの由を申さしめ、宮寺を廻り法施を奉る。二品彼《か》の人を召さむが為に、早速に還御す。則ち営中に招引し、御芳談に及ぶ。此の間、歌道幷に弓馬の事に就きて、条々尋ね仰せらるる事有り。西行申して云はく、弓馬の事は、在俗の当初《そのかみ》、慭《なまじひ》に家風を伝ふと雖《いへど》も、保延三年八月遁世の時、秀郷朝臣以来九代の嫡家相承の兵法は焼失す。罪業の因と為すに依つて、其の事曾《か》つて以つて心底に残し留めず、皆忘却し了《をは》んぬ。詠歌は、花月に対《むか》ひ動感の折節、僅かに三十一字に作《な》す許《ばかり》也。全く奥旨を知らず。然《さ》れば、是彼報《しら》せ申さむと欲する所無しと云々。然れども恩問等閑ならざるの間、弓馬の事においては、具《つぶさ》に以つて之を申す。即ち俊兼をして其の詞

を記し置かしめ給ふ。綷《こと》終夜を専にせらると云々。

十六日庚寅　午刻、西行上人退出す。頻りに抑留すと雖も、敢て之に拘はらず。二品、銀《しろかね》作りの猫を以って、贈物に宛てらる。上人之を拝領し乍《なが》ら、門外において放遊の嬰児に与ふと云々。是重源上人の約諾を請ひ、東大寺料の沙金を勧進せむが為に、奥州に赴き、此の便路を以って、鶴岡を巡礼すと云々。陸奥守秀衡入道は、上人の一族也。

頼朝が鶴岡八幡宮に参詣しようとしたところ、一人の老僧が歩き回っていた。梶原景季にその名を問わせると、西行ということだったので、対面することにした。西行は承諾し、宮寺（鶴岡八幡宮は当時、寺を兼ねた）で経を唱えている間に、頼朝も西行を迎えるために急いで参拝を済ませた。幕府で行われた対面では、頼朝の重ねての問いに西行は伝えられている兵法を答

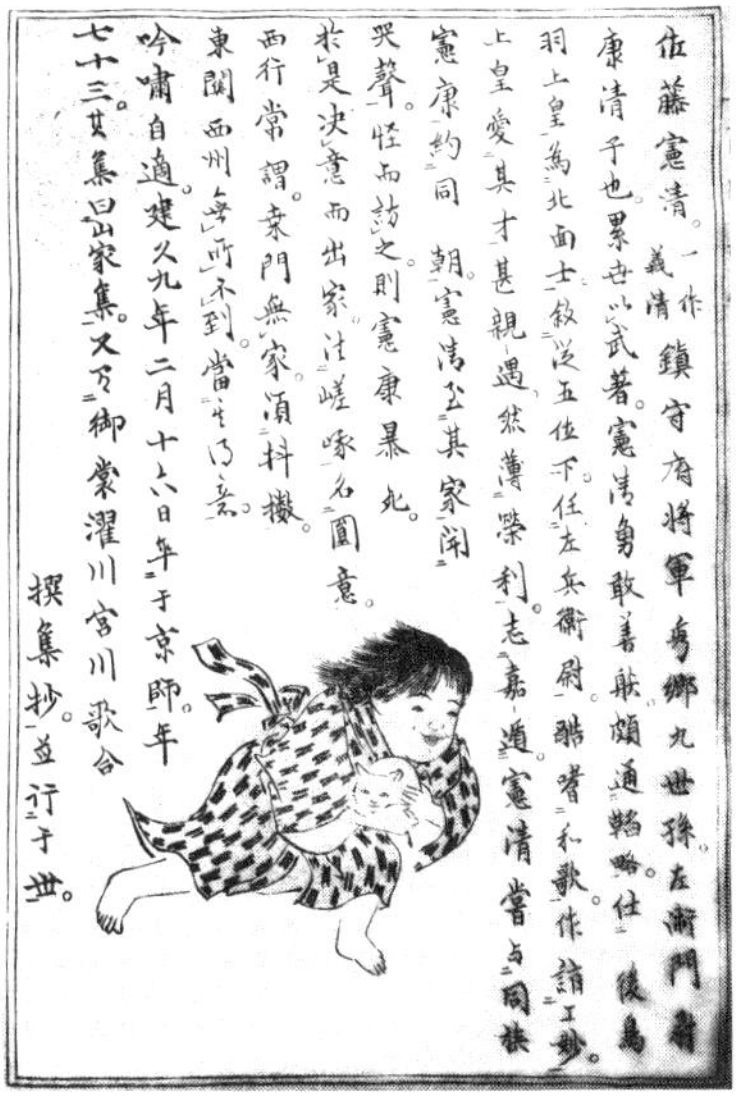

『前賢故実』西行

えた。一方、和歌は花や月に対して心の動くところを三十一字にしたものであって、奥義は知らないので教えられないということだった。会談は一晩中続いた。

翌日昼に西行は幕府を退出した。頼朝はしきりに引き留めたが、西行はそれ以上長居をしなかった。西行は頼朝から銀細工の猫を贈られたが、外に居た子どもにそれを与えてしまった。西行は東大寺再建（平家一門によって焼き討ちされた）の砂金勧進のため、奥州まで下る道すがら、鎌倉に立ち寄ったのであった。奥州を治める藤原秀衡は、西行の親戚筋にあたり、そうした人脈を活かした下向と見られる。残念ながら、西行の諸家集には鎌倉での様子を伝える歌は収められていない。

また、西行が鎌倉の西に位置する藤沢の砥上が原で二首の歌を詠んだという伝承もある。

※本文は講談社学術文庫『西行物語』（講談社、1981）による

『西行物語』

相模国大庭といふ所、砥上原《とがみがはら》を過ぐるに、野原の露の隙《ひま》より、風に誘はれ、鹿の鳴く声聞こえければ、

えは迷《まど》ふ葛の繁みに妻籠めて砥上原に雄鹿鳴くなり

その夕暮方に、沢辺の鴫《しぎ》、飛び立つ音しければ、

心なき身にもあはれは知られけり鴫立つ沢の秋の夕暮

相模国大庭の砥上が原を過ぎたところ、露の置いた草むらの向こうから風に乗って鹿の鳴き声が聞こえて

きた。西行は、『伊勢物語』東下りの歌をふまえて、雌を繁みに隠した雄の鳴き声として歌を詠んだ（初句の「えは迷《まど》ふ」は句意不明）。また、その日の夕暮時に、鴫の飛び立つ音を聞いて、情趣に欠ける我身にもしみじみとした感動が涌き起こるのだ、鴫の飛び立つ沢辺の夕暮は、と詠んだ。

「心なき」の歌は『新古今和歌集』にも採られ、三夕の歌と評される歌の一首である。こうした伝承が広まり、大磯には西行の事績を偲ぶ鴫立庵がある。寛文四年（一六六四）に崇雪が鴫立沢の標石を建て、ついで元禄八年（一六九五）に大淀《おおよど》三千風《みちかぜ》が庵主として建立したものである。

■5　鎌倉の整備

鎌倉が次第に整備され、賑わしさを文芸化したものに、舞の本「浜出《はまいで》」がある。源頼朝が建久六年（一一九五）、東大寺大仏供養から鎌倉に戻った際の、江ノ島での三日にわたる祝賀の宴を描いた作品である。

舞の本「浜出」　※本文は新日本古典文学大系『舞の本』（岩波書店、1994）による

そも鎌倉と申は、昔は、一足踏めば三町揺《ゆる》ぐ大分の沼にて候ひしを、和田、畠山、惣奉行を給はり、石切り、鶴の嘴《はし》をもつて、高き所を切り平らげ、大分の沼を埋め給ふ。上八界、中八界、下八界とて、三つに割る。上八界は山、中八界は在家、下八界は海成《なり》けり。上八界の一段高き所には、源氏の氏神、正八幡大菩薩を崇め斎《いは》ひ奉る。中八界の在家を、鎌倉谷《やつ》七郷にぞ割られける。あら面白の谷々や。春は先づ咲く梅が谷、続きの里や匂ふらん。夏は涼しき扇が谷、秋は露草笹目が谷、冬はげにも雪の下、亀

がえが谷こそ久しけれ。遥の沖を見渡せば、舟に帆掛くる稲村が崎とかや。飯島、江の島続いたり。蓬《ほう》萊《らい》宮と申とも、いかで是には勝るべき。かるがゆゑに名付けて、歩みを運ぶ輩は、諸願必ず満足せり。ていとうの鼓の音、颯々《さつさつ》の鈴の声々に、襅《ちはや》の袖を振りかざす、神慮すゞしめの御神楽の音は、隙もなし。

「浜出」冒頭の、鎌倉の繁栄を描いたもので、地名を巧みに織り込んでいる。禁中千秋万歳歌「浜出」にもほぼ同文が見られる。

鎌倉は一足踏めば三町ほども揺れるような湿潤な土地であったが、和田義盛・畠山重忠に命じて整地させた。鎌倉を三つに分け、山裾・平地・海岸沿いとした。山側の一段高いところに正八幡大菩薩を安置した。人々の生活する平地は七つの郷に分けた。また遙か海上には江ノ島が続いている。これは伝説の地蓬萊宮に勝るとも劣らない景勝地である。このように優れた場所であるから、人々の神への願いは必ず成就し、神へ捧げる神楽の囃子は絶えることなく続いている。

第四章　引き裂かれた恋

清水義高の墓

■1　腰越状

元暦二年（一一八五）三月、壇ノ浦で平家一門の多くが入水し、戦は終結したが、一門の中には生け捕られた者たちもいた。清盛亡き後、棟梁となった宗盛とその子清宗も生け捕りとなった。五月、宗盛父子を引き連れて鎌倉へ下った源義経を待っていたのは、兄頼朝の拒絶であった。源平の争乱のさなかから対立を深めていた梶原景時《かげとき》の讒言を頼朝が信じたためである。義経は鎌倉に入れず、腰越で足止めとなった。

『平家物語』巻十一「腰越」　※本文は新日本古典文学大系『平家物語・下』（岩波書店、1993）による

金洗沢に関するゑて、大臣殿父子うけとりたてまッて、判官をば腰越へ追ッかへさる。鎌倉殿は、随兵七重八重にするゑおいて、我身はそのなかにおはしましながら、「九郎は進疾《すすどき》男なれば、このたゝみのしたよりもはひ出でんずるもの也。たゞし頼朝はせらるまじ」とぞの給ひける。判官思はれけるは、「こぞの正月、木曾義仲を追討せしよりこのかた、一の谷、檀《壇》の浦にいたるまで、命を捨てて、平家を攻め落し、内侍所《ないしどころ》、しるしの御箱、事ゆゑなくかへし入れたてまつり、大将軍父子いけどりにして、具してこれまでくだりたらんには、たとひいかなる不思議ありとも、一度はなどか対面なかるべき。凡《およそ》は九国《くこく》の惣追捕使《そうづいぶし》にもなされ、山陰・山陽・南海道、いづれにてもあづけ、一方のかためともなされんずるとこそ思ひつるに、わづかに伊与国ばかりを知行すべきよし仰られて、鎌倉へだにも入《いれ》られぬこそ本意なけれ。さればこは何事ぞ。日本国をしづむる事、義仲・義経がしわざにあらずや。たとへばおなじ父が子で、先にむまるゝを兄とし、後にむまるゝを弟とするばかり也。誰か天下《てんが》をしらんにしらざる

べき。あまッさへ、今度見参をだにもとげずして、追ひのぼせらるゝこそ遺恨の次第なれ。謝するところを知らず」とつぶやかれけれどもちからなし。まッたく不忠なきよし、たび〳〵起請文《きしやうもん》をもッて申されけれども、景時が讒言《ざんげん》によッて、鎌倉殿もちゐ給はねば、判官なく〳〵一通の状をかいて、広基《元》のもとへつかはす。

敵の大将を捕えて凱旋する義経に対し、頼朝は幕府周辺に兵士を幾重にも配備した。頼朝の目には義経はずるがしこい男で、床板の下から這い出るような抜け目なさを持っていると映っていた。義経としては、木曾義仲を討ち、源平の争乱を鎮めた立役者と自負していたにもかかわらず、対面も叶わぬのはなぜかと不審に思っていた。また、西日本のどこを治めてもおかしくないのに、わずかに伊予国（現在の愛媛県辺り）を任されるばかりで、鎌倉にさえ入れないことが不本意であった。生まれた順序による境遇の差異に納得いかない思いの義経であったが、自分の力ではどうにもできず、兄に対しての忠誠心を誓う文を送ったが、頼朝の心は動かず、ついに一通の書状を大江広元に託した。

平家追討の立役者であった源義経は平家滅亡後、悲劇の主人公へと変貌していく。

義経が頼朝との対面を許されず、金洗沢（七里ガ浜）で足止めとなるのが覚一本で、屋代本も類似するのに対し、延慶本・長門本は一旦対面した翌日、義経を金洗沢まで退却させる、というようにこの場面展開でも『平家物語』諸本に差異がある。

この時、義経が大江広元に託した書状が俗に「腰越状」と呼ばれるものである。『吾妻鏡』の記事のほか、

『平家物語』諸本や『義経記』などにも収められる。変体漢文の体裁を採るもの、訓読体を採るものといった差異はあるが、書状の内容はほぼ同じである。

　腰越は江ノ島の東に位置し、七里ガ浜から稲村ガ崎・極楽寺坂を抜けて鎌倉に入っていく。現在は鎌倉市内に位置する腰越だが、当時は鎌倉の外と認識されていた。江ノ電腰越駅を出て、海に向かって進み左折、踏切を越えると義経縁の寺・満福寺がある。鎌倉入りを止められた義経が滞在し、腰越状を記したと伝えられる寺である。義経手洗の井戸や弁慶腰掛けの石、弁慶筆と伝えられる「腰越状の写し」などがある。

義経公手洗の井戸

■2　静の舞

　頼朝・義経兄弟の仲は修復されることはなく、義経は都に戻った。さらに、元暦二年（一一八五）十月頼朝による義経追討の軍が都を目指すと、翌月、義経は西国に旅立った。義経の愛妾静も西国下向に随行したが、吉野山中で捕まり、鎌倉に送られ、文治二年（一一八六）三月に到着した。

　頼朝妻の政子は音に聞く白拍子の静に舞を所望したが、実現する機会はなかなか巡ってこなかった。そうした中、なんとか舞を披露させようと梶原景時が奔走し、工藤祐経《すけつね》夫妻の尽力によって、静は鶴岡八幡宮に舞を奉納しようという気になった。その奉納舞を頼朝夫妻にも見せようという算段である。やがて頼朝一行が八幡宮に到着する。また、静が舞を奉納するという噂を聞きつけた人々で八幡宮はあふれかえった。

『義経記』巻第六「静若宮八幡宮へ参詣の事」

※本文は、新編日本古典文学全集『義経記』（小学館、2000）による

鎌倉殿（頼朝）仰せられけるは、梶原源太（景季）を召して、「舞は御拝殿か、廻廊の前か」「雑人《ざふにん》めらがえいやづきをして、物の差別《しやべつ》も聞こえ候はず」と申しければ、「小舎人を召して、放逸に当たり出だせ」とぞ仰せられける。源太承りて、「御諚《ごぢやう》ぞ」と言ひければ、小舎人放逸に散々に打つ。男は烏帽子を打ち落とさる。法師は笠を打ち落とさる。疵を付くものその数ありけれども、「これほどの物見は一期に一度も大事ぞ。疵は付くとも癒えんずらん」とて、身の成り行く末を知らずして、潜《くぐ》り入る間、なかなか騒動にてぞありける。

佐原十郎申しけるは、「あはれかねてだにも知りて候はば、廻廊の真ん中に、舞台を据ゑて舞はせ奉りて候はんずるものを」と申しけり。鎌倉殿聞こし召して、「あはれこれは誰《た》が申しつるぞ」と御尋ねありければ、「佐原十郎申して候」と、見参に入る。「佐原故実の者なり。尤もさるべし。やがて仕度して舞はせよ」と仰せられけり。

義連《よしつら》承りて、急度《きと》の事なりければ、若宮の修理の為に積み置かれたる材木を、一時に運ばせて、高さ三尺に舞台を張りて、鎌倉殿の御見物なれば、佐原十郎事を好む者にて、紋黄唐綾を以《も》てぞ包みたりけ

る。当座はこれを物見にしたりといふとも不足あるべしとも覚えず。

頼朝は景時の息子である景季に、舞の場所が拝殿か拝殿の周りを廻る廻廊かと尋ねたが、静の舞の噂を聞きつけた下々の者まで大騒ぎをして、どちらとも見分けられないという。小舎人（下僕）に命じて追い払わせたが、俗人は烏帽子を、僧侶は笠を打ち落とされ、中には怪我をする者も出た。しかし、怪我は後から治るが、静の舞は一生に一度かもしれないと、後のことも考えず、皆騒ぎ合っていた。

佐原十郎がこの様子を見て、前もって舞台を準備しておけばよかったものをと申し上げると、頼朝は、佐原十郎に命じて、修繕のために置いてあった材木を使って、三尺（九〇cm程）の舞台を急拵えで設置した。佐原十郎は凝った性分でもあり、紋を浮かび上がらせた黄色の唐綾（絹織物）で舞台を包んだ。静が登場するまで、とりあえずはこれを見物することで、退屈さもないように思われた。

舞台の準備も整い、演奏には、笛を畠山重忠、小鼓を工藤祐経、銅拍子を梶原景時と、武人きっての名手が揃った。都の白拍子の名人である静から見ても充分な顔ぶれであった。

静がその日の装束には、白き小袖一襲《かさ》ねに、唐綾を上に引き重ねて、白き袴踏みしだき、割菱縫ひたる水干《すいかん》に、丈なる髪高らかに結ひなして、このほどの嘆きに面痩せたる気色《けしき》にて、薄化粧に眉細やかに作りなし、皆紅の扇を開き、宝殿に向かひて立ちたりけるが、さすが鎌倉殿の御前にての舞なれば、面映ゆくや思ひけん、舞ひかねてぞ躊躇《やすら》ひける。

二位殿《政子》これを御覧じて、「去年《こぞ》の冬四国の波の上にて揺られ、吉野の荒き風に吹かれ、今年は海道の長旅にて痩せ衰へたりと見えたれども、静を見るにぞ、わが朝に女ありとも知られたれ」とぞ仰せられける。

静その日は、白拍子多く知りたれども、ことに心に染《そ》むものなれば、しんむじやうの曲といふ白拍子の上手なりければ、心も及ばぬ声色にて、はたと上げてぞ歌ひける。上下「あつ」と感ずる声、雲に響くばかりなり。近くは聞きて感じけり。声も聞こえぬ上の山までもさこそあるらめとて感じける。しんむじやうの曲、半《なか》らばかり数へたりける所に、祐経心なしとや思ひけん、水干の袖を外して、せめをぞ打ちたりける。静、「君が代の」と上げたりければ、人々これを聞きて、「情けなき祐経かな。今一折舞はせよかし」とぞ申しける。詮ずる所敵《かたき》の前の舞ぞかし。思ふ事を歌はばやと思ひて、

しづやしづ賤のをだまき繰り返し昔を今になすよしもがな
吉野山峯の白雪踏み分けて入りにし人の跡ぞ恋しき

と歌ひたりければ、鎌倉殿、御簾《みす》をさつと下し給ひけり。

鎌倉殿、「白拍子は興醒めたるものにてありけるや。舞の舞ひ様《やう》、謡の歌ひ様怪《け》しからず。頼朝田舎《ゐなか》人《うど》なれば、聞き知らじとて歌ひたるか。『賤のをだまき繰り返し』とは、頼朝が世尽きて、九郎《義経》が世になれとや。あはれおほけなく思ひたるものかな。『吉野山峯の白雪踏み分けて、入りにし人の』とは、たとへば頼朝九郎を攻め落とすと雖《いへど》も、未だありとござんなれ。あ憎し憎し」とぞ仰せられける。

二位殿これを聞こし召して、「同じ道のものながらも、情けありてこそ舞ひて候へ。静ならざらん者

はいかでか御前にて舞ひ候べき。たとひ如何《いか》なる不思議をも申し候へ、女ははかなき者なれば、思し召し許し候へ」と申させ給ひければ、御簾の方々を少し上げられたり。

静の舞の装束は、華やかな刺繍を凝らした織物に、白のすっきりとした袴で、背丈程もある髪を結い上げていた。静は頼朝を前にしてなかなか舞を始められなかったが、北条政子はその姿を見て、義経との逃避行の日々に面やつれはしているものの、本朝一の美女であると褒め讃えた。

『前賢故実』静

静は白拍子の曲を幾つも知っていたが、特に気に入って得意とする「しんむじやう」の曲（曲の詳細は不明）を、すばらしい声で歌った。身分の高い低いにかかわらず、聴いていた者は皆感嘆の声を上げた。近くで聴いていた者はもちろん、八幡宮の上の山に居て声の聞こえない人までも、きっとそうであろうと想像して感動した。

「しんむじやう」の半分程のところで、工藤祐経はその曲が無分別だと思ったのか、水干の袖を肩脱ぎして、途中を飛ばして最後の急の調子を打った。静が「君が代の」と歌い納めたので、人々はこれを聴いて、祐経の思慮のなさを非難し、静の舞い納めを惜しんだ。所詮は恋人義経の敵ばかりの場所だと思った静は、恋人義経が静を呼びかけた昔を偲ぶ思い、雪の吉野山山中に逃亡した義経への思いを和歌に託した。

これを耳にした頼朝は不機嫌になった。静の詠んだ和歌は、義経が生き延び、いずれは義経の世になることを意味するものだと解釈したためであった。一方、政子は静の心映えを讃え、たとえ非常識なことを言ったとしても許すよう頼んだので、頼朝も少しは機嫌を直した。

この後、静がこれらの歌の語句を替えて詠み直すと、頼朝はさらに機嫌を直した。政子を始めとして多くの人々が有り余る程の褒美を与えたが、静はその多くを鶴岡八幡宮に奉納し、やがて都に帰っていった。

『義経記』では、この舞の場面の前に、静の出産場面がある。静は鎌倉で義経の子を出産したものの、子が男子であったために由比ガ浜で殺害されたのである。そうした悲しみを抱えての、鶴岡八幡宮での舞となっている。ところが、『吾妻鏡』の記事を追うと、懐妊中の静が舞を舞ったとあり、義経の忘れ形見である子を殺害されるのは、この出来事の後のことである（文治二年 1186 閏七月二十九日条）。これは『吾妻鏡』に記録される時系列の出来事を、子どもの死を経験して猶、頼朝の前で舞わねばならないという静の悲しみを強調するため、『義経記』が文学的な潤色を施したためであろうと考えられる。

また、『吾妻鏡』では、鶴岡八幡宮での舞の出来事のおよそ一カ月後、静の宿所を男達が訪れた記事（文治二年五月十四日条）がある。酒に酔った梶原景茂《かげもち》が静に言い寄り、静がそれを拒絶するという出来事で、静の矜持が伝えられる。

■3　大姫と木曾義高の悲恋

頼朝によって仲を引き裂かれたのは、義経と静だけではない。頼朝の娘大姫と木曾義仲の息子義高（義重・義基なども）も同様の悲恋を味わされた。信濃国で挙兵した義仲であったが、頼朝との対立が表面化しそうになり、寿永二年（一一八三）三月、その嫡男である義高を鎌倉に預けることでひとまず和議が成立した。大姫の聟という形で鎌倉入りした義高は十歳前後、大姫は六歳であった。しかしながら和議は翌年に早くも破綻し、義高にも殺害の命令が下される。大姫は義高を逃亡させるが、結局は見つけ出され、武蔵国入間で殺害された。『吾妻鏡』によれば、大姫の嘆きはあまりに深く、病床に伏す程であったという。

この二人の仲を描いたのが、『清水冠者物語《しみずのかじやものがたり》』である。『清水冠者物語』は二人の年齢を十代半ばとすることで、男女の恋愛の要素を強調している。以下の引用本文では、捕らえられた義高は鎌倉まで戻り、小坪の海岸で処刑される展開となっている。

『清水冠者物語』　※本文は『室町時代物語大成巻六』（角川書店、1978）慶應義塾大学図書館蔵本「しみづ吉高」により、適宜漢字を宛て、歴史的かな遣いを改めた

さても、口にて経を読み、仏の御名を唱ふることは易けれども、最期には西を拝むと思へども、さらにかなはぬ事なれば、「汝が報恩に縄を緩《ゆる》せ、西の方を一度拝まん」と仰せければ、藤内、近く参りて、縄を緩しければ、御手を合はせ、西を拝まんとせさせ給へども、もとより切られさせ給ひたる御腕《かひな》を今日六日まで強く縛め参らせければ、思ふさまにも拝まれず。かくありけるを知らずして、最期のさは

りこそはかなけれとて、西に向ひて御手を合せ「南無西方極楽世界、阿弥陀如来、たとひ剣の先にかかるとも、一仏浄土へ迎へ給へ」となり。この言葉を最期にて、ともかげ（天野遠景）、御そばへ立ち寄ると見えければ、頸は前へぞ落つるなり。

木曾の太郎、清水の冠者吉《義》高、生年十六歳と申ける、元暦元年庚寅（ママ）の年三月八日子の時、相模の国鎌倉、小坪の浜にてこそ斬られ給ひける。

九日の暮れほどに、形見の御直垂《ひたたれ》を持つて、北の御方（大姫）へ参り申しけるは、「御前に人や候。天野藤内、御曹子の御使いに参りて候」と申せば、此のほど御ふきやう深くして、御乳母だに参らせず、はるかの簾中より出でさせ給ひて、南の局に、端近く入らせ給ひて、御覧ずれば、御曹子の御出でありし時より召したりし御直垂を差しあげて、「つひに御曹子は浜にて果てさせ給ひぬ。御遺言にまかせて御形見を持ちて参りたり」と申し上げければ、姫君仰せける、「さていづくの国より捕られさせ給ひけるぞ。戦して捕られさせ給ひけるか、又おめおめと捕られさせ給ふか。御供申したりし人々はいかがなりけるぞ。討手《うつて》はいかなる者ぞ」と仰せければ、ともかげ申さんとしけるが、御心の内の推し量られて先立つものは涙なり。

捕縛されたままで西方に向かって手を合わせることもできない義高は、天野藤内遠景に縄を緩めるよう頼んだ。直ちに縄は緩められたものの、腕を切られた上に縛られたまま移送されたため、思うように手を合わせることができない。それでもなんとか西方極楽浄土を願った言葉を最期に斬首された。翌日の夕方、遠景は義高が生前着用していた直垂を形見の品として大姫の元に届け、義高の最期の様子を伝えた。大姫はなおも義高の詳細を知りたがったが、遠景も大姫の心中を思い遣ってただただ泣くばかりであった。

夫と定められた義高を喪った大姫は、その後も失意の日々を送り、父頼朝の勧める縁談も断り、建久八年（一一九七）に二十歳で死去した。

大姫の守り本尊である地蔵を祀っているとされるのが、扇ガ谷《やつ》の岩船地蔵堂で、鎌倉七口の一つ亀ガ谷坂を下りきった右手にある。また大姫の墓と伝えられる塚（北条泰時の娘の墓とも）が、大船に近い常楽寺にある。山門に向かって左脇の細い道に沿って裏山に登っていくと小さな石塔があり、「北条泰時娘の墓」と書かれている。さらに登りきると、木曾義高の遺体を埋めたと伝えられる塚があり、「木曾冠者義高之塚」碑が建立されている。

なお、失意の大姫が鎌倉に連行された静と対面したという記事が『吾妻鏡』にある（文治二年 1186 五月二十七日条）。場所は勝長寿院で、静が大姫のために舞ったのである。義高の処刑から二年、失意の日々を送っていた大姫、間もなく臨月に入る静、頼朝によって愛する者と引き裂かれた二人は何を思い、何を語らったのであろうか。

岩船地蔵堂

第五章　幕府を支えた男たち

狂言「朝比奈」
シテ大藏基誠
（大藏流宗家）

■1　暗殺者としての梶原景時

頼朝が治承四年（一一八〇）八月の石橋山での合戦で九死に一生を得たのは、梶原景時《かげとき》の功績である（『源平盛衰記』など）。景時は洞窟に隠れた頼朝たちを故意に見逃し、同年十月の富士川の戦の後に頼朝の元に下り、翌年一月には御家人に列した。坂東八平氏の一つ鎌倉氏の流れを汲み、もとは源氏の家人であった景時は、平治の乱後、平清盛に付いていたが、石橋山の合戦を境に再び源氏に付いたのである。景時はその後も頼朝の絶対的な信頼を得て、幕府草創期に多くの重大な役目を担った。景時は和歌に堪能で、当意即妙な歌の贈答にまつわる逸話も残っている（『沙石集』など）。また、息子景季《かげすえ》も長門本『平家物語』巻十六（『源平盛衰記』にも）の「箙の梅」などで知られるような風流な雅男であった。

その一方、景時は、義経と対立して、頼朝に讒言をする男といった面が強く、歌舞伎などにも憎まれ役として登場する事が多い。その源泉には『平家物語』や『義経記』があったのであろうが、実際、『吾妻鏡』では夜須行宗・畠山重忠・結城朝光が景時の讒言に遭ったとあり、事実無根というわけでもなさそうである。

頼朝薨去後間もない正治元年（一一九九）十月、景時による結城朝光への讒言を契機として多くの御家人の連判状によって、十一月、景時は罷免された。そして翌年正月、都に移ろうとした途次、駿河国で討たれ、

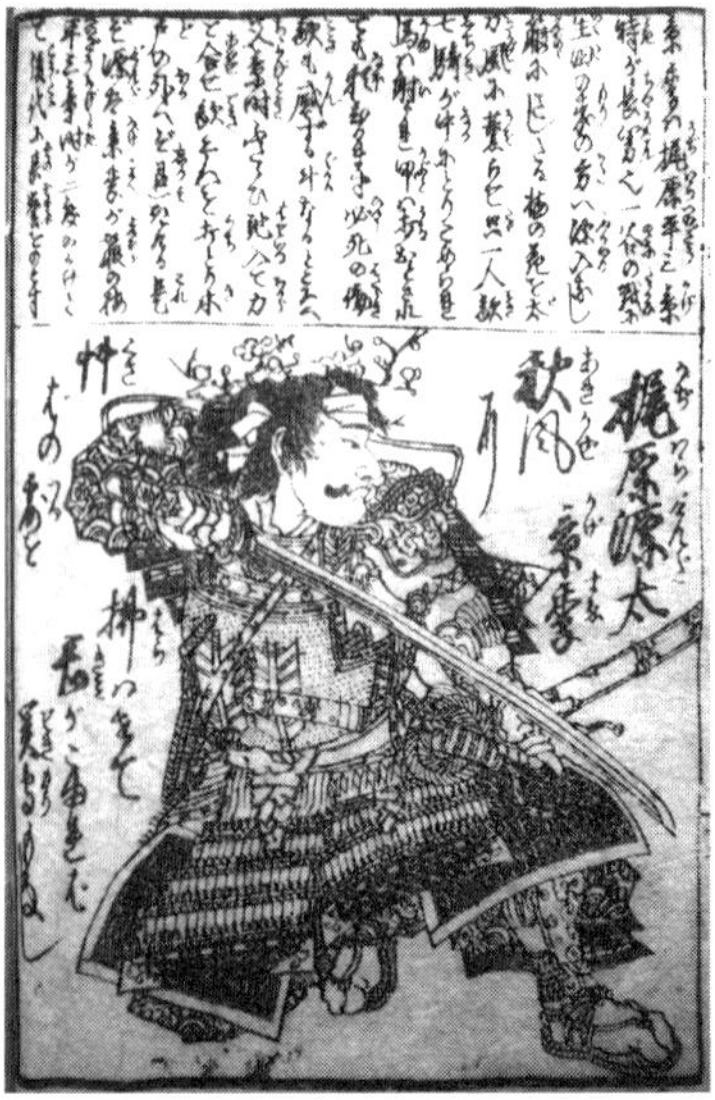

『武家百人一首』梶原景季

一族の多くは滅亡した。

景時には和歌にまつわる挿話が多く、弁舌巧みな面もあるが、その一方で、優れた武勇の者としても知られ、『平家物語』巻九「二度之懸」などでその勇姿が描かれる。幕府設立に尽力した上総広常に謀反の疑いがかかった寿永二年（一一八三）十二月、電光石火の早業で広常の頸を討ったのも景時であった。

この事件は建久元年（一一九〇）頼朝が上洛し、十一月に後白河院に対面した時に語ったようで、慈円が『愚管抄』に記している。

※本文は日本古典文学大系『愚管抄』（岩波書店、1967）による

『愚管抄』巻六

院ニ申ケル事ハ、「ワガ朝家ノタメ、君ノ御事ヲ私ナク身ニカヘテ思候シルシハ、介ノ八郎ヒロツネト申候シ者ハ東国ノ勢人《せいにん》、頼朝ウチ出候テ、君ノ御敵シリゾケ候ハントシ候シハジメハ、ヒロツネヲメシトリテ、勢ニシテコソカクモ打エテ候シカバ、功アル者ニテ候シカド、『トモシ候ヘバ、ナンデウ朝家ノ事ヲノミ身グルシク思ゾ。タヾ坂東ニカクテアランニ、誰カハ引ハタラカサン』ナド申テ、謀反心ノ者ニテ候シカバ、カヽル者ヲ郎従ニモチテ候ハヾ、頼朝マデ冥加《みやうが》候ハジト思ヒテ、ウシナヒ候ニキ」トコソ申ケレ。ソノ介八郎（広常）ヲ梶原景時シテウタセタル事、景時ガコウミヤウ云バカリナシ。双六ウチテ、サリゲナシニテ盤ヲコエテ、ヤガテ頸ヲカイキリテモテキタリケル。マコトシカラヌ程ノ事也。コマカニ申サバ、サルコトハヒガ事モアレバ、コレニテタリヌベシ。コノ奏聞ノヤウ誠ナラバ、返々マコトニ朝家ノタカラナリケル者カナ。

平家追討の早い段階では勲功の多かった広常であるが、次第に驕慢な心を見せていった。頼朝は、後白河院に対する危険人物を粛清する手始めに、広常に注目した。そして、頼朝は景時に命じて、双六にうち興じている隙を狙って広常を殺害させた。さりげなく盤を飛び越えたかと思うと、頸を斬り落として頼朝に献上したという早業であったという。ただし、慈円はこの出来事を事実とも思えず、細々と書くと誤りも出てくるだろうから、これくらいで十分であろう、と評している。また、もしこの事件が事実であるとしたら、頼朝は朝廷にとっての至宝であると結んでいる。

果たして、広常が本当に謀反の心を持っていたのかは判らないが、『吾妻鏡』では、広常の願文が見つかり、頼朝が誅殺を後悔している様子が見られる（寿永三年1184一月十七日条）。

上総広常は、坂東八平氏の一つで、上総氏は当時強大な兵力を有していた。鳥羽天皇の代に那須野に逃げた九尾の狐を斬った人物としても知られる。鎌倉での屋敷は、現在の横浜市金沢区に抜ける朝夷奈《あさひな》切通の、鎌倉側入り口付近と伝えられ、大倉幕府が完成するまで、頼朝は広常邸に仮寓していた（第二章参照）。朝夷奈切通を抜けて横浜市金沢区側に出てすぐの朝比奈バス停近くには広常の墓と伝わる五輪塔がある。また、朝夷奈切通の鎌倉側の入り口の手前に、梶原景時が広常殺害時に刀に付着した血を洗い流したという梶原太刀洗の水（鎌倉五名水の一つ）が今も流れている。

■2　畠山重忠の怪力

畠山氏は武蔵国秩父の土豪で、坂東八平氏の一つ。畠山重忠の人柄は誰もが認める高潔なものであり、『曾我物語』では、敵討ちに執念を燃やす曾我兄弟を陰で支えた人物として造型される（第二章参照）。しかも怪力無双の人物であった。源平の争乱の際に、宇治川で烏帽子子《えぼしご》の大串重親《しげちか》を対岸に投げ飛ばしたこと（『平家物語』）や、巴御前との力比べ、馬を担いで鵯越《ひよどりごえ》を駆け下りる（『源平盛衰記』）などの伝承がある。永福寺《ようふくじ》建立に際し、巨大な岩を一人で動かしたといった逸話も残っている（『吾妻鏡』建久三年 **1192** 九月十一日条）。その重忠の人柄と怪力を如実に示すのが力士《りきじ》の長居との相撲である。

復元の進む永福寺跡地

『古今著聞集』巻第十「畠山重忠、力士長居と合ひてその肩の骨を折る事」

※本文は新潮日本古典集成『古今著聞集・上』（新潮社、1983）による

鎌倉の前《さき》の右大将家に、東八ヶ国うちすぐりたる大力の相撲出で来て、申して云はく、「当時、長居に手向ひすべき人おぼえ候はず。畠山庄司次郎ばかりぞ心にくう候ふ。それとても、長居をばたやすくは、いかでかひきはたらかし侍らん」と、詞も憚らずいひけり。大将聞き給ひて、いやましう思ひ給ひ

たる折ふし、重忠出で来たりけり。白水干に葛袴、黄なる衣《きぬ》をぞ着たりける。侍に大名・小名所もなく居なみたる中をわけて、座上にひしとゐたりけり。大将、なほちかく、それへそれへとありけれども、かしこまりて侍りけり。さてものがたりして、「そもそも所望の事の候ふを、申し出さんと思ふが、さだめて不許にぞ侍らんずらむと思ひ給ひながら、またただにやまむも忍びがたくて、おもひわづらひたる」とのたまはせければ、重忠、とかく申す事はなくて、畏まりて聞きゐたりけり。この事たびたびになりける時、重忠ちとゐなほりて、「君の御大事、何事にて候ふとも、いかでか子細を申し候はん」といひたりければ、大将入興《じゆきよう》し給ひて、「その庭に長居めが候ふぞ。貴殿と手合せをして心見《試》ばやと申し候ふなり。東八ヶ国打ち勝りたるよし自称仕うまつるがねたましうおぼえ候へば、頼朝なりともいでて心見ばやと思ひ給へども、とりわきそこを手こひ申すぞ。心み給へ」とのたまはせければ、重忠、存外げに思ひて、いよいよふかく畏まりて、いふ事なし。大将、「さればこそ、これは身ながらも非愛の事にて候ふ。さりながらも、我が所望この事にあり」と侍りける時、重忠、座をたちて関所《かんじよ》へ行きて、くくりすべ、烏帽子かけなどしてけり。長居は、庭に床子《しやうじ》に尻かけて候ひける。それもたちて、たふさぎかきて練り出でたり。まことにその体《てい》、力士のごとくに見えければ、畠山もいかがとぞおぼえける。

畠山重忠邸址碑

さて、寄り合ひたりけるに手合せして、長居、畠山がこくびをつよく打ちて、袴の前腰をとらんとしけるを、畠山、左右の肩をひしとおさへてちかづけず。かくて程へければ、景時、「いまは事がら御覧候ひぬ。さやうにてや候ふべかるらん」と申しけるを、大将、「いかにさるやうはあらん。勝負あるべし」とのたまはせはてねば、長居を尻居にへしするゑてけり。やがて死に入りて足をふみそらしければ、人々よりて、おしかがめてかき出《いだ》しにけり。重忠は座に帰り着く事もなく、一言もいふ事なくて、やがて出でにけり。長居は、それより肩の骨くだけて、かたはものになりて、相撲《すまひ》とる事もなかりけり。骨をとりひしぎにけるにこそ。目おどろきたる事なり。

関東一円の相撲自慢が頼朝のもとに集まった。中でも長居という相撲取りは自分の力を誇り、畠山重忠を敵視した。その重忠が現れ、頼朝は長居と対戦するように命じた。しばらくは固辞していた重忠であったが、再三の召しに従った。長居はたふさぎ（袴の下に履く下着・ふんどし）姿で待ち構えた。

やがて相撲が始まった。長居は重忠の首を打って、袴の前部分を摑もうとするが、重忠は長居の両肩を押さえて近づけさせなかった。そのままの姿勢での均衡が続き、梶原景時が中断させせようとしたが、頼朝が勝負を決めさせようと言い終わらぬうちに、重忠は長居を押して尻餅をつかせた。長居は仰向けに、足を宙に伸ばしたまま気絶したので、人々が担ぎ出していった。重忠は特に何も言わずにそのまま出て行ってしまった。長居はこの相撲で肩の骨が折れて、相撲を取れる身体ではなくなった。

人柄優れた豪傑畠山重忠であったが、頼朝薨去後は北条氏との対立が表面化した。まず元久二年（一二〇五）六月二十二日、息子重保が由比ガ浜に誘い出されて殺害された。北条時政の謀略によって鎌倉に呼び出された重忠は同月十九日、武蔵国男衾郡（現在の埼玉県比企郡嵐山町）の館を発っていたが、息子の死と同日、武蔵国二俣川で待ちかまえる北条軍との戦いで討ち死にした（『愚管抄』では自決と述べられる）。

■3　畠山重保の潜水能力

北条時政後妻の娘婿である平賀朝雅《ともまさ》との確執から由比ガ浜で殺害された畠山重保は、北条時政の娘を母とし、その超人的な潜水能力が舞の本「九穴《くけつ》の貝」で語られる。舞の本「浜出《はまいで》」（第三章参照）に記される、頼朝が催した三日にわたる宴の最終日、江ノ島海岸での出来事である。「浜出」での叙述どおり東大寺大仏供養の後とすると建久六年（一一九五）夏（旧暦四～六月）の出来事となる。

頼朝は最後の余興として、海士《あま》に海底の貝を捕らせようとした。しかし、梶原景時は海士を呼び寄せる時間を惜しみ、若侍の本間弥次郎に命じた。弥次郎が海中から海松布《みるめ》を拾い上げると、頼朝はいたく喜び恩賞を与えた。これを見た若侍たちは我先にと海に飛び込み、それぞれ貝や海藻を採った。

舞の本「九穴の貝」※本文は古典文庫『舞の本　下〈内閣文庫〉』「頼朝はまいで九けのかい」（古典文庫、1979）により、適宜漢字を宛て、歴史的かな遣いを改めた

爰《ここ》に秩父の六郎殿、まんとき斗《ばかり》より海に入り、未《ひつじ》の下がりもとまでは其身もさらに浮き出《いで》ず。頼朝は御覧じて、「あの秩父の六郎は年にも足らぬ初冠なるが、はや、竜のまゝに海に入り、何とかなりけ

ん、覚束なし、重忠の若者共行つて探せ」なんどと再三御下知下る。秩父殿申さるゝ、「弓取の子どもは、海山河に達者にて、馬にもよく乗つてこそ、君の御諚に罷り立つて勲功勧賞《けんじやう》に預かるべきに、かゝる遊の水練に溺れん程の不覚人取り上げたりとも、御詮には立つべきにても候はず。たゞ〱置かせ給ひて、成り行く様を御覧ぜよとあざらへ笑つておはします。其後、六郎殿、いかなる術とかまへけん、元結《もとひ》の先をも濡らさずして猛《まう》なる貝を三十捕つて、はだへにひつしと取り付け、ため息ついて浮き上がる。頼朝は御覧じて、「さながらそれへ参れ。はだへに貝の付きやうを見物せん」との御諚《ごぢやう》なり。畏れ入つて参らず、重ねて御諚下りければ、斎の次官親義が、手を引いて参りけり。頼朝は御覧じて、「今日の水練はいづれおろかに思はねど、秩父殿の六郎がはだへに貝のさても付きやう、稀代の不思議におぼふ《ゆ》るものかな」と、御盃にさしそへ、常陸の国鹿嶋の庄かいほつの卿《郷》とて八百町の所を下し賜びにけり。一門残らず引連れ、所知人《入》とこそ聞こえけり。

畠山重保はまんとき（昼過ぎか）に海に潜り、午後二時を過ぎても浮き上がってこなかった。頼朝も、竜宮にでも行ってしまったかとさすがに心配になり、再三探させようとするが、父重忠はまったく動じること

畠山重保の墓

なく、武家に生まれた子として武芸に優れるのは当然であり、この程度の余興で溺れるようならば、これから先も役に立つまいと笑い飛ばした。やがて重保はどうした技術なのか、髻を縛る元結いの紐の先を濡らすこともなく浮かび上がった。その身には、大きな鮑の類を三十ほども付けていた。頼朝は大喜びして常陸国鹿島庄かいほつの郷を褒美に与えたので、一門の者を引き連れてその領地に赴いた。

この逸話の典拠は未詳であるが、重保が竜宮に赴くお伽草子『頼朝之最期』や、重忠（または重保）が竜宮で九穴の玉を採ってくる謡曲「九穴」（廃曲）など、類似の発想を持つ作品があり、何らかの源泉があったかと推測される。重保の年齢は不明であるが、父重忠の生年が長寛二年（一一六四）であることからすれば、重保は十代前半となり、本文にある「年にも足らぬ初冠」とも矛盾しない。

重保邸は現在の一の鳥居脇、鶴岡八幡宮に向かって左側の歩道にあったといわれ、そこには重保の墓と伝えられる巨大な宝篋印塔《ほうきょういんとう》が遺っている。

■4　朝比奈義秀の門破り

強者揃いの鎌倉幕府の御家人の中で最も剛力で知られるのが朝比奈《あさいな》三郎義秀であろう。父は和田義盛。母は不明であるが、『源平盛衰記』では木曾義仲と死別した巴御前とする。建暦三年（一二一三）五月二日、北条氏への不満を募らせた和田義盛が決起し、将軍御所を襲撃した。この将軍御所襲撃の際に、大倉幕府の南門を打ち破って庭に入ったというのが義秀の門破りとして知られるエピソードである。

義盛以下、和田一族の武将は勇敢に戦ったが、北条氏一族の反撃を受けて、結局義盛は敗死した（和田合戦）。義秀はこの時、三十八歳。かろうじて脱出し、領地である安房国に逃亡し、その後は歴史の表舞台から姿を消した。韓国の釜山で没したという伝承もある。

義秀はこの他にも、鎌倉から金沢に抜けていく切通（朝夷奈切通）を一晩で切り開いたという伝承や、小坪の海岸で泳いだ時にサメを三匹捕まえて、将軍頼家に献上した話（『吾妻鏡』正治二年1200九月二日条）、曽我五郎時致との草摺引（仮名本『曾我物語』）などが知られる。

狂言「朝比奈《あさいな》」は、死出の道に赴く義秀と地獄の閻魔大王との対話で展開していく。近頃、地獄に堕ちる者が減ってしまい、六道の辻に閻魔大王自らが立って罪人を地獄に責め落とそうとする。そこに通りかかったのが義秀であった。

狂言「朝比奈」　※本文は新日本古典文学大系『狂言記』（岩波書店、1996）による

シテ　朝比奈　アド　閻魔大王（ヲニ）

シテ「抑《そもそも》、和田軍《わだいくさ》の起こりは、荏柄の平太（胤長）、碓氷峠にて君に奪はれ、一度ならず三度迄、鎌倉を引渡さるゝ、一門九十三騎、平太縄目の恥をすゝがんと、親にて候義盛、白髪頭に甲《かぶと》をいたゞけば、一門不残《のこらず》、鎌倉殿の大御所の南門に押し寄せ、ときをどつと作る、古郡《ふるごほり》が筒抜《つつぬき》、下切《さげきり》、此朝比奈が人つぶて、目を驚かす所に、義盛使を立て、「何とて朝比奈は門破らぬぞ、急ぎ破れ」と有しかば、「畏而《かしこまつて》候」と、頓而《やがて》馬より飛《とん》で降り、ゆらり〳〵と立出《たちいづ》る、内には、「すは朝比奈こそ門破れ」と大き成高梁《なるかうりやう》に、大釘、かすがひを打ぬき〳〵しけるは、剣《つるぎ》の山のごとく也、朝比奈、何程のことの有べきぞと、門の

扉に手をかけ、ゑいやと押せばゑいやと抱ゆ、ゑいや〳〵と押したりしは、大地震のごとく也、されども朝比奈、力や勝りけん、くわんぬき扉押し落とし、内なる武者、三十騎押しに打れて、死したりしは、其のまゝ鮓《すし》押したるがごとくなり。

ヲニ「あゝ、其鮓が、一ほほばりほほばりたいなあ

シテ「其時ならば申さうものを、かゝつし所に、御所のつはものに五十嵐の小文次と名乗て、朝比奈が鐙《あぶみ》を返さんと目懸けてかゝる、朝比奈、何ほどのことの有べきと思ひ、かの小文次を取て引き寄せ、鞍の前輪に押し当て、左へはきりゝ、右へはきりゝ、〳〵と押し回して有しよな（エンマを引廻す）、ヲニ「あゝ、もはや、和田軍、聞きたうない　シテ「もそつと語らう　ヲニ「いや、聞きたうない　シテ「それなら、浄土への道しるべせい　ヲニ「此閻魔王さへまゝにするほどに、どつちへなりとも行きたい方へ行かう迄よ

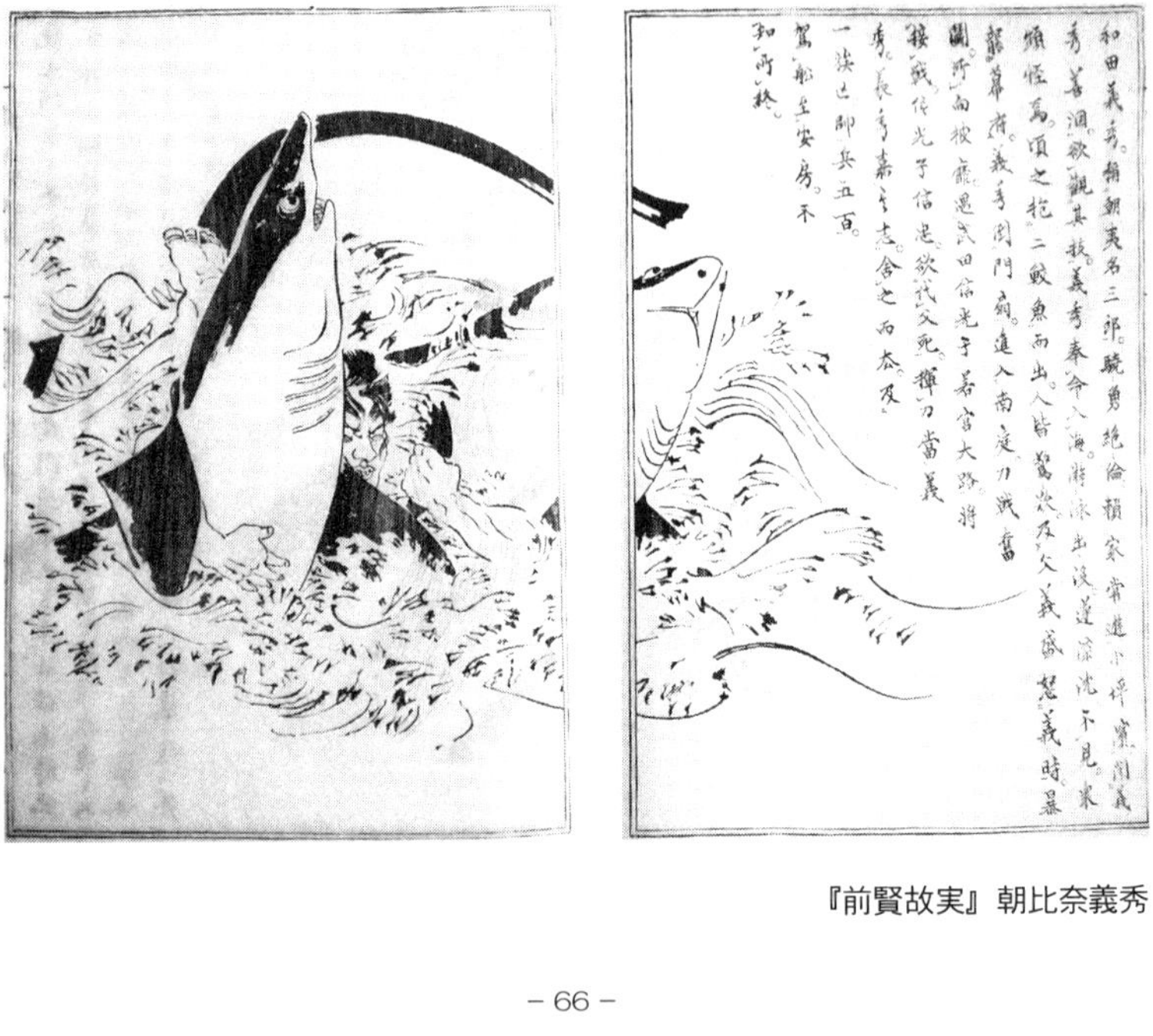

『前賢故実』朝比奈義秀

シテ「それは誠か　ヲニ「誠ぢや　シテ「真実か　ヲニ「真実ぢや　シテ謡〽朝比奈腹を　するゑかね
て〱　熊手薙鎌《ないがま》　鉄撮棒《かなさいぼう》を　持たする中間《ちゅうげん》の　なきまゝに　閻魔王に〱　ずつしと持たせて
朝比奈は　浄土へとてこそ　急ぎけれ

和田合戦のきっかけとなったのは、荏柄平太胤長《えがらのへいだたねなが》の捕縛であった。胤長の恥辱をすすごうと和田一門が立ち上がった。高齢の当主和田義盛が白髪頭に兜を着けると、一門の者がそれに従い、大倉幕府に押し寄せた。義盛は義秀に門の破壊を命じた。門の内側では怪力無双の義秀の門破りに備えて、門に釘やかすがいを打ち付けた。義秀が門を押すと、内側の侍たちは押し返した。その地響きは大地震のようであったが、やがて義秀の力が勝り、門を内から押さえていた三十人程の侍共々門を押し倒した。下敷きとなった侍はさながら押し寿司のようであった。次いで、御所の中から五十嵐小文治が飛びかかってきたが、義秀は小文治を馬の鞍の前輪部分に押しつけ、左右に揺さぶった。

これ以上話は聞きたくないと言う閻魔大王を手玉にとって道案内をさせ、義秀は極楽世界へと旅立っていった。

和田一族が襲撃したのは、頼朝が開設した大倉御所。この時の合戦で大倉御所は焼け落ちたが、その後、同じ敷地に再建された。

この合戦で多くの者が命を落とした和田一族を祀っているのが、江ノ電の駅名にもなっている和田塚で、江ノ電和田塚駅を降りて南に進んだ道沿いの左手にある。また、この時の事件で没収された荏柄胤長の屋敷は、荏柄天神社の辺りといわれている。

第六章　頼朝の子息たち

新法華堂跡

■1　頼朝の最期

幕府の体制は盤石に見えたが、頼朝の死は突然にやってきた。建久九年（一一九八）十二月に、相模川の橋供養に赴いた頼朝は帰り道で突然体調を崩し、年が改まった一月十三日に薨じた。

それから十年以上経った『吾妻鏡』建暦二年（一二一二）二月二十八日の条、相模川の橋の修理に関する記事の中で、頼朝がかつて橋供養からの帰り道で落馬し、間もなく薨去したことが記される。頼朝の死は、一般的にこの落馬を原因としている。しかし、薨去から十三年を経た記事でもあり（建久九年は欠巻の一つ）、同時代の日記『猪熊関白記《いのくまかんぱくき》』『明月記《めいげつき》』などでも病死を伝えるのみなので、その原因を疑う見解も後を絶たない。

南北朝期頃に成立したと見られる『保暦間記《ほうりやくかんき》』では、原因を怨霊出現に求めている。

『保暦間記』　※本文は重要古典籍叢刊『保暦間記』（和泉書院、1999）による

同冬（建久九年）、大将殿、相模河ノ橋供養ニ出デ還ラセ玉ヒケルニ、八的《やまと》ガ原ト云《いふ》処ニテ、亡《ほろぼ》サレシ源氏、義広、義経、行家已下《いげ》ノ人々現ジテ、頼朝ニ目ヲ見合《みあはせ》ケリ。是ヲバ打過玉ヒケルニ、稲村崎ニテ、海上ニ十歳計《ばかり》ナル童子ノ現ジ玉ヒテ、汝ヲ此程随分ウラナヒツルニ、今コソ見付タレ。我ヲバ誰トカ見ル。西海ニ沈シ安徳天皇也トテ、失給《うせたまひ》ヌ。其後、鎌倉ヘ入玉ヒテ、則《すなはち》病著《つき》玉ヒケリ。次年正月正治元年十三日、終《つひ》ニ失給。五十三ニゾ成玉フ。是ヲ老死ト云ベカラズ、偏ニ平家ノ怨霊也。多ノ人ヲ失ヒ給シ故トゾ申ケル。

頼朝が相模川橋の供養の帰り道、八的ガ原にさしかかると、かつて倒された源氏の者たち、義広（為義の息子）・義経（頼朝弟）・行家（為義の息子）などの亡霊が現れ、頼朝と目を合わせた。そこを通り過ぎ、稲村ガ崎まで戻ると、海上に十歳ばかりの童子が現れた。頼朝のことを探していたがようやく見付けたと言い、安徳天皇の霊だと名乗って消えた。それから鎌倉に戻ると俄に病床に就き、翌年に死去した。これは頼朝自身の寿命ではなく、平家の怨霊によるもので、多くの人を滅ぼしたためであったと伝えられた。

『保暦間記』の怨霊説の根拠がどこにあるのかは判っていないが、この記録以降、怨霊説が潤色されながら広まっていったと見られる。

旧相模川橋の橋脚は茅ヶ崎市にあり、関東大震災で土地が隆起した際に発見され、国指定の史跡となっている。また八的ガ原は現在の藤沢市辻堂にあたり、辻堂駅南口から南西三〇〇mほどのところに「源頼朝公落馬地」の看板がある。

源頼朝の墓

■2　源頼家へ

頼朝薨去後、「鎌倉殿」の立場は長男頼家へと受け継がれていった。頼家は寿永元年（一一八二）に生まれ、建久十年（一一九九）に父頼朝の薨去によって、十八歳で鎌倉殿の称号を継ぐことになり、そして、建仁二年（一二〇二）従二位征夷大将軍に任命される。しかし、多くの御家人、特に生母政子の実家である北条氏などで、鎌倉殿の独裁を忌避する考えが強まり、頼朝時代からの有力な官吏や御家人による十三人の合議制が敷かれるようになった。

頼家は武芸に優れ、蹴鞠をことのほか愛好した。蹴鞠自体は、公家のみならず武家でも尊んだが、頼家の情熱はその度を越していたらしい。

※本文は架蔵版本により、漢字かなの表記などを一部改めた

『鎌倉将軍記』二「頼家」

建仁元年七月、御所において百日の御鞠を初《始》めらる。頼家卿、多年此道をこのみ、仙洞《せんとう》へ申て、北面のうちに此芸の達者一人を下さるべしとあり。仙洞よりしかるべき仁をえらび下さるべきよし勅許あり。その間に、調練の功をかさねん為なり。同九月七日、仙洞の仰せによりて、鞠足《きくそく》の達者、紀内所行景を鎌倉にさし下され鞠の師とせらる。是より日毎に鞠を愛し、世の政事を打わすれ給へり。江馬太郎泰時、歎き申す。「去《さん》ぬる八月の大風に、鶴岡八足の門以下、堂舎仏閣破損し、国土飢饉し、人民うれへ歎くに、京都より遊興の輩を招き寄せ、また去ぬる廿日《はつか》には天変あり。御慎みありて、御祈りもあるべき事なるに、打すてて、知らずがほに、只此鞠をもてあそびて、諸人のうれへをしろしめさず。故将軍の御

世とは万事略義《儀》に「衰《おとろへ》ゆく也」と申されしを、中野五郎、此よしを頼家卿に申けるを却《かえっ》て腹立ありとかや。

蹴鞠を愛好していた頼家は、仙洞（後鳥羽上皇）に、北面の武士（院の御所の警固にあたる武士）の中から鞠の名手を派遣させるよう依頼した。後鳥羽院からの許しが出て、頼家自身も練習を重ねるため、百日間連続の鞠会を始めていた。九月七日に紀行景が鎌倉に到着し、これ以降、蹴鞠愛好の熱はさらに高まり、政務を忘れてしまった。江馬（北条）泰時は中野五郎を介して、頼家に嘆願した。八月の大風での建物の損壊と飢饉、さらには九月二十日の天変地異があり、誰もが行いを慎んでいる中で、都から蹴鞠の名手を呼び寄せて、民衆の苦しみを知ろうとしなければ、頼朝の治世とは違って衰えていく。これを聞いた頼家はかえって腹を立てたということだ。

建仁三年（一二〇三）六月、頼家は伊豆から富士野へと旅し、人穴《ひとあな》という洞窟を見つける。『吾妻鏡』にも記録された洞窟で、お伽草子『富士の人穴草子』などの伝承を生み出した。なお、近世の地誌『江島大草子《えのしまおおぞうし》』によれば、この人穴の洞窟が江ノ島

比企一族の墓

とつながっているという。

駿河から鎌倉に戻っておよそ一カ月後の七月二十日、頼家は突如体調不良となり、八月には危篤状態に陥った。九月、頼家長男一幡《いちまん》の生母の家系である比企一族が北条氏によって滅ぼされ、この時一幡も殺害された。比企氏が立て籠もったのは現在の比企ガ谷《やつ》妙本寺の辺りで、境内には比企一族の墓・一幡の袖塚と伝わる遺跡などがある。頼家は伊豆国修善寺に送られ、元久元年（一二〇四）七月、北条氏の差し向けた者によって、入浴中に襲撃・殺害された。

■3　鴨長明の頼朝法要

頼家弟の実朝は建久三年（一一九二）生まれ、建仁三年（一二〇三）九月一日、頼家死去の報（実際には死去していない）が朝廷に届けられ、七日に叙爵、従五位下征夷大将軍に任ぜられる。同年十月に元服、十二月には右兵衛佐になる。

建暦元年（一二一一）、鴨長明が藤原雅経《まさつね》の推挙によって鎌倉訪問を実現させた。長明が鎌倉下向の際に雅経と詠み交わした連歌が『菟玖波《つくば》集』に採られている。

雅経は、父頼経が源義経と親交があったために配流されたのに連座して、一旦鎌倉に護送されるが、そこで頼朝に和歌・蹴鞠などの才能を買われた。やがて頼朝猶子となり、大江広元の娘を妻とするなど都から下った幕府の要人としての地位を得ていった。一方、後鳥羽院からもその才能を評価され、『新古今和歌集』撰者に選ばれ、都と鎌倉を往還し、朝幕二方に仕えた。

長明は下鴨神社の神職の家に生まれたが、禰宜《ねぎ》の継承問題などで出家していた。琵琶を中原有安に学び、また和歌をよくするなど優れた文化人であり、五十七歳の時に初めて鎌倉を訪れ、時の将軍実朝と対面した。

『吾妻鏡』建暦元年十月十三日条

※本文は新訂増補国史大系『吾妻鏡前篇』（吉川弘文館、1932）により、私に訓読した

十三日辛卯　鴨社氏の人菊大夫長明入道（法名蓮胤）、雅経朝臣の挙に依りて、此の間下向し、将軍家に謁し奉ること、度々に及ぶと云々。而《しか》して今日幕下将軍の御忌日に当り、彼《か》の法花堂に参る。念誦読経の間、懐旧の涙頻りに相催し、一首の和歌を堂の柱に註す。

草も木も靡きし秋の霜消えて空しき苔を払ふ山風

鎌倉に下った長明は度々実朝と会見した。また、十三日が頼朝の命日であることから、頼朝の法華堂に参詣した。仏の名号を唱え、経を読んでいると、懐旧の涙がしきりにこぼれた。勢力を誇った頼朝の時代が去り、空しく山風が吹くばかりである、

白旗神社・法華堂跡碑

という思いを和歌に詠み、法華堂の柱に記した。

　長明がなぜ鎌倉に下向したのかは定説を見ないが、実朝の和歌愛好や仲介者が雅経であったことなどから、将軍実朝の和歌師範を目的としていたという推測が有力である。しかしながら、長明の滞在は短期間で終わり、翌年には鎌倉から帰洛した。建暦二年（一二一二）には『方丈記』を著し、さらにその後には『発心集』を著したが、鎌倉での経験や見聞は一切記されない。

　長明が参詣した法華堂は鶴岡八幡宮の北東、大倉幕府の北側にあり、現在は白旗神社の位置が比定され、「法華堂跡」碑が建っている。ただし、そうした遺構の形跡はなく、さらに山側（北）だったかと考えられている。白旗神社の前の石段を上ると頼朝墓がある。また、白旗神社から東に進み、頼朝墓への石段と並行して延びている石段を上ると大江広元・島津忠久のものと伝えられる墓がある。その手前に開けた土地は平成十七年（二〇〇五）に発掘調査され、新法華堂跡（北条義時墳墓）であることが判明した。

4　実朝の和歌

　実朝は短い生涯の中で多くの和歌を詠み、早くからその才能が認められた。

　実朝の父頼朝は、勅撰和歌集では『新古今和歌集』を初出とし、代々の勅撰和歌集に十首が採られている。また、当時の京歌壇の主要人物の一人慈円と多数の歌のやりとりを行った様子が、慈円の家集『拾玉集』から窺える。

　そうした才能を受け継いだのか、実朝は藤原定家を歌の師とし、八百首近い歌を残した。定家はかつて頼朝とも親交があり、父亡き実朝に対して、歌の添削を施し、歌論書『近代秀歌』や『万葉集』写本など多くの歌書を贈っている。実朝の歌は『新勅撰和歌集』を初出とし、代々の勅撰和歌集に九十三首が採られている。

頼朝は家集を残さなかったようであるが、実朝には家集『金槐和歌集』が残っている。「金」は鎌倉の「鎌」の字の偏、「槐」は大臣の異称で、鎌倉の右大臣の歌集という意味になる。

『金槐和歌集』

※本文は『新編国歌大観第四巻』（角川書店、1986）による

庭の萩はつかに残れるを、月さしいでて後みるに散りにたるにや花の見えざりしかば

萩のはなくれぐれまでもありつるが月いでてみるになきがはかなさ　（秋・二一〇）

秋の野におく白露は玉なれやといふことを人人におほせてつかうまつらせし時よめる

ささがにの玉ぬく糸の緒をよわみ風にみだれて露ぞこぼるる　（秋・二五六）

箱根の山をうちいでてみれば波の寄る小島あり、供のものに海の名はしるやと尋ねしかば、伊豆のうみとなん申すとこたへ侍りしを聞きて

はこねぢをわがこえくれば伊豆の海やおきのこじまに浪のよるみゆ　（雑・五九三）

宮ばしらふとしきたてて万代に今ぞさかえん鎌倉の里　（雑・六七六）

あら磯に浪の寄るを見てよめる

大海の磯もとどろによする浪われてくだけてさけてちるかも　（雑・六九七）

道のほとりにをさなきわらはの母を尋ねていたく泣くを、その辺りの人に尋ねしかば、父母なむ身まかりにしとこたへ侍りしをききて

いとほしや見るに涙もとどまらず親もなき子の母をたづぬる　（雑・七一七）

『明日香井和歌集』

関東へ下りつきて、仙洞《せんとう》へ奏せさせ侍りける

時雨れするほどは雲ゐをへだつともぬれゆく袖を空もしられば　（一五三六）

※本文は『新編国歌大観第四巻』（角川書店、1986）による

一首目は、詞書から萩の花がわずかに咲き残っていた時のことで、月が出てから今一度見ると、散ってしまったのか花が見えなくなっていたという状況が判る。夕暮の光の中で目にした萩の花が、わずかな時の移ろいの中で消えてしまったはかなさ、月光の下で残映のように浮かび上がってくる。

二首目は、『古今和歌集』秋上の「秋の野におく白露は玉なれやつらぬきかくる蜘蛛の糸すぢ」をふまえて、人々に歌を詠ませた時に、実朝自身も詠んだもの。蜘蛛の糸には露が玉のように貫いている、しかし、頑丈な糸ではないので、糸が切れて玉が散るように、風に吹かれて露が散乱している。

三首目は、箱根権現と伊豆山権現を参詣する二所詣の時のものであろう。箱根山を越えて、相模湾を眺望したところ、沖に波の寄せる小島が見えた。供の者に浦の名を問うと、伊豆の海と答えたので、それを素直に詠んだもの。鎌倉から見える海も箱根路から伊豆山権現に向かう際に見える海も同じ相模湾なのであるが、ちょうど反対側から見ることになり、目新しさを感じたのであろうか。高い視点からの広大な海と、その中

にぽつんと位置する小島と周囲の白い波が対照的である。

四首目は、鎌倉の繁栄を言祝《ことほ》ぐ歌。宮柱は宮殿の柱の意味もあるが、ここは鶴岡八幡宮であろう。「慶賀の歌の中に」の詞書を持つ六首の歌の六番目で、祝いの題詠歌（定められた題によって詠む歌）の中に配列されているが、鎌倉に居住する者らしいものとなっている。

五首目は、詞書から題詠ではなく実際に目にした景色を詠んだものと判る。稲村ガ崎あるいは和賀江島《わかえのしま》のあたりであろうか。『万葉集』に詠まれた言葉を使いながら、豪快な磯の波しぶきが浮かび上がる。

六首目は、母を捜し求めて道ばたで泣いていた子を詠んだもの。両親を亡くし、それでも親を尋ね歩く子どもを不憫に思い、涙も止まらないのである。

藤原雅経の家集『明日香井和歌集』の歌は、鎌倉から都の仙洞（上皇の御所）に奏上した歌で、時雨の間は雲によって都と鎌倉とに隔てられてしまうとしても、都を慕って涙に濡れる袖を、雲の向こうの空（順徳院）は判っているでしょう、というもの。「雲居」は雲の向こうという意味と宮中の意味とを表わしている。この歌に対しては、順徳院からの返歌があった。順徳院の家集『紫禁和歌草』によれば、雅経の歌は十月頃、さる女房に送ったもので、その女房に代わって院が返

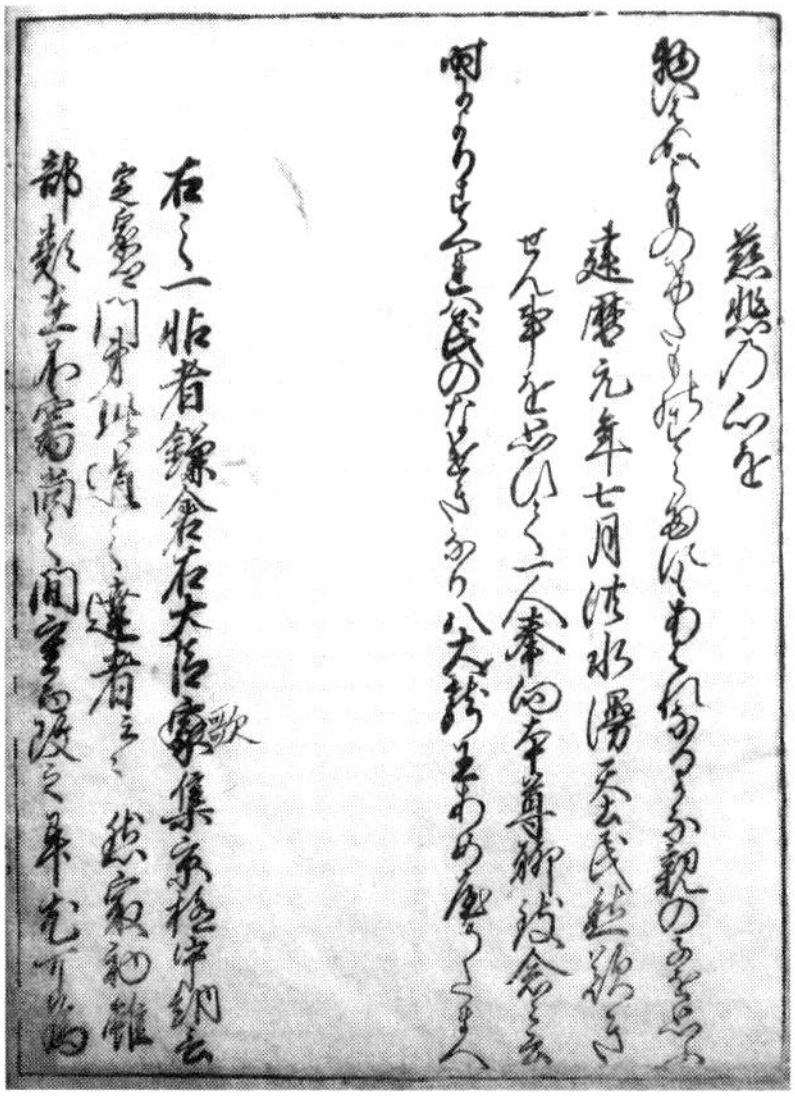
慈悲の心を
物いはぬよものけたものすらたにもあはれなるかなや親の子をおもふ
建暦元年七月洪水漫天土民愁歎せむ事を思ひて一人奉向本尊聊致祈念云
時によりすくれは民のなけきなり八大龍王雨やめたまへ
右之一帖者鎌倉右大臣家集

貞享版本『金槐和歌集』

歌を詠んだことになっている（『紫禁和歌草』六一三・六一四）。なお、雅経の薨去が承久三年（一二二一）三月十一日、順徳院が天皇の位を降りたのは同年四月二十日のことであるので、上皇の期間のやりとりではなく、譲位以前の出来事であったと考えられる。

頼朝・実朝と続いた歌の才能、また梶原景時や北条一門さらには御家人の中にも文芸愛好の気運が広がり、やがて鎌倉での和歌活動が活発化していくことになる。

第七章　執権政治への移行

鶴岡八幡宮大石段

■1　実朝暗殺

建仁三年（一二〇三）、兄頼家の死によって将軍職に就いた十二歳の実朝は、順調に官位が上がり、建保元年（一二一三）二月に正二位、建保六年（一二一八）十月には父頼朝の権大納言を越えて内大臣、十二月に右大臣に任命された。通常、大臣の昇任は朝廷で行われるが、この時、実朝は鎌倉を離れなかった。そして年が明け、翌年一月二十七日に、鶴岡八幡宮で任右大臣の拝賀を行った際に、鶴岡八幡宮の別当（神宮寺の要職で寺務を統轄。当時の八幡宮は神仏一体の施設。）であった甥の公暁により暗殺され、二十八歳の生涯を閉じた。
なお、公暁は従来「クギョウ」と読むのが一般的だが、「コウキョウ」と読む説もある。

『増鏡』巻第二「新島守」　※本文は日本古典文学大系『増鏡』（岩波書店、1965）による

故左衛門督（頼家）の子にて公暁といふ大徳《だいとこ》あり。親の討たれにし事を、いかでか安き心あらん。いかならむ時にかとのみ思ひわたるに、この内大臣、又右大臣にあがりて、大饗《だいきやう》など、めづらしく東《あづま》にて行なふ。京より尊者をはじめ上達部《かんだちめ》・殿上人《てんじやうびと》多くとぶらひいましけり。さて、鎌倉に移し奉れる八幡の御社に、神拝にまうづる、いといかめしきひゞきなれば、国々の武士はさらにもいはず、都の人々も扈従《こしよう》したりけり。たち騒ぎのゝしる物、見る人も多かる中に、かの大徳、うちまぎれて、女のまねをして、白き薄衣《うすぎぬ》ひきをり、大臣の車より降るゝ程を、さしのぞくやうにぞ見えける。あやまたず首をうちおとしぬ。そのほどのとよみいみじさ、思ひやりぬべし。かくいふは、承久元年正月廿七日なり。そこらつどひ集まれる者ども、たゞあきれたるよりほかの事なし。京にも聞こしめしおどろく。世中火を消ちたるさま

なり。下りし人々も泣く〳〵袖をしぼりてぞ上りける。

父頼家を殺害された大徳（僧の敬称）公暁は、親を討たれたことを恨み、いつか敵《かたき》を討ちたいと願っていた。そんな折、実朝が右大臣に上がり、その祝宴を都ではなく鎌倉で行うことになったので、都からも高僧や貴族が下ってきた。実朝が鶴岡八幡宮に参詣し、貴賤上下がそれを見物しようとしていた時、公暁が人混みに紛れて女の姿で薄衣をかぶって近付き、実朝が車から降りるところを間違いなく狙って頸を討った。喧噪の中、集まった人々はただあきれ果て、報せの届いた都でも大騒ぎとなった。

暗殺の様子は、拝賀に向かう時・拝賀から戻る時など史料によって異なりがある。しかし、現在喧伝されるような大イチョウの蔭から公暁が飛び出したという記事は、同時代のいずれの史料にもない。当時、イチョウは中国から移入されてまだ日も浅く、大樹となるようなイチョウはないはずであり、後代の創作である可能性が高い。平成二十二年（二〇一〇）三月に、樹齢千年といわれるこの大イチョウが強風のため倒れて、景観が大きく変わった。

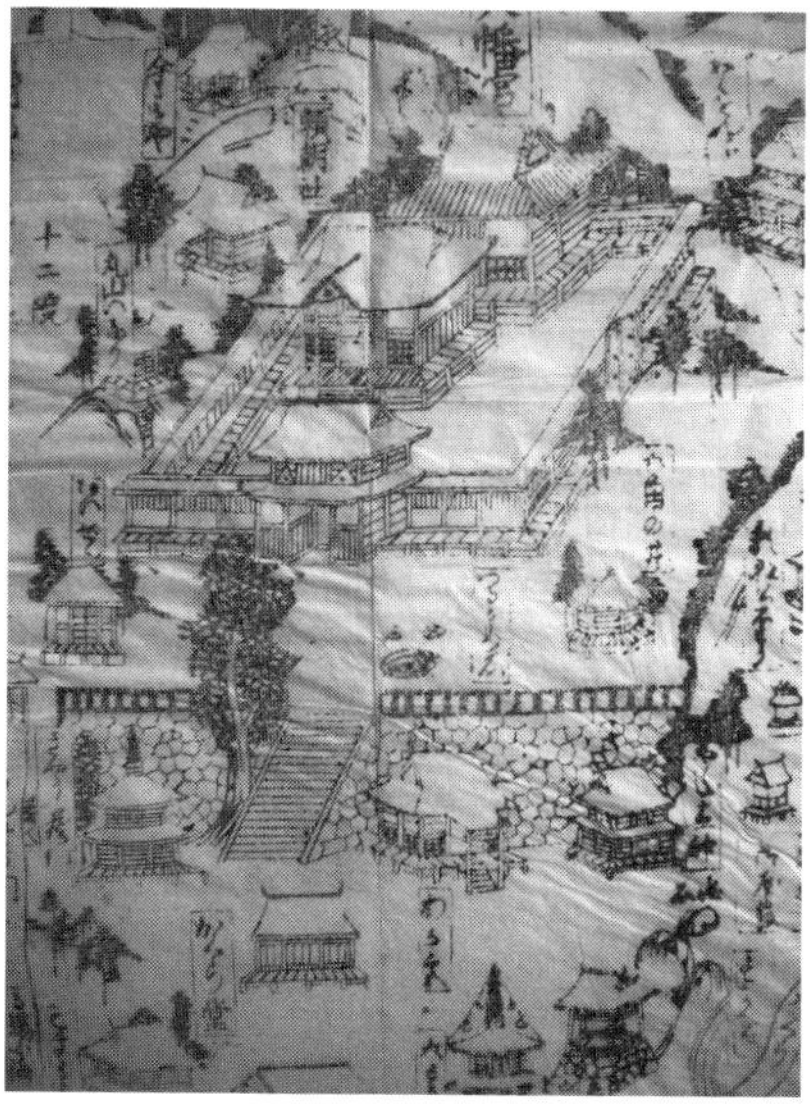

常陸屋伊三郎板『鎌倉絵図』（部分）

■2　死の予兆

実朝の頸を持ったまま逃げた公暁だったが、その夜直ちに討ち取られた。実朝に子どもはなく、これによって源氏の将軍時代は途切れた。頼朝が征夷大将軍に任命されてからわずかに二十七年であった。この事件の予兆にまつわる話も残っている。

※本文は『六代勝事記・五代帝王物語』（三弥井書店、2000）による

『六代勝事記』

将軍館《たち》より出で給ふに、鳩鳥しきりにかけり。車よりおるるに、雄剣をつきをれり。祖宗のしめす也。昔、臨江王とほくゆきし日、車のよこがみをれぬ。老父のいさめにしたがはずしひてさりて、はやく卒してふたたびかへる事を得ず。先事わすれざる、後生のつつしむ所也。此時によをのがるる兵百余人。其中に、前の民部権少輔大江親広《ちかひろ》は大膳大夫広元の長男也。出羽権介藤原景盛《かげもり》は将軍三代の近習、文武二道の達者也。両人の恨み、知恩の志、世のおすところ、のがれてしかもあまりあり。此外、或は疎遠・貧賤のやから、或は若冠《じゃくくわん》・二毛《にげ》の質、父子・兄弟ともに家をいで、郎従《らうじゅう》・僮僕《どうぼく》おなじくかうべをそる。おのおの思ふところをしらず。右京権大夫兼陸奥守義時の一族、旧主のあとをしむ心ふかくて、一人も出家の思なし。あはれむべし、胡蝶の夢、七十余廻の春をのこして、たちまちにおどろきぬる事を。

出でていなば主なき宿と成りぬとも軒ばの梅よ春を忘るな

とかきとどめられける。いまはのみち、たなごころをさしけるにや。

実朝が屋敷を出た時に鳩がしきりに飛び回り、車から降りる時に剣が折れた。これは先祖が身の危険を示したのである。昔、中国（漢の国）の臨江王が遠方に旅立つ日、車軸が折れたので、不吉な予兆であると父親は引き留めたが、あえて出発し、結局客死した。こうした事件を後代の人々は戒めとするべきである。実朝が殺されて、出家をした者は百余人に上った。中でも大江親広・藤原景盛は文武に優れ、実朝を慕う心が非常に強く、世間の人の推測する以上のものであった。他にも身分の差や年齢差を問わず、様々な人が出家した。しかし、北条義時の一族は、実朝亡き後の世への執着が強く、誰一人として出家しなかった。漢籍『荘子』には胡蝶百年の夢の喩えがあるが、実朝は七十余年を残して目を覚ました（わずか二十八歳で死去した）ことは気の毒である。実朝は八幡宮に出発する際に、主人が居なくなった後も、必ず春を忘れずに花を咲かせよと、梅に命じた歌を書き残していった。臨終のことは、手のひらを指すように明らかなことなのだろうか。

鳩は八幡神の神使であり、鶴岡八幡宮の鳩に異変があったことは頼家の急病の直前にも記され（『吾妻鏡』建仁三年 1203 六月三十日条など）、源氏と八幡神とのつながりの深さを物語っている。

■3　実朝の転生

実朝の死によって多くの者が出家をした。その一人が藤原（葛山《かつらやま》）景倫《かげとも》である。紀伊国（現在の和歌山県）鷲峰山興国寺《しゅうほうざんこうこくじ》に関しての記事に、実朝にまつわる伝承が見られる。

※本文は新潮日本古典集成『金槐和歌集』（新潮社、1981）による

『紀伊続風土記』興国寺鷲峰山

（興国寺は）村の乾《いぬゐ》にあり。願性上人の建立、法灯国師覚心の開山なり。始めは西方寺といふ。後に興国寺と改む。永正（一五〇四〜一一）年間の縁起に曰《いは》く、夫《そ》れ紀州海郡由良荘の鷲峰山西方寺草創由来の事、そもそも当寺の本願檀那・願性上人は、もとこれ関東武士藤原景倫、葛山《かつらやま》五郎なり。右丞相《うじようしやう》将軍・実朝公の寓《ぐう》直《ちよく》の近習《きんじふ》にして、あたかも影の形に随ふがごとし、しかるに実朝、一夕《いつせき》夢むらく、わが前世は宋の温《うん》州雁蕩山《しうがんたうざん》、夙因《しゆくいん》ありて、その功力《くりき》を以て日本の将軍となる。覚めて後、詠歌あり。

　世も知らじわれもえ知らず唐国《からくに》のいはくら山に薪樵《こ》りしを

しかのみならず、建仁の開山葉上《えふじやう》の僧正の夢に、実朝公は玄奘三蔵《げんじやうさんざう》の再誕なりと云々。ゆゑに身青油《せいいう》幕《ばく》にありといへども、心常に墨汁の衣に染む。実朝宋朝においての前因は、唯一ならず。しかれば、景倫を以て宋国にさしつかはさる。かの雁蕩山の絵図を写し、日本に来たりて、図の如く寺を建つべし。よつて景倫、その命を奉じて鎮西《ちんぜい》の博多の津に下り、宋船の順風を待つところに、関東より飛脚下つて、去んぬる正月二十七日承久元年将軍御夭薨《えうこう》の訃を告ぐ。景倫哀嘆して、即時に髪を剃り衣を染む。法名を願性と称して、再び鎌倉に帰らず。高野に径登《けいとう》して、主君・実朝将軍の御菩提を弔《とむら》ひ奉る。まことに以て忠心の致すところなり。

興国寺は願性《がんしやう》上人の建立で、初めは西方寺といった。願性上人は元は藤原景倫という関東の武士で、実朝の側近であった。ある日、実朝は、前世の功徳によって日本の将軍に生まれ変わったのだという夢を見て、

かつて宋の山奥の修行者だった前世の因縁を歌に詠んだ。そればかりか、葉上房栄西（第十一章参照）の夢では、実朝は玄奘三蔵の再誕というのである。身体は俗世間にありながらも、心は墨染めの衣をまとう出家者そのものであった。そのため、実朝は景倫に命じて、九州の博多から南宋に渡って雁蕩山の景を絵に写し、同じような寺を日本に建立しようとした。しかし、景倫が宋に渡ろうとしたところ、実朝死去の報を受けたため即座に出家し、鎌倉に戻らずに実朝の後世を弔った。なお、類話が『雑談集《ぞうたんしゅう》』などに採られている。

この逸話とは異なるが、実朝が宋国医王山の長老の生まれ変わりであったという話は、宋人陳和卿《ちんわけい》によってもたらされた（『吾妻鏡』建保四年1216六月十五日条）。これは建暦元年（一二一一）六月三日に実朝が見た夢想の告げと合致するものであり、陳和卿の申し出を契機に、渡宋の船が造られることになった。ただし、その船はすぐに沈没して、計画も頓挫した（『吾妻鏡』建保五年四月二十四日条）。

■4　承久の乱

河内源氏の棟梁筋が途絶えたことで、幕府は都の摂関家から将軍を迎えることになった。当初は皇族の将軍を求めたようであるが、朝廷はそれを許さなかった。そればかりか、幕府の強大化を懸念した後鳥羽院は、愛妾亀菊の領地問題を発端に、北条義時追討の院宣を下した。院宣は押松丸《おしまつまる》に預けられ、承久三年（一二二一）五月十九日申《さる》の刻（午後四時頃）に到着した。時を同じくして、京で自害した伊賀光季《みつすえ》のことを伝える下人も鎌倉に到着した。

『承久記』上巻　※本文は新日本古典文学大系『保元物語　平治物語　承久記』（岩波書店、1992）による

伊賀判官ノ下人モ、同酉《おなじきとり》ノ時ニ着ニケリ。二位殿(政子)ニ参テ申ケレバ、被レ仰《おほせられ》ケルハ、「尼、加様《かやう》ニ若《わかく》ヨリ物思フ者、ヨモアラジ。鎌倉中ニ触《ふれ》ヨ」トゾ被レ仰ケル。サテコソ谷七郷《やつしちがう》ニ、騒ガヌ所ハナカリケリ。此由《このよし》聞テ、二位殿へ参《まゐる》人々、武田・小笠原・小山左衛門・宇都宮入道・中間五郎・武蔵前司義氏、此人々参給フ。

二位殿被レ仰ケルハ、「殿原《とのばら》、聞玉《ききたま》へ。尼、加様ニ若ヨリ物思フ者候ハジ。一番ニハ姫御前ニ後レマイ《ゐ》ラセ、二番ニハ大将殿ニ奉レ後《おくれたてまつり》、其後、又打ツヾキ左衛門督殿ニ頼家後レ申、又無レ程《ほどなく》右大臣殿ニ実朝奉レ後。四度ノ思ハ已《すで》ニ過タリ。今度、権太夫《ごんのだいぶ》被レ打ナバ、五ノ思ニ成ヌベシ。女人五障トハ、是ヲ可レ申哉覧《まうすべきやらん》。殿原ハ、都ニ召上ラレテ、内裏大番《おほばん》ツトメ、降ニモ照ニモ大庭《おほには》ニ鋪皮布《しきがはしき》、三年ガ間、住《すむ》所ヲ思遣《おもひやり》、妻子ヲ恋《こひし》ト思ヒテ有シヲバ、我子ノ大臣殿コソ、一々、次第ニ申止《まうしとどめ》テマシ〳〵シ。去《さら》バ、殿原ハ京方ニ付、鎌倉ヲ責給フ、大将殿・大臣殿二所ノ御墓所ヲ馬ノ蹄ニケサセ玉フ者ナラバ、御恩蒙《かうぶり》テマシマス殿原、弓矢ノ冥加《みやうが》ハマシ〳〵ナンヤ。カク申尼ナドガ深山ニ遁世シテ、流サン涙ヲバ、不便《ふびん》トハ思《おぼ》食《しめ》スマジキカ、殿原。尼ハ若ヨリ物ヲキブク申者ニテ候ゾ。京方ニ付テ鎌倉ヲ責ン共、鎌倉方ニ付テ京方ヲ責ントモ、有ノマヽニ被レ仰ヨ、殿原」トコソ、宣玉《のたま》ヒケレ。武田六郎信光、進ミ出《いで》テ申ケルハ、「昔ヨリ四十八人ノ大名・高家《かうけ》ハ、源氏七代マデ守ラント契申テ候ケレバ、今更、誰カハ変改《へんがい》申候ベキ。四十八人ノ大名・高家ヲバ、二位殿ノ御方人《おんかたうど》ト思食《おぼしめ》セ」トゾ申タル。此信光ガ申詞《まうすことば》ニ、残ノ人々皆同《どう》ジニケリ。異儀ヲ申人、一人モナカリケリ。二位殿、悦テ重テ被レ仰《おほせらるる》様、「サラバ殿原。権太夫ガ侍《さぶらひ》

ニテ、軍《いくさ》ノ僉議《せんぎ》ヲ始メ給ヘ」トゾ被レ仰ケル。此由承リ、皆大夫殿ヘゾ参リ玉フ。

朝廷方の挙兵の報せを受けた鎌倉では、北条政子が主だった武将を集め、朝廷・幕府のいずれに付くのか決断を迫った。娘大姫・夫頼朝・息子頼家・実朝と四人に先立たれ、物思いの種が人並ではない上、弟であり第二代執権となっている義時までもさらに喪うことになると五つの物思いとなる。それを仏教で説く女の五障と重ねて、御家人たちの同情を集めたのである。また、京都大番役（東国武士が朝廷に参上して三年間仕える職務）を中止させたのは実朝であり、どれほどの恩を受けているかと力説した。そして、それでもなお朝廷方に付くのか、それとも幕府への忠誠心を見せるのかの決断を迫った。武田信光が政子に付くことをまず誓うと、他の者たちもそれに賛同した。政子は喜び、義時の下で評議を始めるよう促した。

引用の底本は慈光寺本で、『承久記』の中で最も古い形を残すと考えられる伝本であり、他の伝本に較べ、やや簡略な形になっている。流布本（古活字本）などでは、政子は事細かに重代の恩について語り、源氏三代の後世を弔う者が居なくなると歎いて決断を迫る。また、そのような政子の言葉に御家人たちは皆涙を流したと語られている。

『鎌倉将軍記』尼将軍政子

寡婦となった政子の住居が何処であったかは判っていないが、大倉幕府の東側という説があり、平成二十四年（二〇一二）三月、集合住宅の工事現場から大規模な邸宅と見られる遺構が発見され、政子邸宅跡地かと推測されたが、確証がなく、調査は進まなかった。

■5　北条泰時と後藤基綱の短連歌

承久の乱での勝利を境に、鎌倉幕府・執権体制はさらに強固なものとなった。承久元年（一二一九）に二歳で鎌倉に下った三寅《みとら》（藤原頼経）は、嘉禄二年（一二二六）一月に第四代征夷大将軍に任ぜられた。これを補佐する北条氏一族は武を尊ぶ一方、文弱とも取られかねない和歌にも寛容で、一族の中から優れた歌人を輩出した。文暦二年（一二三五）に成立した第九代勅撰和歌集『新勅撰和歌集』には、北条泰時・北条重時・北条政村・行念法師（北条時房息子）・真昭法師（同）といった北条一門や宇都宮頼綱（蓮生法師）・後藤基綱などの御家人歌人が初入集している。

貞永元年（一二三二）十一月、藤原頼経は永福寺《ようふくじ》に出かける。この外出には、和歌に堪能な者たちが加わった。将軍頼経の歌はほとんど残っていないが、鎌倉幕府の要人たちにも歌を詠むという営みが広がっていたことを示唆する。

『吾妻鏡』貞永元年十一月二十九日条

※本文は新訂増補国史大系『吾妻鏡後篇』（吉川弘文館、1933）により、私に訓読した

廿九日　乙亥　早旦に雪聊《いささ》か降る。庭上《ていしやう》偏へに霜色に似たり。将軍家、林頭を覧《み》むが為、永福寺に渡《と》御《ぎよ》す。御水干、御騎馬なり。武州（北条泰時）去る夜より未だ退出し給はず。則ち扈従《こしよう》し給ふ。式部大夫（北条政村）、陸奥五郎（北条実泰）、加賀守康俊、大夫判官基綱、左衛門尉定員、都築九郎経景、中務丞胤行、波多野次郎朝定已下、和歌に携はるの輩を撰び召して御共となす。寺門の辺に於て卿僧正快雅参会す。釣殿に入御《じゆぎよ》し、和歌の御会有り。但し雪気雨脚に変ずるの間、余興未だ尽きざるに還御す。而《しか》て路次《ろし》に於て基綱申して云はく、雪、雨の為に全き無しと云々。武州これを聞かしめ給ひ仰せられて云はく

　　あめのしたにふればぞ雪の色もみる
　　　基綱　みかさの山をたのむかげとて

と云々。

藤原頼経は雪見のため永福寺に出かけた。前の晩から御所に詰めていた北条泰時を始め、和歌に堪能な者が集まり、歌会を催した。雪が雨に変わったため御所に戻ったが、その途次、後藤基綱が雨になって残念であったことを述べると、泰時が、平和な天下に降る雪だから賞翫できるのだ、と詠みかけ、基綱も、将軍を頼みの人として、と応えた。

泰時の上の句は、「雨」と「天」、「降る」と「経る」との掛詞を用い、雨の下（先）に雪が降ったので賞翫できたの意と、平和な天下に時を過ごすので雪を見られたの意とを重ねている。基綱はその意を汲んで、将軍頼経の治世を言祝ぐ下の句を付けた。「みかさの山」は近衛の大中少将の異称で、この時右近衛中将だっ

た藤原頼経を指す。

永福寺は、頼朝が奥州平泉の二階大堂大長寿院を模して造営したもので、奥州の合戦での戦没者を弔うことを目的としていた。文治五年（一一八九）十二月に着工、建久三年（一一九二）十一月に本堂完成の落慶供養が行われた。度々火災に遭い、応永十二年（一四〇五）に焼失した後、次第に荒廃しやがて廃絶したが、現在も二階堂という地名が残り、永福寺跡地の発掘調査も行われている。鎌倉宮正面に向かって右側に道なりに進んだ先の空き地で、「永福寺旧蹟」碑が道沿いに立っている。近時、整備が進み、史跡公園として公開された。

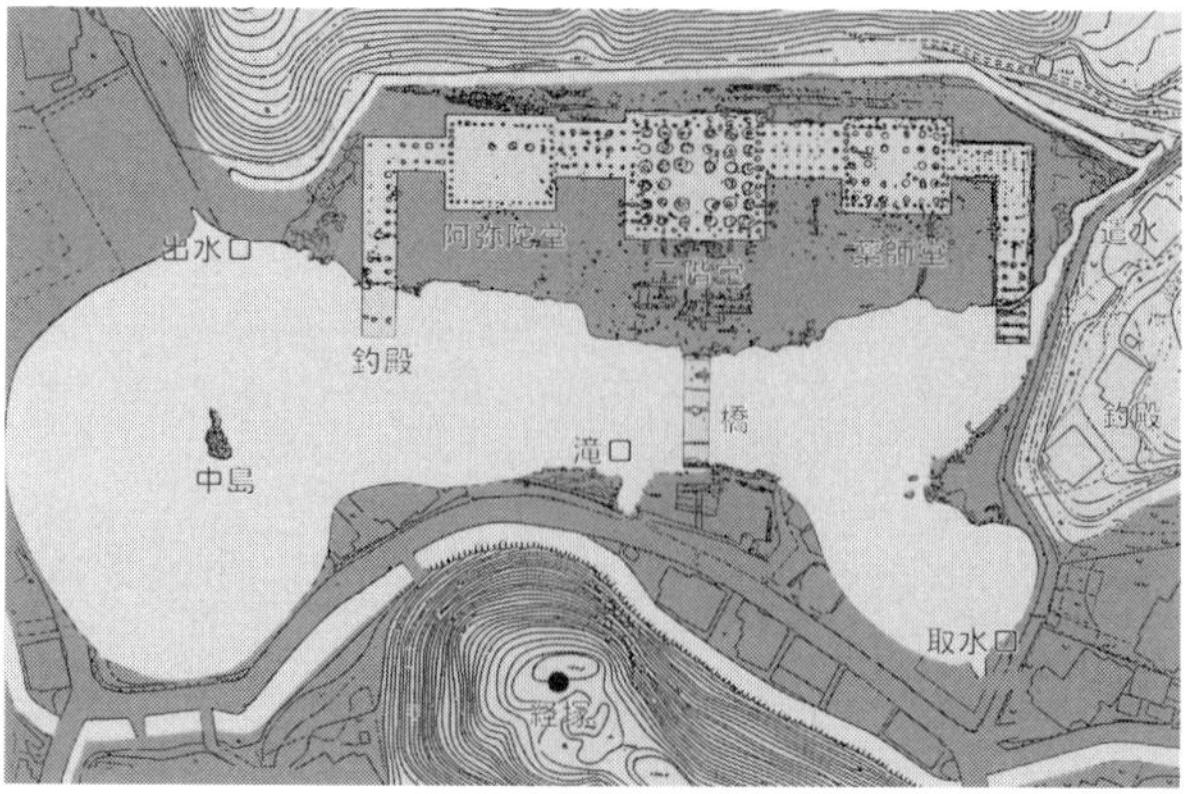

永福寺復元図（鎌倉市教育委員会資料提供）

第八章　隠遁者の遊歴

稲村ガ崎

■1　『海道記』作者の旅

武家の町として発展していった鎌倉には様々な人が訪れた。貞応二年（一二二三）四月には、一人の隠遁者が都から下り、『海道記』を著した。鎌倉への道中では、承久の乱を回顧し、その犠牲者を悼む記事があり、遊興・物見遊山の紀行文とは一線を画す仏教的思想が色濃く表現されている。作者は四月十七日（実際は十八日）酒匂を発ち、大磯から砥上が原を経由して江ノ島に入る。

『海道記』　※本文は新編日本古典文学全集『中世日記紀行集』（小学館、1994）による

片瀬川を渡りて、江尻の海汀《かいてい》を過ぐれば、江の中に一峰の孤山あり。山に霊社あり。江尻の大明神と申す。威験《ゐげん》ことにあらたにして、御前を過ぐる下船《くだりぶね》は、上分を奉る。法師は詣でずときけば、その心を尋ぬるに、「昔、この辺《ほとり》の山の山寺に禅侶ありて、法花経を読誦《どくじゅ》して、夜を明かし日を暮す。その時、女形《ぢよけい》出で来りて、夜毎《よごと》に聴聞《ちやうもん》して、明くれば忽然として失せぬれば、その行方を知らず。僧、是を怪しみて、糸を構へてひそかにその裾に付けてけり。曙朝《あくるあした》に糸を見れば、海上に引きてかの山に入りぬ。巌穴《がんけつ》に入りて、竜尾《りようび》につきたりけり。神竜、顕形《けんぎやう》して後、僧に恥ぢて是を入れず」と云へり。それ、権現は利生《りしやう》の姿なり、化現《けげん》せば、何ぞ姿にはばからん。弘経《ぐきやう》は読誦の僧なり、経を貴《たふと》まば、何ぞ僧を厭《いと》はんや。深き誓《ちかひ》は海に満てり、波に垂るる跡。惢体《すゐたい》は天にしられたり、雲に響く声。されども、神慮は人知るべからず、宜禰《きね》がならはしに随ひて、ふしをがみて通りぬ。

江の嶋やさして潮路に跡たるる神は誓の深きなるべし

路の北に高き山あり。山の峰、童《かぶろ》にて貴からずといへども、怪石双び居て、興なきに非《あら》ず。歩《ほ》をおさへて石をみれば、昔、波の掘り穿ちたる磐《いは》どもなり。海も久しくなれば干るやらむとみゆ。腰越と云ふ平山のあはひを過ぐれば、稲村と云ふ所あり。嶮《さが》しき岩の重なりふせるはざまをつたひ行けば、岩にあたりてさきあがる浪、花の如くに散りかかる。

　憂身《うきみ》をば恨みて袖をぬらすともさしてや波に心くだかん

申《さる》の斜《ななめ》に、湯井《ゆゐ》の浜におちつきぬ。暫く休みて、この所をみれば、数百艘の船、とも縄をくさりて、大津の浦に似たり。千万宇の宅《いへ》、軒を双《なら》べて、大淀の渡にことならず。御霊《ごりやう》の鳥居の前に日をくらして後、若宮大路より宿所につきぬ。月さしのぼりて、夜も半ばにふけぬれば、思ひおきたる老人、おぼつかなく覚えて、

　都には日をまつ人を思ひおきて東《あづま》の空の月をみるかな

鶏鳴八声《けいめいやこゑ》の暁、旅宿一寝《りよしゆくいつしん》の夢驚きて、立ち出でて見れば、月の光、屋上《をくしやう》の西に傾きぬ。

　思ひやる都は西に有明の月かたぶけばいと恋しき

『鎌倉武鑑』

『海道記』作者は、片瀬から海岸伝いに移動して江ノ島を目にした。行き交う船は島の霊社への奉納の品を積んでいる。江ノ島には僧侶は参詣できないと耳にしたので、その理由を尋ねた。昔、この辺りに住む禅侶（法華《ほっけ》懺法《せんぼう》などを修する僧）のところに、毎晩法華経を聴聞に来る女が居たが、明け方には忽然と消えてしまった。不思議に思った僧が、その女の衣の裾にこっそりと糸を縫い付けて、翌朝その糸を辿っていくと、女の正体は江ノ島社の竜神であり、竜神は自分の姿を恥じて、僧を中に入れなかった、という伝承があったのだった。そもそも権現とは人々を救う仮の姿であり、その姿を憚る必要はないし、また、僧侶は経を広めるために読誦するだけであるから、竜神も恥じることなく経そのものを尊ぶべきであり、神仏の偉大さは些細なものに影響されないと作者は思った。しかし、神官の慣習に従って、中に立ち入ることは諦めて、伏し拝むだけで通り過ぎた。この時の思いを、江ノ島を目指して、竜神の姿となって降りてきた仏の誓いは、海のように深いものだろう、と歌に詠んだ。

戸川氏蔵板『鎌倉惣図江之嶋金沢遠景』（部分）

道の北側には岩肌がむき出しの山が続き、尊いわけではないが、不思議な光景で感興を催す光景である。

これは昔、波がえぐってできたもので、今は水位が下がったために見えるようになった。腰越・稲村ガ崎と進んでいくと、嶮しい岩肌に波があたって花が咲き散るかのようであった。作者はこうした景色を前に、我身のつらさに袖を濡らすことがあろうとも、このような絶景の中で波しぶきで袖を濡らさないようにと心を砕くことがあろうか、いや気にはしない、と詠んだ。

午後五時頃に由比に到着した。町や海の景色は琵琶湖の大津や難波の大淀の渡りの景色と大きくは変わらない。御霊神社の社前で夕刻を過ごした作者は、若宮大路から宿所に入った。夜も更けてくると、都に置いてきた老母に思いを馳せた。また、明け方に目を覚ますと、月が西に傾いていたので、思い遣る都の方角と同じ西に沈む月に、一層恋しさが募っていった。

江ノ島は弁財天を祀り、中世以前から信仰を集めていた。『海道記』では、三輪山のおだまき伝説に似た、糸を辿って相手の正体を明らかにする話を収めるが、他文献にも様々な伝承がある。「御霊の鳥居」は御霊神社のことで、鎌倉権五郎景正を祭神とする、鎌倉でも特に歴史の深い神社の一つである。江ノ電長谷駅の改札を出て、線路沿いに極楽寺の方角に進み、五分ほど歩いたところに位置する。

御霊神社

『海道記』作者は、その後しばらく鎌倉に滞在し、藤原頼経の御所を垣間見、勝長寿院・大慈寺・永福寺《ようふくじ》（いずれも現在は廃寺）、さらには鶴岡八幡宮などを参詣し、五月に帰洛した。

■2　実朝追憶―信生法師の旅―

塩谷朝業《しおやともなり》（信生法師）は宇都宮歌壇を形成する武家歌人の一人で、源頼朝の開幕以降、御家人として幕府に重用された。建暦二年（一二一二）には時の将軍実朝より梅花一枝を歌とともに贈られ、それに返歌をした逸話が残されている。承久二年（一二二〇）に出家して修行に出た信生は、嘉禄元年（一二二五）に都を発った。東海道を下り鎌倉に着くと、北条政子の所有する持仏堂（廊御堂）を借り受けて修行に入った。

『信生法師日記』　※本文は新編日本古典文学全集『中世日記紀行集』（小学館、1994）による

二月廿九日鎌倉に着きて、三月四日より二位殿《（政子）》の御持仏堂乞ひ受けて、別時の念仏するほどに、春雨ののどかなる夕暮に、紐解き渡す花の顔、己れ一人と笑み広げて、思ふことなげなるにも、過ぎにし方思ひ出でられて、袖の雫も偏《ひとへ》になりぬ。

　春雨の過ぎぬる世々を思ひ居れば軒にこたふる玉水の音

雨の後、月初めて晴れ侍る夜、宿に書き付け侍る。

　月かげも春も昔の春ながらもとの身ならで濡るる袖かな

月の夜、御墓訪ふて通夜し侍るに、御面影は只今も向ひ奉りたる心地して、心を傷ましむるなる故《こ》

宮《きゅう》の月に、いとど松風吹き添へて、昔今の事思ひ残さず。事なく三笠の月かげなびく今宵まで至り給ひしに、思ひがけぶり日々見なし奉りしほどの事などは、この世の外になりぬるも、忘れ給ふべくもなし。薪尽きにし暁の空、形見の煙だに行方も知らず、霞める空はたどたどしきを、篠分けし暁にあらねども、帰さは袖の露も数まさりし折なんど、ただ昨日今日と移り行く夢を数ふれば、早七年なりにければ、驚かるるは悲しとも疎かなり。

別時の念仏（期間を定めた念仏）を唱えていると、春雨の降るのどかな夕暮時に、夕顔の花が笑うかのように咲きかかり、物思いの種はなさそうな中にも、過ぎ去った昔のことや人々が思い出されて思わず落涙した。涙にも勝る春雨が軒から滴り、ただ一人、過ぎ去った世を偲ぶ作者に応えるように音を立てている、そんな思いを歌にした。また、雨が止み、月が出てきた時、宿に書き付けた歌は、月光も春もむかしに変わらないのに、自分だけが御家人から出家者へと変わって、懐旧の涙で袖を濡らす、というものだった。

月の出た夜に、実朝の墓を訪ねていると、生前の姿と向かい合っているような気がした。思い起こせば、実朝は滞ることなく昇進していたのに、思いがけぬ不

源実朝の墓

運で死去してしまった。回向《えこう》の煙が空のいずこに消えていくのか判らないように、明け方の帰り道さえ判然としない。朝露ばかりでなく、涙で帰り道の袖は濡れがちであるが、移ろう日々を数えるともう七年にもなったのかと驚き、悲しいという言葉だけでは言い表すことができないほどだった。

廊御堂は、承久元年（一二一九）に焼失した大倉幕府に代わる仮御所（北条義時邸内）に入った政子が建立したものである（『吾妻鏡』貞応二年1223八月二十七日条）。

実朝の遺体は、当初、勝長寿院の傍らに葬られたが（『吾妻鏡』建保七年1219一月二十八日条）、その全容同様にどこかは判らない。実朝と縁の深い寿福寺（第十一章・十五章参照）の墓地には政子・実朝と伝えられる墓がある。

『新和歌集』　※本文は『新編国歌大観第六巻』（角川書店、1988）による

鎌倉右大臣家より梅を折りて賜ふとて

君ならで誰にか見せむわが宿の軒端ににほふ梅の初花　（春・一七）

御返事　信生法師

うれしさも匂ひも袖にあまりけりわがため折れる梅の初花　（春・一八）

実朝のもとから梅が一枝下されて、そこには、梅の初花をあなた以外の誰に見せるというのでしょう、という歌が添えられていた。信生は、私のために折ってくださった嬉しさも梅の香りも袖からあふれるようだ、

という返礼の歌を送った。

『吾妻鏡』建暦二年（一二一二）二月一日条によれば、実朝の和歌は記されず、和田朝盛を使いとして、名前を伏せて梅花一枝のみが朝業に贈られ、朝業が追って歌を返したということになっている。

■3 『東関紀行』作者の旅

『海道記』作者の鎌倉下向からおよそ二十年、仁治三年（一二四二）にまた一人の隠遁者が鎌倉に旅した。東海道を下る旅は十二日を要し、折々の見聞や、過去の文芸作品を重ね合わせた場面などを描いている。鎌倉入りした作者は、和賀江島《わかえのしま》や三浦を見物した後、鶴岡八幡宮に参詣した。

『東関紀行』　※本文は新編日本古典文学全集『中世日記紀行集』（小学館、1994）による

そもそも鎌倉の初めを申せば、故右大将家（頼朝）と聞え給ふ、水の尾の御門（清和天皇）の九つの世のはつえを武人《たけきひと》に受けたり。去りにし治承の末にあたりて、義兵をあげて朝敵をなびかすより、恩賞しきりにくははりて将軍のめしを得たり。営館をこの所に占め、仏神を砌《みぎり》にあがめ奉るよりこの方、いま繁昌の地となれり。

中にも鶴が岡の若宮は、松柏《しようはく》みどりいよいよしげく、蘋蘩《ひんぱん》の供《そな》へ欠くることなし。陪従《べいじゆう》を定めて、四季の御神楽《みかぐら》おこたらず、職掌《しきしやう》に仰せて八月の放生会《はうじやうゑ》を行はる。崇神《すうじん》のいつくしみ、本社にかはらずと聞ゆ。

二階堂は殊に勝れたる寺なり。鳳《ほう》の甍《いらか》日にかかやき、鳧《ふ》の鐘霜にひびき、楼台の荘厳よりはじめて、林池《りんち》のありどにいたるまで、ことに心とまりて見ゆ。

大御堂《おほみだう》と聞ゆるは、石巌《せきがん》の厳しきを切りて、道場の新たなるを開きしより、禅僧庵を並ぶ、月おのずから紙窓《しさう》の観を訪ひ、行法座《ぎやうぼふ》を重ね、風とこしなへに金磬《きんけい》の響きを誘ふ。

しかのみならず、代々の将軍以下《いげ》、つくり添へられたる松の社葎《むぐら》の寺、町々にこれ多し。その中にも、湯井の浦といふ所に、阿弥陀仏の大仏を作り奉るよし、かたる人あり。やがていざなひてまゐりたれば、尊くありがたし。ことのおこりを尋ぬるに、もとは遠江国《とほたふみのくに》の人、定光《ぢやうくわう》上人といふ者あり。過ぎにし延応の頃より、関東の高き卑しきをすすめて仏像を作り、堂舎を建てたり。その砌すでに三が二に及ぶ。烏瑟《うしつ》高くあらはれて半天の雲に入り、白毫《びやくがう》新たにみがきて満月の光をかかやかす。仏は、すなはち、両三年に功すみやかに成り、堂は又十二楼の構へ、たちまちに高し。かの東大寺の本尊は聖武天皇の製作、金銅十丈余の盧遮那仏《るしやなぶつ》なり。天竺震旦《てんぢくしんたん》にも類ひなき仏像とこそ聞ゆれ。この阿弥陀は八丈《たけ》の長なれば、かの大仏のなかばよりすすめり。金銅木像のかはりめこそあれども、末代にとりては、これも不思議といひつべし。仏法東漸《とうぜん》のみぎりにあたりて、権化《ごんげ》力をくはふるかとありがたく覚ゆ。

鎌倉の起こりは、頼朝が清和天皇の九代後に武士として生を受けたことによる。以来、鎌倉が次第に発展していった。中でも鶴岡八幡宮は非常に栄え、本社石清水八幡宮に変わらぬ儀式が行われている。二階堂永《よう》福寺《ふくじ》は殊に優れた寺で、造りの隅々まで心惹かれる。大御堂勝長寿院は、切り立った岩を切り崩して坐禅道場を開いたもので、修行が絶えず行われている。こればかりではなく、代々の将軍以下の者たちが建立した社寺は、町中にもたくさんある。そうした中で、由比ガ浜近くで阿弥陀の大仏を造営しているという話があった。聞けば、遠江国の定光上人が人々に声をかけたもので、仏像も堂も大方できている。仏像の相は非常に優れ、東大寺の大仏ほどではないが、その半分以上の規模のものができあがるということは、末法の世にあって、不思議なことである。仏法が東に広がる際に、仏がこの世に権化《ごんげ》（別の仮の姿）として現れたためかと思われた。

『東関紀行』作者が目にした大仏は木像の阿弥陀如来であった。一方、『吾妻鏡』では金銅の釈迦如来が建立されたとあり、両者の関係は様々な推測を生んでいる。おそらく、最初に木像の型が作られ、その外側に金属で鋳造していったのであろう。また、当初、仏像は堂の中に安置された形であった。以後、自然災害などで度々堂が損壊し、最終的には露座となった（第十五章参照）。鎌倉大仏は、江ノ電長谷駅の北に位置し、この大仏を本尊とする大異山高徳院《だいいさんこうとくいん》清浄泉寺《しょうじょうせんじ》は、江戸時代中期に再興された浄土宗寺院である。

大坂屋孫兵衛板『鎌倉絵図』（部分）

第九章　鎌倉武士の精神

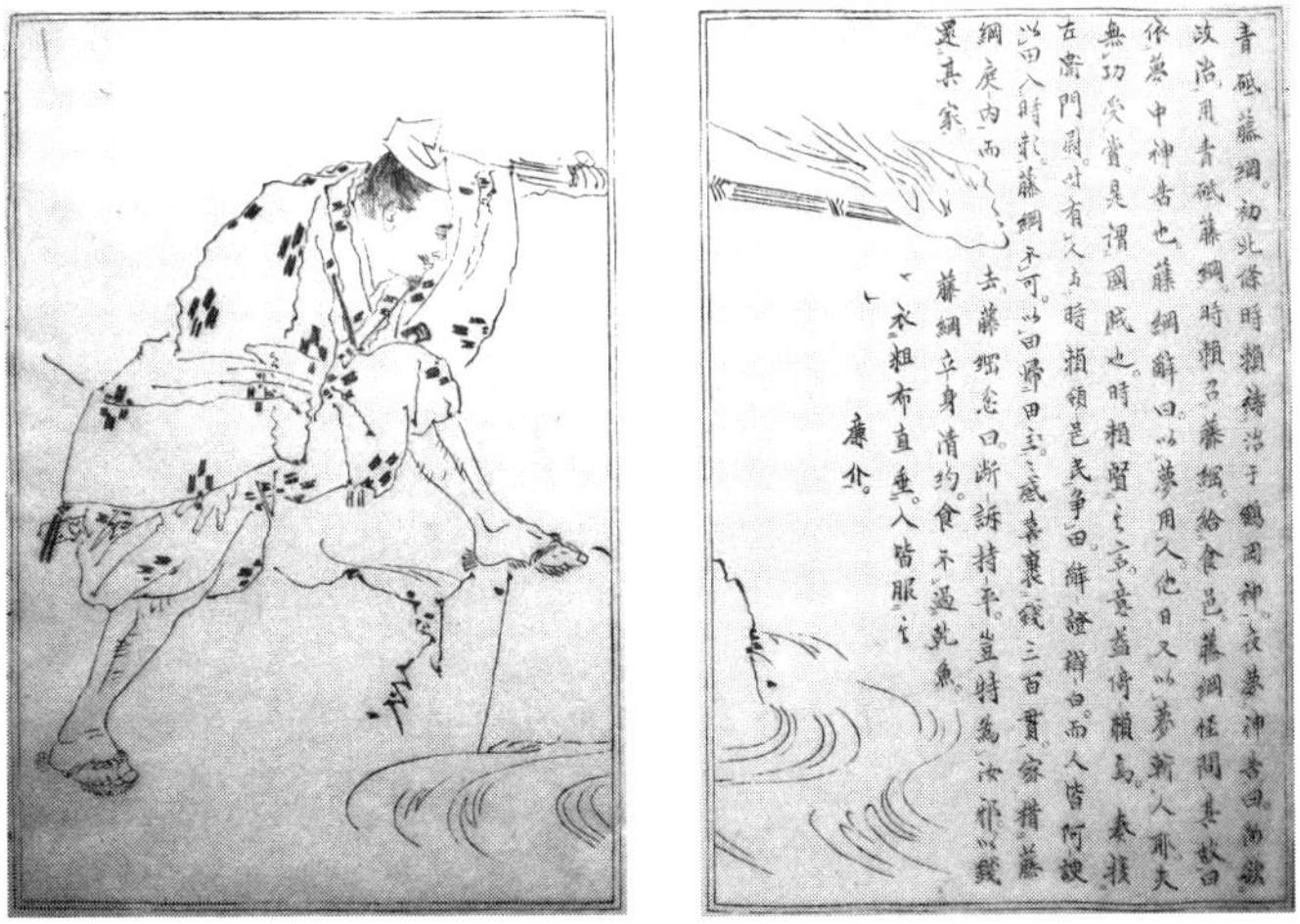

『前賢故実』青砥藤綱

■1　北条泰時の英断

第三代執権北条泰時は第二代執権義時の長男で、「御成敗式目」を定めるなど武家政権を揺るぎないものとした。その一方、和歌を好み、『新勅撰和歌集』以下、代々の勅撰和歌集に二十二首が採られる程の力量があった。中でも、よく知られている歌が『新勅撰和歌集』雑二の「世の中に麻はあとなくなりにけり心のままの蓬のみして」である。好き放題に曲がって育つ蓬も、まっすぐに生える麻に囲まれれば、まっすぐに育つようになるという漢籍（『荀子』勧学篇）をふまえたもので、正しい心を持った人がいなくなり、自分勝手な人々が幅を利かせていることを詠んだものである。

播磨国細川庄《はりまのくにほそかわのしょう》の相続問題で鎌倉に下った阿仏尼《あぶつに》（第十二章参照）が、『十六夜日記《いざよいにっき》』の末尾に記した長歌の中でも、この歌をふまえた挿話を詠みこんでいる。俊成卿女《しゅんぜいきょうのむすめ》が播磨国越部庄《こしべのしょう》の領有で妨害を受けた時に、「世の中に……」歌をふまえて、自らの窮状を北条泰時に訴え出ると、泰時はただちに英断を下し、妨害を止めさせたというものであり、この話が奥書（作品末尾の記述）部分に別記されている。この別記は永仁六年（一二九八）三月一日に加えられたもので、書き入れた人物は未詳である。

北条執権邸旧蹟碑

※本文は新編日本古典文学全集『中世日記紀行集』（小学館、1994）による

『十六夜日記』奥書

皇太后宮大夫《くわうたいこうぐうのだいぶ》俊成の卿の御女《むすめ》、父の譲りとて、播磨国越部庄といふ所を伝へ領《し》られけるを、さまたげ多くて、武蔵の前司（泰時）へ、ことなる訴訟にはあらで参らせられける歌、新勅撰にも入りてやらん、「心のままの蓬《よもぎ》のみして」といふ御歌をかこちて申されける歌、

君ひとりあとなき麻の数知らば残る蓬が数をことわれ

と詠まれければ、評定《ひやうぢやう》にも及ばず、廿一箇条の地頭の非法を皆とどめられて候ひけり。

俊成卿女が父親（実際は祖父にあたる）の領地越部庄を相続したが、地頭の妨害が多いため、武蔵守北条泰時に向けて、歌で訴え出た。この歌は、泰時が、特に訴訟ということではなくて詠んだ歌「世の中に……」をふまえたもので、あなた一人が跡のなくなった麻を気にかけているならば、はびこる蓬のような世の不正を裁いてください、というものであった。泰時はこの歌を受け取ると、幕府の評定（公的審議）を経ることもなく二十一箇条に及ぶ地頭の非法をすべて止めさせた。

この俊成卿女は、父・藤原盛頼、母・俊成の娘の八条院三条という女房であったが、祖父俊成のもとで育てられ、源通具の妻となり、後に後鳥羽院歌壇に加えられた。俊成卿女と北条泰時のやりとりが実話だったとすれば、泰時が武蔵守前司（前任者）となった嘉禎四年（一二三八）、さらに俊成卿女が越部に下った仁治二年（一二四一）以後、仁治三年に泰時が没するまでの間の出来事となる。

■2　北条時頼の廻国伝説

北条泰時の孫時頼も、善政の逸話を多く残している。寛元四年（一二四六）に第五代執権に就き、幕府内の反対勢力を粛清する一方、武家政権としての体制を整えていった。康元元年（一二五六）、病によって執権職を退いた北条時頼は、出家して最明寺と号したが、北条氏を中心とする幕府に隠然と影響を与え続けた。時頼の質素倹約、また公明正大な性格を伝える逸話は多く、最明寺殿が身分を隠して諸国を廻り、悪行を摘発していったことが『増鏡』や『太平記』『弘長記』『北条九代記』などに残され、時頼没後間もない時期から、廻国伝説が生成されていったらしい。

これらの中でも謡曲「鉢木」は夙に有名で、現行五流の能で上演されている。直面《ひためん》（シテが面をかけない）の代表的な作品の一つである。

ある雪の日、旅の僧（ワキ・最明寺殿）が上野国（下野国という伝承も多い）佐野を通りかかった。折からの大雪で先に進むのも困難になり、目にとまった家に一夜の宿を求める。その家では、夫（シテ・佐野源左衛門常世）の帰りを妻（ツレ）が待っているところだった。やがて常世が戻り、妻は旅の僧のことを話すが、僧をもてなすものもない貧しさでは失礼に当たると考え、一旦は断る。しかし、思い直して、吹雪の中で立ち往生している僧を呼び止め、家に招き入れる。困窮を極めていた常世は、秘蔵の鉢木（盆栽）を取り出し、松・梅・桜をすべて伐り、薪として火にくべてしまう。旅の僧が常世のこれまでの経緯を尋ねた。すると、常世は、かつては一廉《ひとかど》の武士であったが、人々に騙され財産を失ったこと、そして、零落してはいても鎌倉に一大事が起こった時は武士の心得として馳せ参じること、といった胸中の思いを語る。一夜が明け、僧は出立する。そしてしばらく時が過ぎ、鎌倉の最明寺殿時頼が関東一円の侍に招集をかけた。
続々と武士の集まる中、常世も痩せ衰えた馬に鞭打ちながらなんとか鎌倉に到着した。集結した武士団の中から、最明寺殿はみすぼらしい身なりの者を探し出すよう命じた。最明寺殿の家来から下命された下人（狂言方）は常世を見つけ出し、最明寺殿の御前に出るよう伝えた。

謡曲「鉢木」　※本文は『謡曲大観第四巻』（明治書院、1931）による

シテ　佐野源左衛門常世　ワキ　旅の僧（実は最明寺殿）

シテ　「げにげにこれも心得たり。其《それがし》が敵人謀反人と申し上げ。御前に召し出だされ頭《かうべ》を刎ねられんためな。よしよしそれも力なし。いでいで御前に参らんと

地　〽大床《おほゆか》さして見渡せば

〽今度の早打《はやうち》に。今度の早打に。上り集まる兵《つはもの》きら星の如く並み居たり。さて御前には諸侍《しよさむらひ》。その外数人《すじん》並み居つつ。目を引き指をさし笑ひあへるその中に

シテ　〽横縫《よこぬひ》の、ちぎれたる

地　〽古腹巻に錆長刀《さびなぎなた》。やうやうに横たへ。わるびれたる気色《けしき》もなく。参りて御前に畏る

ワキ　「やあいかにあれなるは佐野の源左衛門《げんざゑもん》の尉《じよう》常世か。これこそいつぞやの大雪に宿借りし修行者よ見忘れてあるか。いで汝《なんぢ》佐野にて申せしよな。今にてもあれ鎌倉に御大事あるならば。ちぎれたりともその具足取つて投げかけ。錆びたりともその長刀を持ち。痩せたりともあの馬に乗り。一番

に馳せ参るべき由申しつる。言葉の末を違《たが》へずして。参りたるこそ神妙《しんべう》なれ。まづまづ今度の勢づかひ全く余の儀にあらず。常世が言葉の末。真《まこと》か偽りか知らん為なり。又当参の人々も。訴訟あらば申すべし。理非によつてその沙汰致すべき所なり。まづまづ沙汰の始めには。常世が本領佐野の庄。三十余郷返し与ふる所なり。又何よりも切《せつ》なりしは。大雪降つて寒かりしに。秘蔵《ひさう》せし鉢の木を切り。火に焚きあてし志をば。いつの世にかは忘るべき。いでその時の鉢の木は。梅桜松にてありしよな。その返報に加賀に梅田。越中に桜井上野《かうづけ》に松井田。合はせて三箇の庄。子々孫々に至るまで。相違あらざる自筆の状

〽安堵《あんど》に取り添へたびければ

シテ　〽常世はこれを賜はりて

地　〽常世はこれを賜はりて。三度頂戴仕《つかまつ》り。これ見給へや人々よ。始め笑ひしともがらも。これほどの御気色《けしき》さぞ羨ましかるらん。さて国々の諸軍勢。皆御暇《いとま》賜はり古里《ふるさと》へとぞ帰りける

シテ　〽その中に常世は

能「鉢木」　シテ中森貫太（鎌倉能舞台）

地　〽その中に常世は悦びの眉を開きつつ。今こそ勇めこの馬に。うち乗りて上野や。佐野の船橋取り放れし。本領に安堵して。帰るぞ嬉しかりける帰るぞ嬉しかりける

覚えのない呼び出しに、みすぼらしい己の姿を目にした誰かが謀叛人と告げ口したのだろうと考えた常世は、立派な武具を揃えた武士たちの間を、処刑も覚悟で通っていった。中には、その姿を嘲笑う者もいた。最明寺殿の前にまかり出た常世に、最明寺殿の思いもかけない言葉が告げられる。いつぞやの冬、一晩の宿を貸した旅の僧こそが最明寺殿だったのだ。このたびの招集は、常世の心掛けに偽りのないことを確かめるためのものであった。また、この招集を機に、訴えのある者は申し出よと命ずる時頼は、その訴訟の手始めとして、常世の奪われた所領を戻し、燃やした鉢の木になぞらえて、梅田・桜井・松井田の三箇所の領地を与えた。常世は時頼の書状を手に、意気揚々と故郷の佐野へと帰っていった。

広大な敷地を有した最明寺は山ノ内に位置し、時頼没後、その跡地に息子時宗が禅興寺を創建した。この禅興寺の塔頭として明月院が創建され、今日まで遺り、時頼の墓も同院にある。JR北鎌倉駅改札を円覚寺側に出て線路沿いに四〇〇mほど進み、左折して三〇〇mほど進むと明月院に着く。

■3　『徒然草』に描かれる北条時頼

兼好法師は『徒然草』において北条時頼に関わる逸話を三つ（一八四・二一五・二一六段）記している。『徒然草』の成立年は未詳であるが、鎌倉幕府倒幕の直前、およそ一三三〇年頃と推測されるので、時頼没

後七十年ほどを経た逸話である。

『徒然草』二一五段　※本文は新日本古典文学大系『方丈記　徒然草』（岩波書店、1989）による

平宣時朝臣《のぶときあそん》、老の後、昔語りに、「西《最》明寺の入道、ある宵の間に呼ばるゝ事ありしに、『やがて』と申《まうし》ながら、直垂《ひたたれ》のなくて、とかくせしほどに、又使《つかひ》来て、『直垂などのさぶらはぬにや。夜なれば、異様《ことやう》なりとも。とく』とありしかば、なへたる直垂、うち〳〵のまゝにてまかりたりしに、銚子に土器《かはらけ》取り添へて持て出《い》でて、『此酒をひとりたうべんがさう〴〵しければ、申つるなり。肴こそなけれ。人は静まりぬらん。さりぬべき物やあると、いづくまでも求め給へ』とありしかば、紙燭《しそく》さしてくま〴〵を求めしほどに、台所の棚に、小土器に味噌の少し付きたるを見出でて、『これぞ求め得てさうらふ』と申しかば、『事足りなん』とて、心よく数献《すこん》に及て、興に入られ侍き。其世には、かくこそ侍しか」と申されき。

高齢の北条宣時が若い頃の出来事として語った話である。ある夜、時頼からの呼び出しがあった。時頼の前に出るのにふさわしい装束を探しているうちに、どんな格好でもよいと重ねての命令があった。とりあえず行ってみると、時頼が酒の用意をして、一人酒が寂しいので呼び出したという。肴もないので、宣時は人《ひと》気《け》のない台所を探し回り、皿にわずかに残っていた味噌を見つけ出した。それを肴に酒を酌み交わして楽しんだ。

北条（大仏《おさらぎ》）宣時は暦仁元年（一二三八）生まれで、元亨三年（一三二三）の没。正安三年（一三〇一）、六十四歳で出家しているが、本文「平宣時朝臣」の職名と助動詞「き」の用法（直接見聞した体験）からすると、宣時在俗時に、兼好が鎌倉で宣時から直接聞いた話と考えられる。時頼と宣時は十一歳差で、康元元年（一二五六）の時頼出家後（最明寺殿）とすると、宣時二十代前半の逸話ということになる。鎌倉幕府の中心的な存在であり、かつ心の通い合う二人が質素な肴で酒を酌み交わす、そんな光景が浮かび上がる。『徒然草』では、この二一五段に続き、二一六段には時頼と足利義氏との交流を載せている。

北条時頼の墓

■4　松下禅尼の倹約精神

この時頼の母が松下禅尼《まつしたのぜんに》と呼ばれる女性である。『徒然草』では、時頼に倹約の精神を教える母として描かれる。

『徒然草』一八四段　※本文は新日本古典文学大系『方丈記　徒然草』（岩波書店、1989）による

相模守《さがみのかみ》時頼の母は、松の下禅尼とぞ申しける。守を入れ申さるゝ事ありけるに、煤《すす》け明り障子《さうじ》の破れ

ばかりを、禅尼手づから、小刀して切りまはしつゝ張られければ、兄人《せうと》の城《じやう》の介義景《よしかげ》、其日の経営《けいめい》して候けるが、「たまはりて、なにがし男に張らせ候はむ。さ様《やう》の事に心えたる物に候」と申されければ、「其男、尼が細工によも勝りさぶらはじ」とて、猶一間づゝ張られけるを、義景、「皆を張り替へ候はんは、遙かにたやすく候べし。まだらにもみぐるしくや」と重ねて申されければ、「尼も、後はさは〱と張り替へんと思へども、今日ばかりはわざとかくてあるべきなり。物は、破れたる所ばかり修理して用ゐる事ぞと、若き人に見習はせて、心付けんためなり」と申されける、いとありがたかりけり。

世を治むる道、倹約をもととす。女性《によしやう》なれども、聖人の心に通へり。天下を保つほどの人を子にて持たれけるは、まことにたゞ人にはあらざりけるとぞ。

絵入『徒然草』正徳二年刊

松下禅尼が息子の時頼を迎え入れた時のこと。煤けた障子の破れを尼自らが繕っていた。時頼を迎えるために経営（準備）をしていた安達義景（松下禅尼の兄）は、召使いにやらせようとするが、禅尼は自分のほうが上手いと言う。また、ところどころを繕うより全部を一度に張り替えたほうが簡単できれいだと提案すると、禅尼は破れたところだけを修理する倹約の精神を若い息子に見習わせるためにやったのだと答えた。兼好は、女性でありながらもこうした精神を持っていることを褒め讃え、天下を取る人物の母親はやはり並の人間ではないと評した。

松下禅尼は安達景盛の娘で、生没年未詳。文中に登場する義景は承元四年（一二一〇）に生まれ、建長五年（一二五三）に没している。秋田城介は嘉禄三年（一二二七）に任ぜられている。また、時頼は嘉禄三年の生まれで、執権職に就いたのは寛元四年（一二四六）であるので、一二四六～五三年、時頼が二十～二十七歳の出来事と考えられる。

■5　青砥藤綱の金銭感覚

北条時頼の善政で思い起こされるのは、時頼の時代から時宗・貞時の時代にかけて幕府に仕えたと言われる青砥藤綱の逸話である。藤綱の来歴は『吾妻鏡』では確認できず、他の資料でも存在を明らかにするものはなく、『太平記』『弘長記』によって様々な逸話が知られるのみである。『太平記』では、日野の僧正頼意《らいい》が三人の人物から話を聞くという設定で、時頼の廻国伝説の一つ摂津国難波の浦での逸話、それに倣った北条貞時の善政に続いて、藤綱が登場する。これによれば、質素倹約を旨として、困窮する人々には惜しげもなく金品物品を与え、公明正大な裁判を心掛け、自身は賄賂を拒絶する清廉潔白な人物として描かれている。

『太平記』巻三十八「青砥左衛門賢政の事」　※本文は新編日本古典文学全集『太平記④』（小学館、1998）によるまたある時、この青砥左衛門夜に入つて出仕をしける。いつも燧袋《ひうちぶくろ》に入れて持ちける銭を十文取りはづして、滑川へぞ落し入れたり。少事の物なれば、よしさてもあれかしとて行き過ぐべかりしが、以《もっ》ての外に周章《あわて》て、その辺りの町屋へ下人を走らかし、銭五十を以て続松《たいまつ》を十把買ひて、これを燃《とぼ》してつひに十文の銭をぞ求め得たりける。後に人これを聞きて、「十文の銭を求めんとて、五十にて続松を買ふ。小利大損にて非《あら》ずや」と笑ひければ、青砥左衛門眉を嚬《ひそ》めて、「さればこそ御辺《ごへん》達は愚かにて、世の費《つひえ》をも知らず、民を恵む心なき人なれ。十文の銭はその時求めずは、滑川の底にして永く失ふべし。続松を買ひつる五十の銭は商人の家に留まつて失《う》すべからず。我が損は商人の利なり。彼と我と何の差《しゃ》別《べつ》かある。かれこれ六十の銭一つも失はざるは、あに所得《しょうとく》に非ずや」と、爪弾きをして申しければ、難じて笑ひつる傍《かたへ》の人々、舌を打つてぞ感じける。

青砥藤綱がいつも携帯する袋から銭十文分を滑川に落としてしまった。その程度のことならば通り過ぎてしまうところであるが、藤綱は思いの外慌てて、五十文で松明を買い求めて川を捜索し、落とした十文銭を見つけ出した。この話を聞いて笑った者がいたが、藤綱は、金を川に落としたままならば、単なる損失に過ぎないが、松明を買うための五十文は商人を潤し、結果的に自分にも十文が戻ってきたことが、天下の利益であると非難した。藤綱の行いを笑った人々は驚き感じ入った。

『太平記』では、北野で通夜をする三人は、このような高潔な人物が居たことによって、「関東の相州《さうしう》は九代まで天下を持《たも》ちし者なり。」と結んでいる。

こうした人物造型は近世まで連綿と受け継がれ、浮世草子『鎌倉比事《ひじ》』や歌舞伎作品「青砥稿花紅彩画《あおとぞうしはなのにしきえ》」「摂州合邦辻《せつしゆうがつぽうがつじ》」など、藤綱が優れた人物として描かれることも多い。

藤綱が金を落とした場所は東勝寺橋付近と伝承される。「北条執権邸旧蹟」碑のある宝戒寺の門前から小町大路に沿って南に進み、東勝寺跡に向かう小道で左折すると滑川に出る。この滑川にかかる橋が東勝寺橋で、藤綱がここで十文銭を落したという伝承があり、「青砥藤綱旧蹟」碑が橋のたもとに建っている。

■6 『徒然草』に描かれる安達泰盛

松下禅尼の甥にあたり、安達義景《よしかげ》の三男として生まれたのが泰盛である。年の離れた異母妹を猶子として北条時宗に嫁がせ、北条得宗家（二代執権義時の法号「徳宗」による、北条氏嫡統の家）の外戚として活躍した。また時宗の死後には弘安の徳政を図るなど、幕府を支えた人物である。

『徒然草』一八五段

※本文は新日本古典文学大系『方丈記　徒然草』（岩波書店、1989）による

城《じやうの》陸奥守《むつのかみ》泰盛は、左右《さう》なき馬乗りなりけり。馬を引き出《いだ》させけるに、足を揃へて閾《しきみ》をゆらりと越ゆるを見て、「是は勇める馬也」とて、鞍を置き換へさせけり。又、足を伸べて閾に当てぬれば、「これは鈍くして、誤ちあるべし」とて、乗らざりけり。

道を知らざらん人、かばかり恐れなむや。

安達泰盛は並ぶ者のない馬の乗り手で、馬の様子を見ては的確にその特性を見抜いた。その道を熟知しているからこそ、これほど慎重になるのだろう。

泰盛は元寇においても事後の混乱の収束に努めた。『蒙古《もうこ》襲《しゅう》来《らい》絵《え》詞《ことば》』には、竹崎季長《すえなが》が泰盛に直訴する姿が描かれている。

安達盛長邸址碑

第十章　鎌倉歌壇の醸成

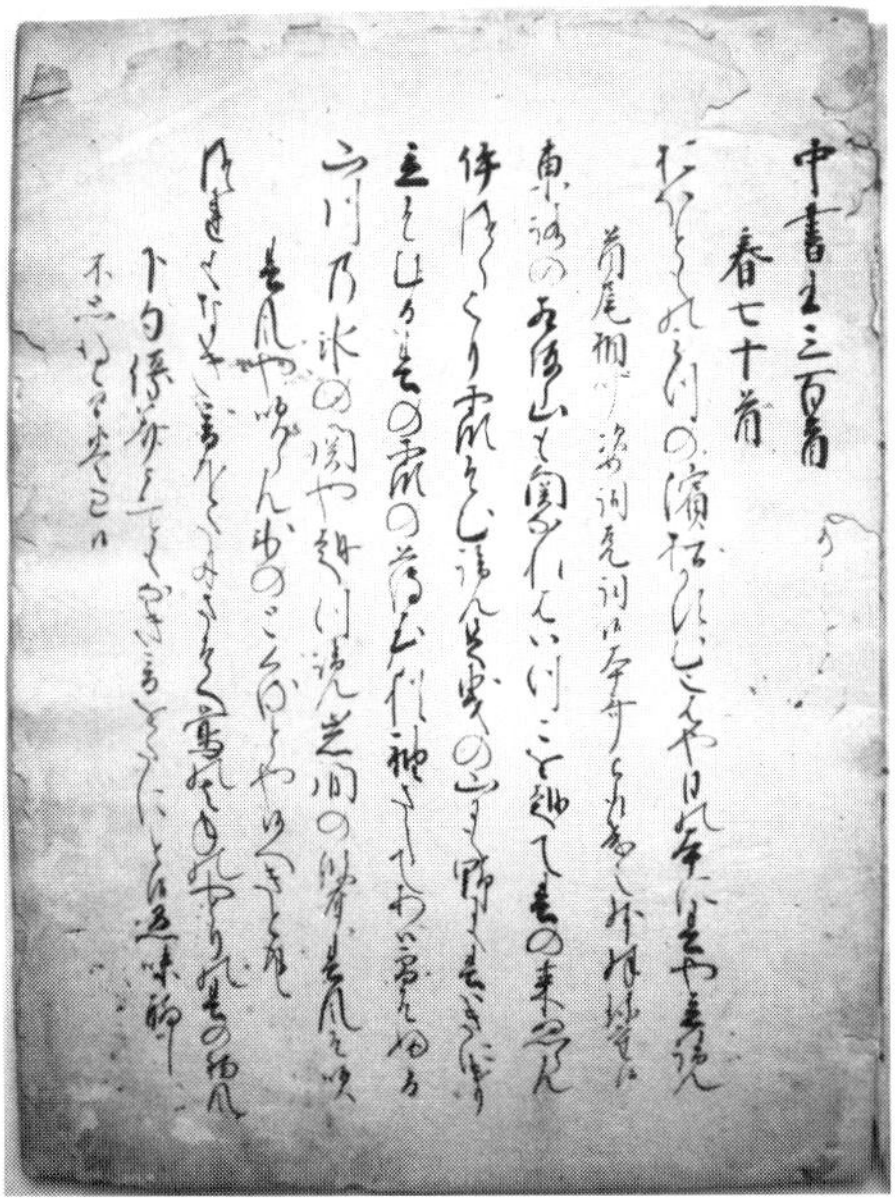

写本
『宗尊親王三百首』

■1　鎌倉歌壇

源頼朝・実朝や梶原景時など和歌を好む者は開幕以来、多数現れた。藤原定家撰による第九代勅撰和歌集『新勅撰和歌集』には幕府の武家歌人も入集を果たした。そして、和歌に堪能な武家歌人が増加し、永福寺《ようふくじ》の和歌会のような機会（第七章参照）を経て、将軍を頂点とする歌壇と呼べるような集団を形成するのは第六代将軍宗尊親王の時代である。

宗尊親王は後嵯峨院皇子として仁治三年（一二四二）に生まれた。母は平棟子。母の出自の低さ故に弟久仁親王が立太子し、宗尊は建長四年（一二五二）三月に鎌倉に下り、四月に将軍宣下を受けた。宗尊は少年時代から和歌を好み、将軍を取り巻く環境もそれを推進した。

『北条九代記』巻九「将軍家和歌御会付時頼入道逝去」

※本文は『北条九代記・重編応仁記』（国民文庫刊行会、1912）による

弘長三年二月に北条相模守政村が亭にして、一日千首の和歌の会を興行す。将軍宗尊親王御幸《ごかう》ましまます。この君和歌の道に長じたまひ、朝《あした》には八重垣のもとに御心をよせられ、夕べには山の井の水に御思ひをうつし給ひ、春は霞の内に芳《吉》野初瀬の花の梢を嘯《うそぶ》き、秋は霧のまに更科姨捨《さらしなをばすて》の月の影にあこがれ、柿本《（人麿）》山辺《（赤人）》の古き跡を尋ね、定家家隆の新たなる軌《のり》に随ひ、常に諷詠吟哦《ふうえいぎんが》の窓を離れたまはず。政村も政務の暇《いとま》、数寄《すき》の道とて好まれけるゆゑに、この御会《ぎよくわい》を催され、題をさぐりて懸物を置《おか》れ、連衆《れんじゅ》十七人辰《たつ》の刻より酉《とり》の半刻に及びて、千首の和歌を詠畢《えいひつ》あり。夜に入《いり》て酒宴あり。将軍家輿をつくして

還御《くわんぎよ》なりけり。同《おなじき》七月に将軍家去《さん》ぬる建長五年より正嘉元年まで詠《よま》せ給へる和歌をあつめて、初心愚草と名づけらる。また今年詠《えい》じ給ふ和歌の内三百六十首を撰び出《いだ》し、御合点《がってん》の御ためにとて前《さきの》民部卿為家入道のもとに遣《つかは》さる。その中に人の耳目を驚かす秀歌おほし。為家入道深く褒美せられけり。

弘長三年（一二六三）二月、北条政村の屋敷で一日に千首の和歌を詠む会が催された。この会には将軍宗尊親王も参加した。親王は歌道に長じ、四季折々の題材に心を寄せ、優れた万葉歌人や新古今歌人の作に習い、日々詠作を忘れなかった。政村もまた歌道をたしなんだので、褒美の品を付けた探題（題をくじのように引いて、その題に従って歌を詠む）の会を設けた。参加者十七人は、朝から晩までに千首の和歌を詠みきった。その後、酒宴が設けられ、親王も満足して帰った。同じく七月には、宗尊親王は建長五年（一二五三）から正嘉元年（一二五七）の作を集めて家集を作り『初心愚草』と名付けた。また、この年に詠んだ作の中から三百六十首を選び、京の二条為家に批評を受けるために送った。この歌の中には、人々を驚かせる秀作が多かった。

常盤亭跡

北条政村は弘長三年の時点で評定衆・相模守の職にあり、翌年執権に就いた。幕府の中枢にいたが、和歌を好み、鎌倉在住の公家との交渉も多かった。勅撰和歌集では『新勅撰和歌集』を初出とし、以後四十首が採られた。これは北条一門では最多数を誇る。半日で千首の和歌を詠むような大規模な会が開けたのも政村ならではだろう。

なお、この弘長三年二月の和歌会については『北条九代記』同様、宗尊親王臨席とみなす見解もあるが、『吾妻鏡』には将軍が参加したことは明記されていない。宗尊親王が関わる時に記される「和歌御会」ではなく、「和歌会」であることからも宗尊親王抜きの会であったと見る方が妥当である。また、『吾妻鏡』に名が明記される参会者は、亭主（政村）、真観、藤原俊嗣、掃部助範元、証悟法師、良心法師の六名のみであるが、総勢十七名の参加であることは『北条九代記』と同様で、相当の規模であったことが推測される。

政村は大仏切通の北側に邸宅を構えていた。切通の近辺に北条一族が居住するのは鎌倉全体の特徴である。昭和五十二年（一九七七）の発掘調査によって、政村の屋敷跡が判明し、翌年、国の史跡指定を受けた。鎌倉駅から西に出て、市役所の前の道路を直進し、長谷トンネルを抜けた右側の、常盤の地に位置する広大な敷地が北条政村の常盤亭跡である。この跡地の右側斜面のなだらかな坂道を登ると「たちんだい」と呼ばれる高台に出る。政村の屋敷「館《たち》」の「台」であったところと推測される。

■2　宗尊親王の時代

鎌倉に下った翌年には早くも歌会を催した宗尊親王（『吾妻鏡』建長五年1253五月五日条）は、文応元年

（一二六〇）、十九歳の時に『宗尊親王三百首』（『文応三百首』とも）を編み、弘長三年（一二六三）には『初心愚草』（散佚）を編んだ。また、和歌の師範として鎌倉に下ってきた真観《しんかん》によって、文永元年（一二六四）十二月に家集『瓊玉《けいぎょく》和歌集』が編纂されるなど、旺盛な創作活動を行った。

※本文は『新編国歌大観第七巻』（角川書店、1989）による

『瓊玉和歌集』

　三百首御歌の中に、立春の心を
おほともの御津のはままつ霞むなりはや日の本に春やきぬらむ　（春上・一）

　崎初秋といふことを
都にははや吹きぬらし鎌倉の見越が崎の秋のはつ風　（秋上・一四四）

　弘長二年冬奉らせ給ひし百首に、同じ（歳暮）心を
あづまにて暮れぬる歳をしるせれば五のふたつ過ぎにけるかな　（冬・三一九）

　去年（弘長二年）冬、時頼入道身まかりて、今年の秋、長時おなじさまに成りにしことをおぼしめして
冬の霜秋の露とて見し人のはかなく消ゆる跡ぞかなしき　（雑下・四九九）

　文永元年十二月九日
　奉　仰真観撰之
おいてかくもしほに玉ぞやつれぬる浪は神代のわかのうらかぜ　（奥書）

『瓊玉和歌集』の巻頭には『宗尊親王三百首』巻頭歌が採られた。御津の浜は現在の大阪湾で、『万葉集』六三番の山上憶良が遣唐使から戻る時の歌をふまえ、日本に春が到来したことを詠む。

二首目は「崎初秋」の題で詠んだものだが、鎌倉での実体験に基づいた感懐の歌とも取れる。鎌倉見越ガ崎の初風に、京ではすでに秋の風が吹いているだろうと推測した歌。見越ガ崎は万葉歌にも詠まれた歌枕の地である（第一章参照）。

三首目も題詠であるが、弘長二年（一二六二）に鎌倉在住十年という率直な気持ちが詠まれている。「奉らせ給ひし」は様々な歌人に提出させたということで、宗尊親王中心の歌壇の片鱗が窺える。

四首目は実感実情歌で、弘長三年（一二六三）冬に北条時頼、翌文永元年秋には北条長時と二代の執権が相次いで死去したことによるはかなさを詠んでいる。

最後の歌は、撰者の真観が集の末尾に付した歌である。この年、真観は六十二歳、将軍宗尊親王の威光を借りて、勅撰和歌集の撰者に加えられた後でもある（後の『続古今《しょくこきん》和歌集』、文永二年1265成立）。老齢の自分が撰び出したため、折角の玉（秀作）が輝きを失っているが、その玉を神の時代から続く和歌の伝統が磨くであろうと、宗尊の歌を讃えている。

■3　鎌倉歌壇の伸長

宗尊親王を中心とする詠歌活動は、親王の成長と共に活発化していった。たとえば、宗尊親王は藤原（後藤）基政に命じて、鎌倉初の私撰集を編ませた（『吾妻鏡』弘長元年1261七月二十二日条）。確定的な証拠はないものの、これが『東撰和歌六帖』と推測されている。

『東撰和歌六帖』　※本文は『新編国歌大観第六巻』（角川書店、1988）による

暮れぬとも人のとがめぬ宿ならばひと夜はねなん花の下かげ　（春・一九三・二条三位教定）

また咲かば散るてふこともうかるべし花のえだ折れ春の山かぜ　（春・二四二・平重時朝臣）

かはり行く月日とばかり思ふだにかなしきものを秋はきにけり　（抜粋本・秋・二〇八・公朝）

風わたる秋の田面《たのも》の露落ちて雲まにきゆる宵の稲妻　（抜粋本・秋・三一六・素暹）

二条三位《さんみ》教定は、『新古今和歌集』撰者の一人藤原雅経（第六章参照）の息子で、父同様に朝幕双方に仕えた。この頃、「二条」の家名が鎌倉では通用だったようだ。宗尊親王の将軍時代の歌壇を支えた人物の一人で、『東撰和歌六帖』に十二首、また『続後撰和歌集』以下の勅撰和歌集に三十九首が採られている。旅の途中で桜の木陰に一夜の宿を取ることを詠んでいる。

平（北条）重時は執権北条義時の息子で、都の六波羅探題北方を務めた頃には既に歌を詠み始めたらしく、藤原定家の日記『明月記』から、両者の交流が知られる。『東撰和歌六帖』には二十六首があり、これは宗尊親王・源実朝・源親行に次ぐ歌数である。『新勅撰和歌集』以下の勅撰和歌集に十六首が採られるほか、『北条重時家訓』なども残している。散るのを惜しむくらいならいっそのことその枝を折ってしまえと春風に命じている。

公朝《こうちょう》は藤原実文の子（『尊卑分脈』）であるが、三井寺の僧として早く鎌倉に下って、北条朝時の猶子として宗尊親王・惟康親王の将軍時代に活躍した。『東撰和歌六帖』には十四首、また『続古今和歌集』以下の勅撰和歌集に二十九首が採られるほか、冷泉為相《れいぜいためすけ》による私撰集（第十二章参照）にも多くの歌が採られている。移り行く日々のことを思うとそれだけでも悲しいものであるのに、一層悲しさの増す秋がやってきたという初秋の心情を詠んでいる。

素暹《そせん》は俗名を東胤行《とうのたねゆき》といい、東重胤の息子。重胤の実作はほとんど残っていないが、下総国在国中の重胤と源実朝とのやりとりの歌が『吾妻鏡』建永元年（一二〇六）十一月十八日・十二月二十三日条および『金槐和歌集』から窺える。胤行も実朝とのやりとりの歌を残すほか、『続後撰《しょくごせん》和歌集』を初出として、代々の勅撰和歌集に二十二首が採られている。風に露の散る近景と雲間に消える稲光の遠景との対比が面白い。

素暹は宗尊親王の将軍時代にも重用された。『新後撰和歌集』には、死期の近付いた素暹を見舞う宗尊親王とその返歌が採られている。

『新後撰和歌集』　　※本文は『新編国歌大観第一巻』（角川書店、1985）による

素暹法師わづらふこと侍りけるが、限りにきこえ侍りければつかはしける　　中務卿宗尊親王

限りぞと聞くぞかなしきあだし世の別れはさらぬならひなれども

返し　　素暹法師

かくつらき別もしらであだし世のならひとばかり何おもふらむ

（雑下・一五一六・一五一七）

素暹が病気にかかり、もう余命幾ばくもないと耳にした宗尊親王が、今生での別れは人として避けられないことではあるが、それでも死別は悲しいと送った。素暹は、こんなにもつらい死別も知らないで、はかない世の常だなどとどうして簡単に思ってしまうのだろう、と答えた。

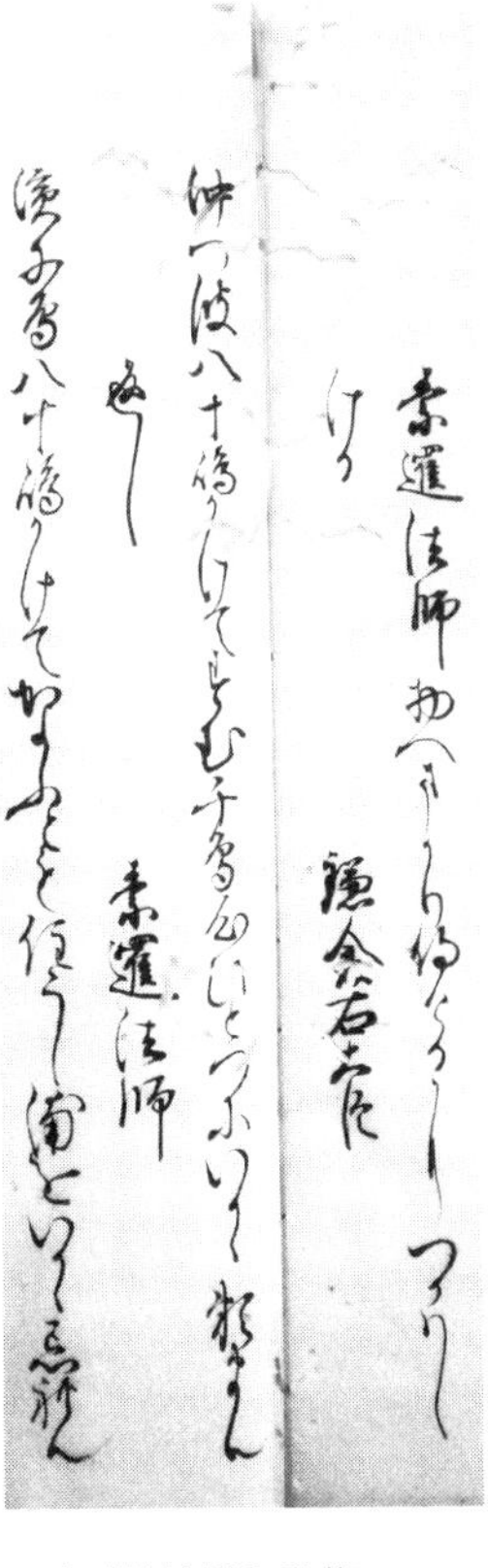

写本『続拾遺和歌集』
源実朝と素暹との贈答歌

この贈答歌がいつのものであったかは判らないが、死期迫った素暹の連歌（発句）が『沙石集』に収められている。また、素暹没後に、宗尊親王の夢枕に素暹の霊が立ち、黄泉の国で苦しんでいることを伝えた話も伝わっている（『吾妻鏡』弘長三年1263八月六日条）。

宗尊親王中心の歌会として作品がほぼ残っているのが、弘長元年（一二六一）七月七日の歌合で、三十人による百五十番という規模の大きな歌合であった。これらの歌の多くは、都で培われてきた伝統的な和歌の内容と大きく異なることはない。しかし、逆に言えば、都の伝統的な詠風を鎌倉の武士などが既に吸収し、自分のものとしていたということでもある。

『宗尊親王百五十番歌合』

※本文は『新編国歌大観第十巻』（角川書店、1992）による

ながらへばしばしも月をみるべきに山の端《は》近き身こそつらけれ
（秋・一二一四・隆弁僧正）

煙だに絶えて程ふる山里におのれ柴をる嶺のしら雪
（冬・二〇九・中務卿親王家小督）

我が恋は逢ふをかぎりと思ひしに何ゆゑ今朝も涙おつらん
（恋・一二六五・平時忠）

隆弁僧正は藤原隆房の息子で、文暦元年（一二三四）に鎌倉に下り、宝治元年（一二四七）鶴岡八幡宮別当職（神宮寺の要職で寺務を統轄）に就いた。祖父藤原隆季や父同様に歌人としての地位も築き、『続後撰和歌集』以下の勅撰和歌集に二十五首が採られている。弘長元年には五十四歳で、老境に沈む月を重ねた実感のこもった歌となっている。

宗尊親王時代の女房小督《こごう》は伝未詳であるが、弘長二年の『三十六人大歌合』にも撰ばれ、『続古今和歌集』以下の勅撰和歌集に六首が採られている。人跡の絶えた山里の、雪の重みに折れた柴を詠んだもので、雪を擬人的に捉えている。

平（北条）時忠は、弘長三年に宣時と改名した人物（第九章参照）で、この歌合の時には二十四歳で、若くしての参加である。『続拾遺和歌集』以下の勅撰和歌集に三十三首が採られている。ついに逢えた人との後朝《きぬぎぬ》の別れのつらさを詠んでいる。

■4　古典研究

宗尊親王の将軍在位時代は、和歌活動のみならず、古典の研究も盛んであった。

【万葉集】

平安時代から『万葉集』の解読作業はあったが、それを大きく進歩させたのが仙覚である。仙覚は天台宗系の僧で、生没年・履歴などに不明な点が多いが、建仁三年（一二〇三）常陸国で生まれたらしい。後に鎌倉に移り、第四代将軍頼経の依頼により複数の写本によって校訂作業を行い、まず寛元本『万葉集』を完成させる。さらに、校訂作業を続け、文永二年（一二六五）に宗尊親王に『万葉集』を献上、文永三年にも校訂本を作成した。現在のテキストとして最も多く使われる西本願寺本『万葉集』は文永三年本の系統の写本である。また、仙覚は『万葉集』の註釈も行い、文永六年に『万葉集註釈』を完成させた。

仙覚が『万葉集』の校訂を進めたのは新釈迦堂と呼ばれたところで、現在の妙本寺辺りと推定される。妙本寺本堂の左手に「万葉集研究遺蹟」碑があり、その脇の道を上ったところが新釈迦堂といわれる場所である。

仙覚は建長五年（一二五三）、後嵯峨院に『万葉集』の新点を付したものを献上した。その後、後嵯峨院の下問に対して回答したものなども含めた書状が『仙覚律師奏覧状』で、そこには後嵯峨院からの和歌が記さ

万葉集研究遺蹟碑

れている。

※本文は万葉集叢書『仙覚全集』（古今書院、1926）による

『仙覚律師奏覧状』

此状等の奏覧に依りて叡感の院宣幷びに御製一首を降《くだ》され訖《をはん》ぬ。

御製《ぎょせい》
和歌乃浦　藻丹于津毛連天　志良左里之　玉毛乃古良寸　見加々礼爾希理

後嵯峨院は、『万葉集』の新しい訓を見て、様々な和歌に埋もれて気付かなかった、これまで読めなかった歌も残らず明らかになったのだなという感謝の心を詠んだ歌を、その感嘆を述べた文書と共に下賜したのである。

【源氏物語】

鎌倉幕府に仕えた源光行・親之父子は二代にわたって『源氏物語』の本文校訂作業を進めた。当時すでに世に流布していた多くの『源氏物語』伝本には誤りや不明箇所などがあったため、伝本を比較検討して望ましい本文を提示しようとしたのである。建長七年（一二五五）七月七日に校訂を終了させたこの本は、父子共に河内守に任命されたことから河内本『源氏物語』と呼ばれる。同時代には藤原定家も『源氏物語』の校訂作業を行い、青表紙本『源氏物語』を作成した。現在は、青表紙本『源氏物語』の系統の写本がテキストとして主に使用されるが、中世には河内本『源氏物語』も広く読まれていた。

宗尊親王は源親行から『源氏物語』の講義を受け（『吾妻鏡』建長六年1254十二月十八日条）、宗尊親王御所に仕える女房たちや藤原（二条）教定などによって『源氏物語』の絵巻が作成されたこともあったようである（『源氏秘儀抄』所載「源氏絵陳状」）。

また、宗尊親王が謀反の疑いによって将軍職を停められた翌年の文永四年（一二六七）に起筆されたのが『光源氏物語抄』（『異本紫明抄』とも）で、編者は笠間時朝・北条実時の二説あるが、いずれにしても、鎌倉ゆかりの人物である。

■5　飛鳥井雅有と鎌倉

宗尊親王の将軍時代を彩る人物の一人が藤原（飛鳥井）雅有である。祖父は藤原雅経（第六章参照）、祖母は大江広元の娘、父は藤原教定と、頼朝の代から鎌倉に深く関わってきた家系である。雅有は仁治二年（一二四一）に鎌倉で生まれたようで、『吾妻鏡』には幼少期からその名が見える。宗尊親王の一歳年上ということもあり、在鎌倉の公家として諸行事に、また家芸の和歌・蹴鞠を通して将軍に仕えた。正元二年（一二六〇）頃、宗尊親王が自らの歌三百首を撰んだ（『宗尊親王三百首和歌』）際には、雅有にも三百首の撰歌を命じている（雅有家集『隣女和歌集』巻二）。

宗尊親王の将軍職廃止に伴う京への帰還以後、雅有は次第に都での出仕が増えたようであるが、都と鎌倉を度々往還し、四編の短い日記・紀行（『飛鳥井雅有卿記事』として収録される「（仮称）仏道の記」「嵯峨の通ひ」「最上の河路」「みやぢの別れ」）と弘安三年（一二八〇）一年間の日記である『春のみやまぢ』を残している。

建治元年（一二七五）都にいた雅有は、八月十五日の鶴岡八幡宮での放生会《ほうじょうえ》に供奉《ぐぶ》するため、鎌倉に下る。

※本文は『飛鳥井雅有日記注釈』（桜楓社、1990）による

『みやぢの別れ』

（八月）十三日、故郷に帰りたれば、見しにも似ず荒れまさりたり。こゝには誰こそありしかなど、さま〴〵昔恋しくて、目も合はず。

都人今日古里の月見ると日を数へてや空に待つらん

虫の音《ね》も月も昔の秋ながら我が独寝《ひとりね》の床ぞ変《かは》れる

山路まで慕ひにけりな久方の雲居に馴れし夜半の月影

十五日、放生会にて、侍従（基長）・丹後の守（定有）引き連れて供奉。かやうの事につけても、まづ京の事のみ恋しけ（れば）何のあやめも見分かず、眺めのみして、舞端々も見ねば、人々いかになど言ふ。帰さに、道にて月出《い》でたり。わが住む峰高ければ、月まだ隠れて待たる。

谷隠れ我ゐる山の高ければ道に出でにし月ぞ待たるゝ

秋の月眺めがらなる光かと今宵を知らぬ人に問はゞや

十三日、故郷鎌倉に着くと、辺りの様子や人もだいぶ変わっていた。かつてここに住んでいた日々を思い出し、恋しさに眠ることもできない。こうした中、月によそえて都への思いや現在の我身を歌に詠んだ。

十五日は放生会で、弟たちと連れだって供奉した。このような儀式につけても、まず都のことばかりが恋

しく、儀式にも集中できないので、人々もいぶかしがった。帰り道で月が出た。雅有の屋敷は山の麓であるため、月がまだ上っていない。この日も、月によそえて歌を詠んだ。

雅有はそれまでの人生の大半を鎌倉で過ごしてきたはずであるが、都への思慕を強めた作品となっている。鎌倉での雅有の住まいは泉ガ谷にあった教定邸（『吾妻鏡』建長四年1252五月十九日条など）を受け継いだものと見られる。現在の浄光明寺の先に、泉の井という井戸があり、この辺りと推測される。

このような人々を擁した宗尊親王の歌壇は、文永二年（一二六五）十二月、第十一代勅撰和歌集『続古今和歌集』の撰定終了によって最高潮を迎える。弘長二年（一二六二）に撰者に追加された真観らの働きによって、宗尊親王は勅撰和歌集に初めて入集を果たしたばかりか、その数六十七首と、集中第一位となったのである。また鎌倉歌壇の人々の作も順当に採録された。

泉の井

第十一章　信仰者の鎌倉

『鎌倉将軍記』
讃岐局

■1　鎌倉新仏教の興隆

武家は人を殺めるという罪の意識からか念仏信仰が広まった。鎌倉庭園文化の魁ともいえる永福寺《ようふくじ》が阿弥陀三尊を安置しているがごときである。同じく頼朝の建立した勝長寿院も阿弥陀如来を本尊とし、後に造られる鎌倉大仏も阿弥陀如来である（第八章参照）。しかし、北条政権は次第に禅宗や西大寺《さいだいじ》派の律宗を庇護する立場を取っていった。座禅などの修行や戒律が北条執権政治の目指す精神に合致したためであろう。

こうした中で最も早く鎌倉に迎えられた禅僧は、正治二年（一二〇〇）、源頼家・北条政子によって寿福寺住職として招かれた栄西《ようさい》である。前年九月に幕府の法会に参加したまま鎌倉に留まり、以後、京都建仁寺と鎌倉とを往還した。宿酔の源実朝に、喫茶の徳を記した一巻の書を添えて、茶を進上したこともある（『吾妻鏡』建保二年1214二月四日条）。寿福寺は源義朝の邸跡に建立したと伝えられ、後に鎌倉五山第三位に格付けられた名刹である。鎌倉駅西口から市役所前に出て右折、JR線路と並行するように道なりに進むと巽《たつみ》荒神《こうじん》、さらに二〇〇mほど進んだところにある。墓地最奥部には、北条政子・源実朝の墓と伝えられるやぐらがあるほか、高浜虚子・大佛次郎などの墓もある。

■2　叡尊の下向

十三世紀中頃、禅宗と並んで保護されたのは、西大寺派律宗（真言律宗）である。まず、奈良西大寺を復興させた叡尊の下で受戒した忍性《にんしょう》が、正元元年（一二五九）頃、北条重時の招きに応じて鎌倉に入り、次いで、北条実時・時頼の招きに応じて、弘長二年（一二六二）二月、叡尊自身が弟子と共に鎌倉に下向し、七月まで滞在した。二十七日に鎌倉に到着した叡尊は、実時の金沢称名寺（第十三章参照）を提供されるが、既に多くの領地を有し、人々による念仏修行が行われているとのことから辞退した。翌日、鎌倉で所領も檀徒もない寺が探し出された。

※本文は東洋文庫『関東往還記』（平凡社、2011）により、私に訓読した

『関東往還記』

（二月）廿八日。越州《（実時）》、一族を集め、鎌倉中無縁寺を尋ぬるの処、案ずるに釈迦堂を得たり。すなはち、見阿をもつて申し送りて云はく、「一寺を尋ね得たり。一向に無縁の地なり。中古、ある上人東土の衆生を度せんがために堂舎を建立し、洛陽嵯峨釈迦像を模し安置し奉る所なり。故に新清涼寺と号す。もし御意にあひ叶はば、御計らひ有るべし」と云々。すなはち、先づ同法を遣はし見さしむるの処、地勢は狭しといへども、巨難なきの由、還りて申すの間、しかるべきの由、返答せられ畢《をは》んぬ。

二十八日、北条実時が一族に探させて釈迦の像を安置した堂を見つけ出した。どこの系統に連なる寺でもなく、かつて嵯峨

北条実時及び一族の墓

清涼寺の釈迦像を模して造った寺であった。そのため、新清涼寺と名付けられている。もし、この寺で良ければ用意することを見阿に伝えさせた。土地はそれほど広くはないが、特に難点もないことを同法（僧の仲間）が確認し、叡尊もそれを受け入れた。

叡尊の滞在した新清涼寺は現存しないが、清涼寺ガ谷《やつ》の地名が残り、海蔵寺の東に位置する。貞享二年（一六八五）の『新編鎌倉志』には廃絶したことが記されているので、江戸時代初期には絶えていたと見られる。

叡尊のところには実時をはじめ多くの者が集ったが、執権時頼はその立場上から直接の訪問を避け、叡尊が時頼の最明寺を訪れる形を取った（『関東往還記』五月十七日条など）。

また、将軍宗尊親王も、六月二十一日に対面を希望したが、結局それはかなわなかった。さらに三十日には殺生禁断の決意が、乳母の一条局《いちじょうのつぼね》から、叡尊弟子の盛遍に伝えられた（この時叡尊は病床にあった）。

（六月）晦日。梵網《ぼんもう》布薩《ふさつ》を行ふ。長老与《くみ》せんと欲す説戒は忍性。施主有りて手巾を衆僧に引く。また一条局、盛遍に謁し、長老の違例を歎く。また、将軍いまだ受戒の御願を遂げずと雖《いへど》も、悪事においては得存《とくあ》るに随ひ禁ずべきの由仰せらる。則《すなは》ち去んぬる比、ある人、生貝を進《まゐら》すの処、「殺生の類に親しみ之《これ》を食するは放逸の極みなり、自今以後、永く禁断すべき」の由を仰せらる。しかして、件《くだん》の魚貝をもつて海中に放たれ畢《をは》んぬ。上、已《すで》に斯《か》くの如きの間、下、従ひてこれを学ぶ。感悦極まりなきの由、語り申さる。また、最明寺より使ひを進《まゐら》せ、違例の事を問ひ奉る。

六月晦日、梵網経を用いた儀式があり、極楽寺の住僧、忍性が導師となった。寄付する者があって、手巾（帯状の布）を僧たちに施行《せぎょう》した。一条局が参加し、叡尊の病気を歎いた。また、将軍宗尊親王はいまだ受戒を遂げていないが、悪事を止めることが徳につながるため、殺生を禁止したことを伝えた。ある者が生きた貝を持ち込んだことがあり、宗尊親王はそれを咎め、採ったばかりの魚や貝を海に放した。上に立つ者がこのような振舞をすれば、下の者もこれに従って学んでいく、と感動の尽きることがないといったことを語った。また北条時頼からの使いが到来し、叡尊の病床を見舞った。

叡尊の代わりに布薩を行った忍性は、かつて叡尊の下で受戒した人物である。正元元年（一二五九）、北条重時の招きに応じて現在の極楽寺周辺の土地に入り、弘長元年（一二六一）に重時が没した時には、その葬儀を取り仕切った。叡尊が鎌倉に招かれた折も、忍性はそれに付き従い、「違例（病気）」になった叡尊の代わりに授戒を行うこともあった。叡尊が奈良に戻った後も忍性は鎌倉に残り、文永四年（一二六七）極楽寺を開山、病人や貧者の救済に邁進した。極楽寺の繁栄は後深草院二条

極楽寺

『とはずがたり』にも記されている（第十二章参照）。

■3　蛇の怪異

中世は物の怪・怨霊・妖怪などが跋扈した時代でもあった。鎌倉においても、そうした様々な怪異現象が記録されている。

文応元年（一二六〇）十月十五日、蛇の物の怪が北条政村の娘に憑いたという。物の怪は比企一族の「讃《さぬ》岐局《きのつぼね》」と名乗った。

『鎌倉将軍記』五「宗尊親王」　※本文は架蔵版本により、漢字かなの表記などを一部改めた

十月十五日、相模守《さがみのかみ》政村の息女、日ごろより物の気つき、今日こと更狂乱して、口ばしりていはく、「我は比企判官《ひきのはんぐわん》能員《よしかず》が娘讃岐局なり。死して大蛇となり頭に大なる角生《おひ》て、火炎のごとく、熱堪《あつさたへ》がたく苦をうけて、比企谷《ひきがやつ》の池の底に住《すむ》なり」といふ。聞く人身の毛よだつ。誠にくるしげなる体《てい》なり。

同《おなじき》廿七日、相模守政村、法花《華》経を一日のうちに頓写せられ、息女に託する。讃岐局が為に夜に入て供養をとげらる。若宮の別当僧正、導師として説法の最中に、件《くだん》の娘君、苦しげにみえて、舌を出し、唇をねぶり、身をうごかし、足をのべて、偏《ひとへ》に蛇身の出《いで》あらはれて、聴聞するかとおぼゆ。僧正立《たち》よりて加持し給へば、惘然として眠《ねむる》がごとくして物の気はさめにけり。

北条政村の娘に物の怪が憑き、その正体を語った。比企能員の娘の讃岐局であり、死後、化け物となって比企ガ谷の池の底に住んでいるという。政村は物の怪を鎮めるため、法華経を急いで写し供養した。鶴岡八幡宮の別当（神宮寺の要職で寺務を統轄）を勤める僧隆弁が祈禱しているうちに、この娘が苦しみだし、蛇の姿を現わしその教えを聴くかのようだった。さらに隆弁が祈りを続けると、呆然と眠るようになって、やがて物の怪は消えていった。

『吾妻鏡』にもこの記事があるが、それによれば、十月十五日・十一月二十七日の出来事として記される。一方、『鎌倉将軍記』はいずれも十月の出来事としている。

比企能員の娘というと、頼家側室で一幡を生んだ若狭局《わかさのつぼね》がいる。若狭局は比企氏の乱（第六章参照）の際に、一幡共々焼死している（『吾妻鏡』建仁三年1203九月二日・三日条）。この「若狭局」と物の怪として現れた「讃岐局」との関係は不明である。比企一族が自害した屋敷跡に建立されたのが妙本寺で、この山門の脇左手に進み坂を上ると蛇苦止堂がある。蛇の物の怪となった「若狭局」を祀ったと伝えられる。

■4　日蓮と鎌倉

鎌倉の信仰を考える上で看過できない人物は日蓮であろう。天台教学を学んだ後、法華経を根本とする自らの宗派を立て、建長六年（一二五四）から鎌倉でその教えを広めていった。信者を拡大する一方、北条政権に『立正安国論』を示し、他宗を厳しく批判する姿勢は、当時としても異色であったはずである。特に極楽寺の忍性との対立は激しく、文永八年（一二七一）七月には旱魃による祈雨対決があった。その後、忍性らが幕府に訴え出て、日蓮の処刑が決まる。九月十二日、日蓮はまず鶴岡八幡宮に向かって八幡大菩薩を叱りつけ、処刑地の竜口《たつのくち》に赴いた。

『日蓮聖人註画讃』第十七「竜口頸座」　※本文は『続々日本絵巻大成』(中央公論社、1993)により、私に訓読した

漸《やうや》く竜口に至れば、兵士打ち囲みて軒諍《ひしめき》合へり。之《これ》を見て頼基、悲慟す。聖人、切に諫《いさ》む。「是我が喜びなり。汝が憂色は約束を違《たが》ふ。」然《さ》れば、頼基は聖人刎頭《ふんとう》されなば即座に自殺せむと定む。然《しか》して、子《ね》の剋の終はりに敷皮に坐して、南方に向かひて合掌、思念す。「時は澆季《げうき》に及びて、善神国を去る。聖人処を辞すとも、賢聖の頂きに宿し、正直の頭に止むべし。然《しか》るに、日蓮は正法の行者也。天神地祇、本朝の諸神等、何ぞ霊山《りやうぜん》の約束を違へて擁護を加へざる」と。時に当りて、江嶋の巽《たつみ》より大きなる光り物、形は満月の如くにて、乾《いぬゐ》に飛び、刎頭の座上に現る。鷹・隼の飛ぶが如くに、後の山の大木松二本に移ると見れば、即時に雲霧出でて昏闇《くらやみ》と為る。此の光り物は月天子の所現也或は八幡大菩薩の変ずる所と云ふの。粤《ここ》に重連が郎《等》徒、越智三郎左衛門尉直重、既に頭を刎ねんと欲するに、其の刀三つに折れて地に落ち、手足動かず。警固の武士等、魂を銷《け》し、地に躃《いざ》り、或は馳せ去り、或は馬より落ち、或は馬上に踞《うづくま》る。又、殿中には大星流れ、大地動き、雷電光る。空中に声有りて曰く、「正法の行者を失はば、子孫滅し、国土亡ぶ」と。時宗驚きて、日蓮法師、死罪を宥《ゆる》すべしと使ひを々《使》はす。竜口の使者と金洗沢《かねあらひさは》の辺にて往き向かふ。

処刑の座に臨む日蓮を見て悲嘆に暮れる弟子の頼基を、日蓮は戒めた。斬首は喜ぶべきことだという日蓮の言葉に、頼基はもし日蓮が首を刎ねられたならば、自分も後を追う決心をした。やがて午前一時近くになり、日蓮は南方（観世音菩薩の補陀落世界）に向かって最期の祈りを遂げ、たとえ善神や聖人が去ったとしても仏教を正しく広めようとする自分を守護する者がいると確信していた。やがて、江ノ島の南東の方角から満月のような光が現れ、斬首の座の上を通り抜け、ものすごい勢いで北西の方角に飛び去り、裏の山の大木に飛び移ったかと思うと、暗闇に包まれた。これは月の神、あるいは姿を変えた八幡大菩薩が現れたためであった。執行人はなおも頸を斬ろうとしたが、刀が折れて、手足も動かず、警固の武士も混乱した。将軍御所でも流れ星・地震・雷鳴が起こり、中空から「正しい教えを広める者を処罰すれば、子孫が絶え国が亡ぶ」という声がした。北条時宗は、日蓮の死罪を中止させるため、使者を竜口に遣わすと、竜口からの伝令と金洗沢（七里ガ浜の行合川）で行き合った。

延元二年（一三三七）、処刑地の跡に建立されたと伝えられるのが藤沢の龍口寺《りゅうこうじ》であり、竜口の法難に関わる遺跡が多数伝わる。龍口寺は江ノ電江ノ島駅から腰越駅に向かった道路沿い

龍口刑場跡

に位置する。また、江ノ電七里ヶ浜駅の近くを流れる行合川は、『新編鎌倉志』では、この出来事で双方からの使者が行き合ったために名付けられたとする。

■5　阿弥陀信仰の利益《りやく》

鎌倉の寺々に伝わる縁起は多いが、同時代の他文献にも採られているものは少ない。その中で、現在、光《こう》触寺《そくじ》に伝わる阿弥陀如来の説話は『沙石集』にも採られている。

※本文は新編日本古典文学全集『沙石集』（小学館、2001）による

『沙石集』巻第二之三「弥陀の利益の事」

鎌倉に、町の局《つぼね》とやらん聞こえし徳人ありき。近く使ふ女童《めのわらは》、しかるべき宿善やありけん、念仏を信じて、人目には忍びてひそかに数遍《すへん》しけり。この主《あるじ》は、きびしくはしたなく物を忌み、祝事《いはひごと》けしからぬ程なりけり。正月一日荷用《かよう》しけるが、申し付けたる事にて、心ならず、「南無阿弥陀仏」と申したりけるを、この主なのめならず怒り、腹立ちて、「いまいましく、人の死にたるやうに今日しも念仏申す事、返す返す不思議なり」とて、やがて捕へて、銭を赤く焼きて、片頬に当ててけり。「念仏の故《ゆゑ》にはいかなる失《とが》にもあたれ」と思ひて、それに付きても仏を念じ奉りける。思はずに痛みもなかりけり。

さて、主、年の始めの勤めせんとて持仏堂に詣でて、本尊の阿弥陀の金色《こんじき》の立像《りふざう》にておはするを拝めば、御頬に銭の形《かた》、黒く付きたり。怪みてよくよく見るに、金焼にしつる銭の形、この女童が頬の程に当りて見えけり。あさましなんど云ふはかりなくて、女童を呼びて見るに、聊《いささか》も疵なし。主大きに驚

きて、慚愧懺悔《ざんぎさんげ》して、仏師を呼びて金薄《きんばく》をおすに、薄は幾重ともなく重なれども、疵はすべて隠れず。当時も彼《か》の仏御坐《おはしま》す。親《まのあた》り拝みたる人、世間に多し。慥《たし》かの事なり。

町の局という金持ちがいた。その召使いの少女で、宿善（前世での善行）を積んだのか、念仏を信仰していた者がいた。この主人は非常に縁起を担ぎ、祝事を盛大に行う人物であったが、ある正月一日、この召使いが給仕をした時、心ならずも「南無阿弥陀仏」と口走ってしまった。それを主人が不吉なことだと激怒し、銭を赤く焼いて頬に押し当てた。少女が念仏のためならばどんな罰でも受けようと、心の中で念仏を唱え続けていると、不思議なことに痛みもなかった。主人が年始めの勤めで持仏堂に詣でると、安置した本尊の阿弥陀如来の頬に銭の形が焦げ付いていた。主人は奇跡を目にして懺悔し、仏像に金箔を押して修復しようとしたが、疵の消えることはなかった。今もその阿弥陀像は存在し、参拝する人も多い。

『沙石集』では具体的な寺名が記されていないが、頬の焼けた阿弥陀如来の仏像は、鎌倉中心部から朝比奈峠に抜ける道沿いの光触寺に伝わる。また、同寺の所有する『頬焼阿弥陀縁起

光触寺

絵巻』（鎌倉国宝館委託）では、盗みの疑いのかかった万歳法師の頬に、町の局が金焼きを当てさせたとあり、後に比企ガ谷に岩蔵寺《がんぞうじ》を建立し、そこに頬焼阿弥陀を安置したという。岩蔵寺と光触寺の関係は不明であるが、光触寺の山号は岩蔵山であり、絵巻に記される寺を前身としていると考えられる。光触寺は弘安二年（一二七九）の創建で、当初は真言宗であったが、開山の作阿が一遍上人に帰依し、その後、時宗《じしゅう》に改めて今日に至っている。

■6　一遍と鎌倉

延応元年（一二三九）伊予国に生まれた一遍は、十歳で出家、諸国で修行を重ねながら、念仏札を配り、時宗《じしゅう》を打ち立てていった。弘安二年（一二七九）信濃国で踊り念仏を始め、東日本を広く回り、弘安五年春、鎌倉に入ろうとする。

『一遍聖絵』第五　※本文は『新修日本絵巻物全集第十一巻』（角川書店、1975）による

三月一日小袋坂《こぶくろざか》より入り給ふに、今日は太守（北条時宗）山内へ出《い》で給ふ事あり、この道よりは悪しかるべきよし、人申しければ、聖《ひじり》思ふやうありとて、なほ入り給ふ。武士向かひて制止を加ふといへども、しひて通り給ふに、小舎人《こどねり》をもて時衆を打擲《ちやうちやく》して、「聖はいづくにあるぞ」と尋ねければ、聖「こゝにあり」とて、出で向かひ給ふに、武士云はく「御前にてかくのごとき狼籍《藉》をいたすべき様《やう》やある。汝徒《かち》衆《しゆう》を引き具する事ひとへに名聞《みやうもん》のためなり。制止にかかへられず乱入する事心得がたし」と云々。聖

答へたまはく、「法師にすべて要なし、只人に念仏をすゝむるばかりなり。汝等いつまでか永らへてかくのごとく仏法を毀謗《きぼう》すべき。罪業に引かれて冥途に赴かん時は、この念仏にこそたすけられ奉るべきに」とのたまふ。返答なくして二杖打ち奉る。

聖は「『不捨怨増大悲』なれば、さらにいためる色なし。『有識含霊皆普化』なれば、ひとへに結縁《けちえん》を歓びてのたまひけるは、念仏勧進を我が命とす。しかるをかくのごとくいましめられれば、いづれの所へか往くべき。こゝにて臨終すべし」とのたまふに、武士「鎌倉の外は御制にあらず」と答ふ。よりて、その夜は山の岨道《そはみち》のほとりにて念仏し給ひけるに、鎌倉中の道俗雲集して広く供養をのべ奉りけり。昔、達磨の梁を出《い》で、孔子の魯を追はれしも、人の愚にあらず、国のつたなきにあらず。たゞ時の至ると至らざるとなり。しかあれば、今この聖も人つひに帰して、貴賤こゝに集まり、法いよ〳〵広まりて、感応満ちまじはりけり。

一遍が巨福呂坂《こぶくろざか》から鎌倉に入ろうとすると、北条時宗が山ノ内に行こうとしていたところで、通行禁止となっていた。一遍はなおも通過しようとしたため、武家に仕える下々の者が、一遍に付いてきた人々を打ち据えた。武士は一遍本人を呼び出し、なぜ制止に従わないのかと尋問した。一遍は念仏を広めるために進むのだと答え、逆に、仏法を広めることを邪魔する武士を批判した。武士たちはそれに答えることなく、暴力で応えた。一遍は、念仏を広めるのが使命であり、それが制止されるのであれば、ここで死を迎えると主張するので、武士は鎌倉の外に出れば問題ないことを伝えた。その日の夜、一遍が鎌倉の境界外で念仏を唱えていたところ、信仰する人々がどんどんと集まってきた。昔、達磨大師や孔子が国を追われたのも、人や国が愚かなためではなく、時宜に叶うか叶わないかの違いであり、たとえ一遍が鎌倉に入れなくても、人々は一遍の元に集い、その信仰心はますます高まっていくのであった。

「小袋坂」は現在、巨福呂坂と記し、鶴岡八幡宮から建長寺・円覚寺へと続く峠道である。当時、この峠の西側は鎌倉の境界外であった。中世の切通は、現在は私有地にかかっているため通り抜けることはできない。

光照寺

執権時宗は、山ノ内のどこかの寺に行く予定であったのだろう。なお、この年、時宗の発願によって円覚寺が開山している。一遍たちが野宿した場所に建立したと伝えられるのが光照寺である。北鎌倉駅前の鎌倉街道を右（北東・大船方面）に進み、小坂郵便局の先の信号を左折したところに位置する。

この時鎌倉入りを止められた一遍は、結局鎌倉の境界内には入らずに藤沢の片瀬に移り、そこで布教活動を始め、再び諸国修行の旅に出た。そのため、藤沢には時宗総本山である清浄光寺（通称遊行寺）が建立されている。

■7　一遍と蘭渓道隆

一遍が建長寺の大覚禅師《だいかくぜんじ》（蘭渓道隆《らんけいどうりゅう》）と親しかったという伝承も残っている。建長寺が北条時頼によって創建されたのは建長五年（一二五三）で、この時、蘭渓道隆が開山となった。道隆はそれ以後、京に赴いたり甲斐国に流罪となったりしたが、最終的には弘安元年（一二七八）に鎌倉の地で没した。一遍が鎌倉入りした時には、蘭渓道隆は既に故人であるので完全な虚構であるが、それぞれの信仰の形を歌にしていて興味深い。

『贈答百人一首』　※本文は架蔵版本により、漢字かなの表記などを一部改めた

　一遍上人
踊はね　申てだにも　かなはぬを　居眠《ゐねぶ》りしては
いかゞあるべき
　大覚禅師
をどりはね　庭に餌《ゑ》ひろふ　小雀の　鷲のすみかを
いかでしるべき

一遍上人は大覚禅師と睦しく、常に消息せられけ

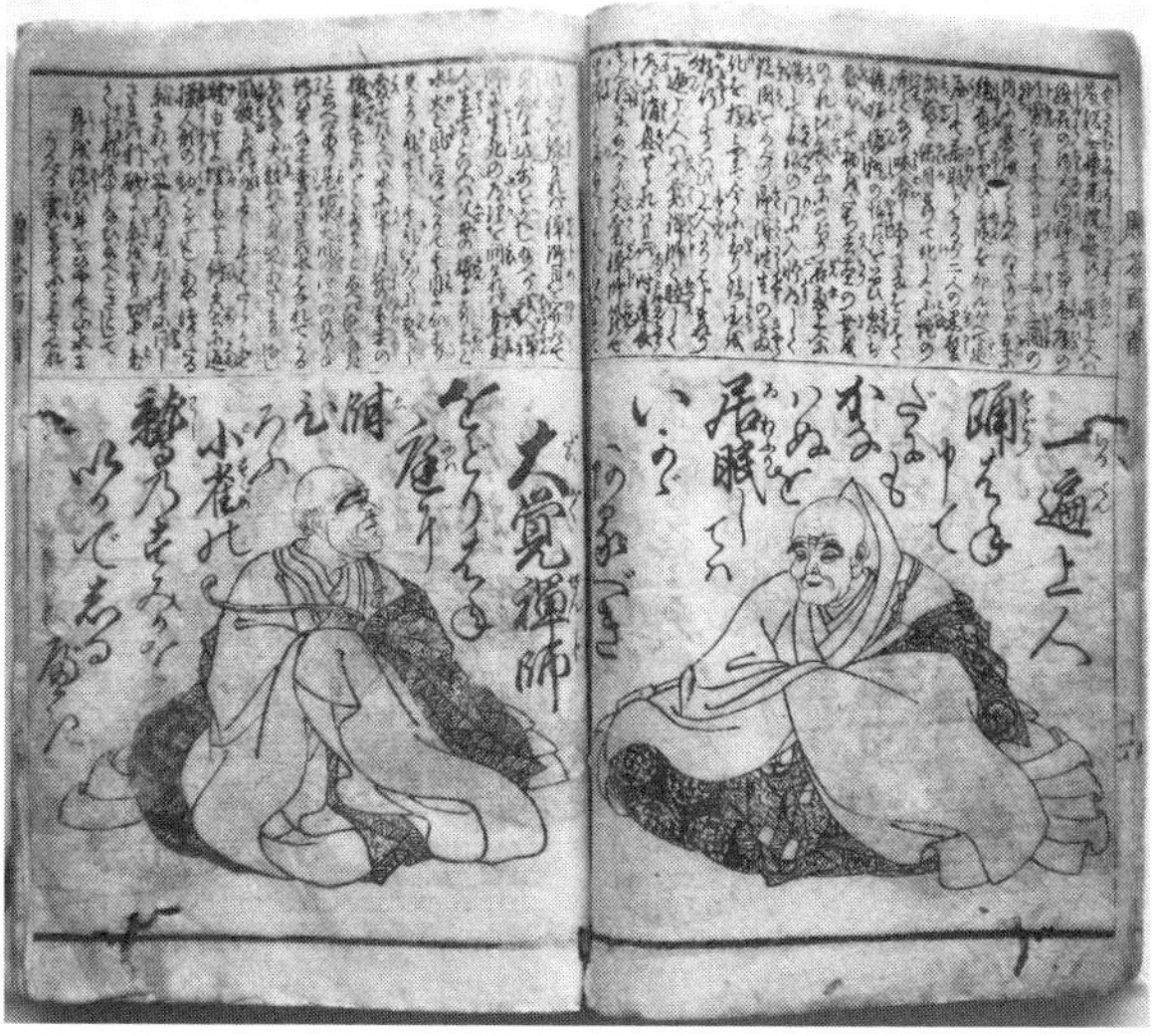

『贈答百人一首』

れば、一時《あるとき》建長寺へ尋ね来給へるに、大覚禅師籠りて坐禅して居給へば、上人たはぶれて此歌を詠みければ、禅師目を開きて即座に此歌をかへし給へり。

大覚禅師の元を親交のあった一遍が訪れた。しかし、禅師は坐禅の最中であったので、ふざけて歌を詠みかけた。

踊り跳ねて祈ってさえも叶わないのに、居眠りしているあなたではどうやって成就するというのか。

すると、禅師は即座に返歌をした。

踊り跳ねて庭先で餌を拾うばかりの小雀には、雄壮な鷲のすみかなど知ることもできないだろう。

「鷲のすみか」は、釈迦が法華経などを説いた霊鷲山《りようじゆせん》の意を響かせ、跳ね回る小雀のような一遍には、悟りの境地にたどり着けないだろうと戯れたものである。

第十二章　都人の下向

江ノ島・富士山遠景

■1　阿仏尼の下向

藤原俊成から定家、為家と続く御子左家は、京歌壇の中心的な存在であった。その為家は宇都宮頼綱の娘との間に、貞応元年（一二二二）に為氏《ためうじ》、嘉禄三年（一二二七）に為教《ためのり》などを儲けたが、後に阿仏尼と関係を持ち、弘長三年（一二六三）に為相《ためすけ》、文永二年（一二六五）に為守《ためもり》などを儲けた。阿仏尼がこの頃、女主人として嵯峨中院《ちゅういん》の山荘で為家と共に生活していたことは、藤原（飛鳥井）雅有（第十章参照）の『嵯峨のかよひ』などからも窺えるが、御子左家に伝わる歌書類を所有したばかりか、為家も長子為氏に譲った播磨国細川庄を為相に相続させるなど、一族の分裂の契機を生み出した。

阿仏尼の生年は貞応（一二二二〜一二二四）頃と考えられ、佐渡守平度繁《のりしげ》の養女として安嘉門院《あんかもんいん》に仕えた。女房名は越前・右衛門佐・四条と変わり、その後、為家との生活に入った。為家没後、所領相続問題が深刻化し、弘安二年（一二七九）、ついには鎌倉幕府に直接訴えるために下向する。この時の下向記が『十六夜日記』である。

『十六夜日記《いざよひにっき》』

※本文は新編日本古典文学全集『中世日記紀行集』（小学館、1994）による

東《あづま》にて住む所は、月影の谷《やつ》とぞいふなる。浦近き山もとにて、風いと荒し。山寺の傍らなれば、のどかにすごくて、波の音、松の風絶えず、都のおとづれはいつしかおぼつかなき程にしも、宇津の山にて行きあひたりし山伏のたよりに、ことづて申したりし人の御もとより、たしかなる便《びん》につけて、ありし御返事とおぼしくて、

旅衣涙をそへて宇津の山時雨《しぐ》れぬひまもさぞ時雨れけむ

又

ゆくりなくあくがれ出《い》でし十六夜《いさよひ》の月やおくれぬ形見なるべき

都を出でし事は神無月の十六日なりしかば、いさよふ月を思《おぼ》し忘れざりけるにや、いと優しくあはれにて、ただこの御返事ばかりをぞ、又聞《きこ》ゆる。

めぐりあふ末をぞ頼むゆくりなく空にうかれし十六夜の月

滞在先の月影ガ谷は海にも山にも近く、閑寂で波の音や松風が絶えない。都からの便りが待ち遠しい折、宇津の山ですれ違った山伏に託した手紙の相手から返事が来た。そこには、旅の途中で都を思い、涙を流す作者を思い遣った歌や、慌ただしく出発した作者を十六夜の月が追いかけると詠んだ歌が添えられていた。そうした濃やかな思いやりを深く感じ、再会の喜びを返事の歌にしたためた。

月影ガ谷は、現在の稲村ガ崎と極楽寺の間になる。江ノ電極楽寺駅の改札を出て右手の方向に坂を下っていくと、「針磨橋」

阿仏邸旧蹟碑

碑がある。その碑のところを右折すると、江ノ電の踏切の脇に、「阿仏邸旧蹟」碑が立っている。

阿仏尼は弘安六年（一二八三）四月に没したが、『十六夜日記』の記事以降も鎌倉に滞在していたのか、都に戻ったのかは、文献上の記録がなく判然としない。鎌倉では、寿福寺の北側にある英勝寺からさらにJR北鎌倉駅側に向かった道路沿いに「阿仏尼墓」と伝わる石塔がある。この石塔は「阿仏尼卵塔」とも呼ばれる（『新編鎌倉志』など）。なお、京都にも九条の大通寺境内に阿仏尼のものと伝わる墓がある。

阿仏尼の墓

■2　二条為氏の死去

御子左家嫡男の二条為氏は、父為家の跡を継いで京歌壇の中心的存在となった。しかし、領地問題などをめぐって御子左家は二条・京極（為教）・冷泉（為相）と分かれ、それぞれ歌の道を進むことになった。

為氏は、藤原教定の娘（雅有の姉）との間に為世などの子を儲けていた。また母が鎌倉御家人の宇都宮頼綱の娘ということもあり、関東との縁が深かった。土地相続に関する阿仏尼の訴えに対して、為氏も陳情のために鎌倉に下向したが、それ以前から鎌倉に来ていたようで、母方の縁戚でもあり、宇都宮歌壇を形成する宇都宮一族とも親交を結び、『新和歌集』（第八章参照）編纂の監修的な役割を担ったと見られる。『沙石集』では、為氏は鎌倉で客死したと伝える。

『沙石集』巻五末之六「哀傷之歌の事」　※本文は新編日本古典文学全集『沙石集』（小学館、2001）による

大納言為氏卿、鎌倉にて隠《かく》れ給ひけり。葬《さう》の後、遺骨《ゆいこつ》持ちて、子息達、鎌倉を立ち給ひける朝《あした》、孫の十一歳の少人《せうじん》の歌に、名は受け給はらず、

亡き人の煙となりし跡をだになほ別れゆく今日ぞ悲しき

家の事にて、哀れに侍《はんべ》り。

二条為氏が鎌倉で死去し、葬儀の後、遺族が鎌倉を発った時、十一歳の孫が、火葬の煙に別れを惜しんだ歌を詠んだ。作者の名前は判らないが、歌の家のことだけあって、胸を打つ話であった。

作中には日付がないが、『公卿補任《くぎようぶにん》』などでは弘安九年（一二八六）九月十四日と伝えられる。

■3　後深草院二条の下向

後深草天皇の側に召し置かれ、様々な愛の形を体験した女性、後深草院二条（久我雅忠の娘）。二条は少女時代から住みなれた御所を追放される形となり、かねてからの望みであった出家を遂げ、諸国遍歴の旅に出る。二条、三十二歳の春のことである。二条の自伝的日記である『とはずがたり』の後半部、巻四・五はこ

うした旅の記としてまとめられている。

正応二年（一二八九）二月二十日過ぎに都を発ち、東海道を順次下って、三月初めには尾張国萱津《かやつ》に到着する。さらに東国下向の旅は続き、下旬には鎌倉に到着した。

※本文は新潮日本古典集成『とはずがたり』（新潮社、1978）による

『とはずがたり』巻四

明くれば鎌倉へ入《い》るに、極楽寺といふ寺へ参りて見れば、僧の振舞都に違《たが》はず、なつかしくおぼえて見つつ、化粧坂《けはひざか》といふ山を越えて、鎌倉の方を見れば、東山にて京を見るには引き違へて、階《きざはし》などのやうに重々《ちゆうぢゆう》に、袋の中に物を入れたるやうに住まひたる。あな物わびしとやうやう見えて、心とどまりぬべき心地もせず。

由比の浜といふ所へ出《い》でて見れば、大きなる鳥居あり。若宮の御社遙かに見え給へば、他の氏《うぢ》よりはとかや誓ひ給ふなるに、契りありてこそさるべき家にと生れけめに、いかなる報いならんと思ふほどに、まことや、父の生所《しやうじよ》を祈誓申したりし折、「今生《こんじやう》の果報に替ゆる」と承りしかば、恨み申すにてはなけれども、袖を拡げんをも嘆くべからず。

鎌倉に到着し、まず極楽寺に参詣した作者は、都と変わらぬ様子に懐かしさを覚える。その後、化粧坂を越えて鎌倉の町中を見下ろすと、東山から京を見下ろすのとは違い、狭いところに家々が立ち並んで物足りなく思われ、心惹かれることはなかった。また由比ガ浜から大きな鳥居越しに鶴岡八幡宮を仰ぎ見た作者は、源氏

の一族としての親近感を覚える一方、このような場所までさすらう我身を思うと、涙がこぼれるのであった。

極楽寺は、北条重時が自らの邸宅を基に、南都律宗の僧忍性（第十一章参照）を迎え入れて正元元年（一二五九）に建立した寺である。忍性は精力的に社会福祉事業に努め、寺域を拡大させながら、貧民や病人の救済に邁進した。二条が下向した時期は、その最盛期にあたる。二条がこの後越えた化粧坂は、鎌倉七切通の一つで、国指定の史跡である。現在も昼なお暗く細い道で、険しい坂を上ると源氏山公園が広がっている。鎌倉には七つの商業地（小町屋）が定められ（『吾妻鏡』建長三年 1251 十二月三日条）、化粧坂山上もその一つであった。二条にはそうした賑やかさは目に留まらなかったのであろう。

鶴岡八幡宮から海岸へと続く道には三つの鳥居がある。海岸に最も近い一の鳥居は江戸初期のものを再建したもので、本来はもう少し八幡宮寄りの場所にあった。現在の一の鳥居から鶴岡八幡宮に向かって二〇〇ｍほど進んだ左側路上に「浜の大鳥居跡」の石碑があり、二条が目にした一の鳥居もこの辺りであったと推測される。

化粧坂

■4　惟康親王の上洛

二条がそのまま鎌倉に逗留していた同じく正応二年（一二八九）九月、第七代将軍惟康《これやす》親王が排斥される事件が起こった。親王の上洛を二条は目撃する。

※本文は新潮日本古典集成『とはずがたり』（新潮社、1978）による

『とはずがたり』巻四

さるほどに、幾程の日数も隔たらぬに、「鎌倉に事出《い》で来《く》べし」とささやく。「誰《た》が上ならん」と言ふほどに、「将軍都へ上り給ふべし」と言ふ程こそあれ、「ただ今御所を出で給ふ」と言ふと見れば、いとあやしげなる張輿《はりごし》を対屋《たいのや》のつまへ寄す。丹後二郎判官と言ひしやらん、奉行して渡し奉る所へ、相模守（貞時）の使とて、平二郎（宗綱か）左衛門出で来たり。その後、先例なりとて、「御輿逆様に寄すべし」と言ふ。またここには未《いま》だ御輿にだに召さぬさきに、寝殿には、小舎人《こどねり》といふ者のいやしげなるが、藁沓《わらうづ》履きながら上へ上《のぼ》りて御簾《みす》引き落しなどするも、いと目も当てられず。

さるほどに、御輿出でさせ給ひぬれば、面々に女房達は、輿などいふ事もなく、物をうち被《かつ》くまでもなく、「御所はいづくへ入らせおはしましぬるぞ」など言ひて、泣く泣く出づるもあり。大名など、心寄せあると見ゆるは、若党など具せさせて、暮れ行く程に送り奉るにやと見ゆるもあり。思ひ思ひ心々に別れ行く有様は、言はん方なし。

鎌倉に非常事態が起こったという噂が流れた。誰のことだろうと思っていたところ、将軍の上洛が伝えられた。皇族の将軍であるというのに、輿の扱いや御所への立ち入りなど武士の振舞はひどく粗雑で、目も当てられない。やがて、輿で出発となり、側《そば》仕えの女房達も身繕いもせず、行く先も知らぬ不安を露わにしていた。心ある大名は従者を連れて見送り、それぞれに別れを惜しむ様子は言いようもなかった。

父宗尊親王が二十五歳の時に将軍職を更迭されたように、惟康親王も二十六歳で将軍職を廃された。しかし、宗尊親王が都生まれだったのに対し、惟康親王は鎌倉で生まれ育った将軍である。鎌倉を追われるつらさは父以上だったことであろう。この時期の将軍御所は若宮大路御所と呼ばれ、若宮大路に面していた。若宮大路と平行する東側の細い路地、大佛次郎旧宅（茶亭）の角に「若宮大路幕府旧蹟」碑がある。

冷泉為相の墓

■5　久明親王と冷泉為相

惟康親王に代わって京から下ったのは、後深草院皇子久明《ひさあきら》親王である。正応二年（一二八九）十月に十四歳で征夷大将軍の宣下を受け、延慶元年（一三〇八）八月に解任されるまで将軍職に在った。親王自身も和歌を好んだが、それまでの御家人歌人や在鎌倉期間の長い公家、さらには京から二条為世・冷泉為相が下るなど、再び鎌倉歌壇が活況を呈した時代である。

冷泉為相は藤原為家と阿仏尼との子で、鎌倉など関東近辺に度々下った。『新後撰和歌集』以下、代々の勅撰和歌集に六十四首が採られている。鎌倉の和歌活動にも目を配った私撰集『拾《しゅう》遺《い》風体《ふうてい》和《わ》歌《か》集《しゅう》』『柳風《りゅうふう》和《わ》歌《か》抄《しょう》』を編むなど、精力的な和歌活動を行った。一万七千首を超える『夫木和歌抄』（藤原長清撰）の成立にも深く関わったと見られる。鎌倉では藤原（飛鳥井）雅有（第十章参照）の邸宅の南にあたる藤ガ谷《やつ》内に居を構えたらしく、「藤谷殿」「藤谷黄門」などと呼ばれる。鎌倉で没したといわれ、泉ガ谷の浄光明寺境内奥に墓がある。南北朝期の宝篋印塔《ほうきょういんとう》で、その周辺の古い様式を保つ境内共々、国の史跡に指定されている。

『柳風和歌抄』

※本文は『新編国歌大観第六巻』（角川書店、1988）による

海辺霞といへる心を　　式部卿のみこ

いそ山のかすみのしたに里みえて浪ははれたる浦のあさなぎ　（春・三）

永仁の頃、式部卿親王家和歌所の歌合に、雪中若菜といふことをよみ侍りける　　右衛門督為相卿

かすがのの若菜は雪のしたなればわがふみわくるあとよりぞつむ　（春・一二）

家に歌よみ侍りけるに、月漸昇といふ心を　　貞時朝臣

秋のよのながきほどをやたのむらんいでていそがぬ山のはの月　（秋・七五）

一首目の式部卿久明親王の歌は、磯にせり出した山にかかる霞を詠んだもので、その霞の向こうに里と波の静まった凪の景を見ている。「海辺霞」の題詠であるが、鎌倉の稲村ガ崎・七里ガ浜辺りが思い浮かぶ。

久明親王は宗尊親王同様に、幕府下で和歌所を設置した。これは当番制で歌を詠むための場所である。二首目は、永仁年間（一二九三〜九九）にそこで行われた歌合の歌で、踏み分けた雪の下から若菜を摘むとい

うもの。春日野は大和国の歌枕の地で、その表記（春の日）ゆえに、春を迎えて若菜を摘むことを詠むのが『古今和歌集』依頼の伝統である。

三首目の北条貞時は久明親王将軍時代に執権職に在った。父時宗が弘安七年（一二八四）に没し、その後を継いだのである。祖父時頼・父時宗と異なり、和歌を好み、自らも歌会を主催したことが知られる。秋の夜長、ゆっくりと上る月を詠んでいる。月の出が待たれる、あるいは月の沈むのを惜しむといった伝統的な詠みぶりとは対照的に、秋の夜長をあてにしているかのように、ゆっくりと上る月を悠然と称美した歌である。

『拾遺風体和歌集』　※本文は『新編国歌大観第六巻』（角川書店、1988）による

影やどす垣ほの荻の葉末《はずゑ》より月のしづくとおつる白露　藤原為相（秋・一二一）

遠山雪

ありとだに思ひもとめぬ足引の遠山みするけさの初雪　平宣時朝臣（冬・一八〇）

東にくだりける比《ころ》、僧正公朝百首題をさぐりて読みけるに、寄舟述懐を題にて読み侍りける

此たびは我もうかれて海士小舟かぜのたよりを待つぞくるしき　為世卿（雑・四二三）

一首目は、月光が射す荻の葉の先から、まるで月の雫であるかのように滴る露を詠んでいる。「月のしづ

く」という殆ど詠まれることのなかった表現が目を惹く。前の歌（一一〇番）の詞書「題しらず」を承け、作歌事情は不明である。

北条宣時（第九章参照）は執権貞時を補佐した人物で、弘安十年（一二八七）連署に就き、貞時の出家に合わせて正安三年（一三〇一）に出家した。『続《しょく》拾《しゅう》遺《い》和《わ》歌《か》集《しゅう》』以下の勅撰和歌集に三十三首が採られる程の歌人で、宇都宮景綱の家集『沙弥蓮愉集』によると自らが歌会を開いたことも知られる。当たり前すぎて気にも留めなかった山、その山に思わず目を向けさせたのは初雪であったというもの。

二条為世は為氏の長男で鎌倉に下った時、鶴岡八幡宮の別当であった公朝の催した探題和歌会に参加した。公朝は北条朝時の猶子として鎌倉に下り、宗尊親王の将軍時代から僧侶としてまた歌人として活躍していた人物である。与えられた題は、舟によそえて思いを述べるというもので、波に漂う小舟と我身を重ね、風を待つ舟、便りを待つ我身のつらさを詠んでいる。題によって詠んだものであるが、鎌倉に下り都からの便りを待つという実体験を重ねているように見える。

■6　兼好の下向

兼好は『徒然草』に北条宣時（第九章参照）からの直接の聞き書きを残しているように、その家集『兼好法師集』からも、生涯で二度鎌倉を訪問していることが推測できる。

『徒然草』一一九段

※本文は新日本古典文学大系『方丈記　徒然草』（岩波書店、1989）による

鎌倉の海に、鰹《かつを》といふ魚は、かの境にはさうなき物にて、此比《このごろ》もてなす物なり。それも、鎌倉の年寄りの申し侍りしは、「此魚、おのれらが若かりし世までは、はかぐ〵しき人の前へ出《い》づること侍らざりき。頭《かしら》は下部《しもべ》も食はず、切りて捨て侍りし物なり」と申き。かやうの物、世の末になれば、上ざままでも入り立つわざにこそ侍るなれ。

鎌倉では鰹をもてなすようになった。少し前まではきちんとした人には出さず、身分の低い者でさえも頭は捨てていたのだが、それも時代と共に変わったという。

兼好が滞在したと考えられる鎌倉時代後期は、和賀江島《わかえのしま》が船の繋留に使用されていた。外洋で捕られた魚が直接鎌倉に持ち込まれていたのであろう。鰹はその字の如く「堅い魚」として乾燥させて堅くなった状態のものを食していたことが『古事記』にも見えているので、兼好が興味を持って記したのは鰹の生食のことと考えられる。

『兼好法師集』

※本文は『新編国歌大観第四巻』角川書店、1986）による

あづまにて、宿の辺りよりふじの山のいと近う見ゆれば
都にて思ひやられしふじのねをのきばの岳に出《い》でてみるかな　（七一）

海のおもてのいとのどかなる夕暮に、かもめのあそぶを
ゆふなぎは波こそ見えねはるばるとおきのかもめの立ち居のみして　（七二）

こよろぎの磯といふところにて、月を見て

こよろぎの磯より遠くひくしほにうかべる月はおきに出でにけり　（七四）

平貞直朝臣家にて、歌よみしに、旅宿の心を

ふるさとはなれぬ嵐にみちたえてたびねにかへる夢の浮き橋　（二四一）

一首目は、都では想像するだけだった富士山が、軒近くの山の向こうに見えるという実景を詠んだものである。たとえば、現在の材木座辺りの山に登ると、江ノ島の右方向に富士山が見える。

二首目は、鏡のように凪いだ海に白い波が見えず、沖に漂う鷗の白さが波のように見える景を詠んだものである。

三首目は、干潮で沖まで引いた波の上に浮かぶ月を詠んでいる。「こよろぎ」は、現在の鎌倉市腰越にある小動岬《こゆるぎみさき》のことであろう。七三番はどこで詠んだ歌かは判らないが、七二番からの配列で、これも鎌倉近辺での歌と思われる。

四首目の詞書に見える北条（大仏《おさらぎ》）貞直は宗泰の子、宣時の孫。勅撰和歌集に二首が採られるが、他の歌は伝わっていない。兼好は宣時から聞いた話を『徒然草』で書き留めている（第九章参照）のであるから、大仏家と親交があったのであろう。故郷への道が途絶えて、夢の中でだけ故郷に戻るという旅宿の気持ちを詠んでいる。

第十三章　金沢への途

朝夷奈切通

■1　北条実時と金沢

鎌倉から朝夷奈切通を抜けると、三浦半島の反対側、金沢（武蔵《むさしの》国《くに》久良岐郡《くらきぐん》、現在の横浜市金沢区）に出る。この地は房総半島を望む良港があり、ここから鎌倉に塩が運ばれた。北条実泰《さねやす》の息子実時は正嘉二年（一二五八）頃に六浦庄金沢郷《むつらのしょうかねさわのごう》に居住し、そこに建てた持仏堂が称名寺に発展していったと考えられる。また、多くの典籍・文書を所有し、この地に保管した。これが金沢文庫と呼ばれるようになる。鎌倉時代は金沢北条氏が受け継ぎ、その後は称名寺に引き継がれていった。時流の中で、蔵書が持ち出されたこともあったが（例えば徳川家康や前田綱紀《つなのり》など）、現在も神奈川県立金沢文庫として収集と管理とが行われている。

称名寺

京浜急行金沢文庫駅から東に向かって坂を上っていくと称名寺に着く。神奈川県立金沢文庫も同地にある。さらに、称名寺金堂の右手裏の山を上っていくと、北条実時廟がある。中央の宝篋印塔《ほうきょういんとう》が実時の墓、両側の五輪塔が一族の墓と伝えられる。

なお、現在は「カナザワ」と読むが、中世期は「カネサワ」または「カネザワ」と読んでいた。

■2　兼好の金沢滞在

兼好法師は金沢で聞いた話も『徒然草』に記しているように（第三四段）、金沢に縁があり、その家集からも滞在が知られる。

『兼好法師集』

※本文は『新編国歌大観第四巻』（角川書店、1986）による

武蔵の国かねさはといふところに、昔すみし家のいたう荒れたるにとまりて、月あかき夜

ふるさとの浅茅がにはの露のうへにとこはくさ葉とやどる月かな　（七五）

相模の国いたち河といふところにて、このところの名を句のかしらにすゑて、旅の心を

いかにわがたちにし日よりちりのゐて風だにねやをはらはざるらん　（七六）

一首目は、昔住んでいた武蔵国金沢を再び訪れた時の歌で、たいそう荒れた宿に泊まり、庭にびっしりとはびこる浅茅の葉に置いた露、そんな露の置いた葉を寝床とするかのように月影が宿していると詠む。二首目の「いたち河」は現在の横浜市栄区辺りを流れる川で、金沢からもほど近い。兼好は「いたちかは」という文字を各句の最初に置いて（折句）、旅の心を歌に詠んだ。私が旅に出た日から家には塵が積もり、どうして風さえもそれを払わず、塵は積もるばかりなのだろうか、という旅中の不在を詠んだものである。

兼好の金沢での滞在先は判らない。『新編鎌倉志』では「今其旧跡さだかにしれる人なし」とあるように、どの辺りに、どのような繫累によって滞在したのかも不明であった。あるいは兄兼雄が仕えた第十五代執権

北条（金沢）貞顕とのつながりかもしれない。『鎌倉攬勝考《らんしょうこう》』でも不明とする一方、『新編相模国風土記稿』では「上行寺境内の東の山上なり、兼好五、六年のほど住みせしといふ」の記述があり、現在の金沢区六浦《むつうら》にある上行《じょうぎょう》寺近辺という伝承もあったようである。

■3　青葉の楓―謡曲「六浦」―

称名寺の金堂前に「青葉の楓」と称される楓が植え継がれている。「青葉の楓」は冷泉為相《れいぜいためすけ》（第十二章参照）の歌に基づく伝説であり、謡曲「六浦《むつら》」として作品化されている。

東国を訪れたことのなかった都の僧（ワキ）が、陸奥《みちのく》の果てまで出かけようと思い立ち、従僧（ワキヅレ）を伴って出立した。逢坂の関を越え、東海道、鎌倉山を越え、やがて六浦の里に辿り着いた。僧たちが安房国清澄へ渡ろうと船を待っていると、由ありげな寺が建っていることに気付いた。境内に入ると、辺りが美しく紅葉しているにもかかわらず、一本だけ夏の木のようにまったく紅葉していない楓があり、いぶかしがる。やがて里の女（シテ）が登場する。

上行寺東遺蹟

謡曲「六浦」

※引用は『謡曲大観第五巻』（明治書院、1931）による

前シテ　里女　（後シテ　楓の精）　ワキ　僧

シテ「なうなう御僧は何事を仰せ候ぞ

ワキ「さん候《ざふらふ》これは都より始めてこの所一見の者にて候が。山々の紅葉今を盛りと見えて候に。これなる楓の一葉《ひとは》も紅葉《もみぢ》せず候程に。不審をなし候

シテ「げによく御覧じ咎めて候。古《いにしへ》鎌倉の中納言為相の卿と申しし人。紅葉を見んとてこの所に来《きた》り給ひし時。山々の紅葉未《いま》だなりしに。この木一本《ひともと》に限り紅葉《こうえふ》色深くたぐひなかりしかば。為相の卿とりあへず。

〽いかにしてこの一本にしぐれけん。

「山にさきだつ庭のもみぢ葉と詠じ給ひしより。今に紅葉をとどめて候

ワキ「面白の御詠歌やな。われ数ならぬ身なれども。手向《たむけ》のためにかくばかり。

〽古りはつるこの一本の跡を見て。袖のしぐれぞ。山にさきだつ

シテ「あらありがたの御手向やな。いよいよこの木の面目にてこそ候へ

ワキ「さてさてさきに為相の卿の御詠歌より。今に紅葉をとどめたる。謂《いは》れは如何《いか》なることやらん

シテ「げに御不審は御理《ことわり》。さきの詠歌に預かりし時。この木心に思ふやう。かかる東《あづま》の山里の。人も通はぬ古寺の庭に。われさき立ちて紅葉せずは。いかで妙《たへ》なる御詠歌にも預かるべき。

〽功成り名遂げて身退くは。

「これ天の道なりといふ古き言葉を深く信じ。今に紅葉をとどめつつ。唯常磐木の如くなり

ワキ　〽これは不思議の御事かな。この木の心をかほどまで。知ろしめしたる御身はさて。如何なる人にてましますぞ

シテ　「今は何をか包むべき。われはこの木の精なるが。お僧貴《たつと》くましますゆゑに。唯今現れ来りたり。〽今宵はここに旅居して。夜もすがら御法《みのり》を説き給はば。重ねて姿を見え申さんと

地　〽夕《ゆふべ》の空も冷《すさま》しく。この古寺の庭の面。霧の籬の露深き。千草の花をかき分けて行方も知らずなりにけり。行方も知らずなりにけり

通りかかった女に楓の謂れを問う僧。女はかつて冷泉為相が紅葉を見るためにこの地を訪れたことを話し始めた。まだ、山々が紅葉していない時期であったが、一本だけ深く紅葉した木があったので、為相はどうしてこの木にだけ時雨が降ったのだろうか、と歌で詠みかけた、ということであった（時雨は紅葉の色合いを深めていく雨と認識されていた）。僧はそれを聞いて深く感動し、山の時雨よりも先に降る袖の涙であるよ、という和歌を添えた。女は僧の歌に感謝すると同時に、僧に促されるまま話を続けた。為相に詠みかけられた楓は我身の栄誉を誇らしく思い、成功して名を挙げたならば一線から身を引くという古くからの言葉（『老子』による）どおり、紅葉することを止めてしまった。それ以後、この木だけは紅葉しなくなったのだ……。女の詳しい説明に、その身の上を問うと、実はこの楓の精であり、尊い僧が訪ねてきたので現世に姿を現したのだと言う。また、今晩、読経を手向けるならば、改めて姿を見せようと言って、露の置く草むらに消えていった。

女はやがて、僧の読経に応えるように、楓の精となって再び現れ、感謝の念とともに美しく舞う。いつしか夜も明け、楓の精も朝霧の中に消えていった。

冷泉為相の家集『藤谷和歌集《ふじがやつわかしゅう》』（後代の他撰）にもこの歌が採られているが、その詞書は「題しらず」であり、どのような経緯の歌なのか、作歌事情ははっきりしない。しかし、文明十九年（一四八七）にこの地を訪れた堯恵《ぎょうえ》の『北国紀行《ほっこくきこう》』や、天文十四年（一五四五）に訪れた宗牧《そうぼく》の『東国紀行』でもこの「青葉の楓」についての言及があり、広く知られたものであったようである。

能「六浦」　シテ中森貫太（鎌倉能舞台）

■4　道興准后の金沢訪問

聖護院門跡《もんぜき》であった道興准后《どうこうじゅごう》は、文明十八年（一四八六）の東国への旅の途中で金沢称名寺に立ち寄り、寺宝「楊貴妃の玉簾」を目にしている。

『廻国雑記』　　　※本文は『中世日記紀行文学全評釈集成第七巻』（勉誠出版、2004）による

此の在所に称名寺といへる律院侍り。ことの外なる古所にて伽藍などさりぬべきさまなる所々順礼し侍りけり。三重の塔婆にまうでけるに老僧に行逢ひぬ。この塔の由来など尋ねければ、これにこそ楊貴

妃の玉の簾二かけ安置し侍れ。我がはからひにて侍らましかば、一見させ侍るべき物をとて懇切なる芳志ぞみえ侍りき。既に下向せむとしけるに、この僧いろ〳〵思案して申すやう、暫くあひまち侍れ、住寺《持》に申し試みむとて、僧立ち入りぬ。やゝありて立ち帰りていふ様、此の玉簾、当寺の霊宝として毎年三月十五日に取出すより外にはかたく禁制し侍れども、拙老経廻《けいくわい》の義、前後其例有り難く侍れば、衆僧談合し侍りて一見を許し侍るべきよし申す。まことにふしぎなる機縁なり。簾の長さ三尺四寸、広さは四尺ばかりにて、水精《すいしやう》の細さ、世の常の簾よりも猶細く形は見え侍らず。王妃のその古《いにし》へに、九花《きうくわ》帳《ちやう》に掛け侍りけむ事など思ひやり侍れば、千石の感緒今更肝に銘じて皆袖を濡し侍りき。

遠き世のかたみを残す玉簾思ひもかけぬ袖の露かな

道興が称名寺を訪れて境内を見て回っていると、老僧に出会った。三重の塔の謂れを訪ねると、楊貴妃の玉簾（「長恨歌」や謡曲「楊貴妃」などに記される）を収めた塔だと言う。老僧はなんとか見せたいものだと住職に頼み、見学の許可を得た。寺宝の玉簾は毎年三月十五日しか公開しないのであるが、この老僧のこれまでの行いのおかげで、その願いを聞き入れられた。玉簾はまことに優美繊細であり、楊貴妃の古に思いを馳せると、思わず涙がこぼれるのであった。

玉簾とは細いガラスの棒を糸で結んで繋いだものである。現在もその断片が、神奈川県立金沢文庫に保管されている。

■5　照手姫の流浪

六浦《むつうら》を含む神奈川県各地に残るのが照手姫《てるてひめ》の伝説である。

都で父の勘気を蒙り、常陸に追放された小栗判官《おぐりはんがん》。その小栗判官と夫婦の契りを交わしたものの、照手姫の父親・横山はそれを許さず、小栗を毒殺、姫も川に沈めようとする。姫の殺害を命じられた兄たちは、父への義理と妹を不憫に思う気持ちとの板挟みになり、沈めるための石を付けずに、姫を押し込めた牢輿《ろうこし》を相模川に流した。姫の籠は間もなくゆきとせが浦（場所未詳）に辿り着いた。籠から現れた姫を哀れに思った漁夫《むらぎみ》の太夫が引き取って養子にしようと考えたが、その妻である姥は、何の役にも立たない娘を養子にするのは無駄だと考え、夫が漁に出ている隙に姫をなんとか排除しようとする。

説経「をぐり」　　※本文は新潮日本古典集成『説経集』（新潮社、1977）による

それ夫と申すは、色の黒いに飽くと聞く。あの姫の色黒うして、太夫に飽かせうとおぼしめし、浜路へ御供申しつつ、塩焼くあまへ追ひ上げて、生松葉《なま》を取り寄せて、その日は一日ふすべたまふ。あらいたはしやな照手様。煙の目・口に入るやうは、なにたとへんかたもなし。なにか照る日月の申し子のことなれば、千手観音の、影身に添うて御立ちあれば、そつともけむうはなかりけり。日も暮れかたになりぬれば、姥《うば》は「姫降りよ」と見てあれば、色の白き花に、薄墨さいたるやうな、なほも美人の姫とおなりある。

姥この由《よし》を見るよりも、さて自らは、けふはみなし骨折つたることの腹立ちや。ただ売らばやと思ひ

つつ、もつらが浦の商人《あきびと》に、料足二貫文に、やすやすと打ち売つて、銭をばまうけ、胸のほむらは止《や》うであるが、太夫の前の言葉に、はつたとことを欠いたよ。げにまこと、昔を伝へて聞くからに、七尋《ななひろ》の島に八尋の舟をつなぐも、これも女人の知恵、賢い物語申さばやと待ちゐたり。

男というものは色黒の女を好まないと考えた姥は、まず塩を焼く小屋の棚に姫を登らせ、生の松葉をたいて燻した。煙は姫の目や口に入ったが、なにぶんにもこの姫は日光大明神の申し子（娘のなかった横山が栃木県日光の二荒山《ふたらさん》神社に祈って儲けた子）であり、千手観音が常にそばで守るため、少しも煙たくはなく、むしろ美しさを増すばかりであった。これを見て腹を立てた姥は、六浦の人買い商人に売ってしまった。ようやく怒りも収まったが、ふと我に返ると、夫太夫への言い訳を考え出した。昔から、不可能を可能にするのは女の知恵であり、上手い言い訳をしようと、夫が帰るのを待ちかまえた。

姥の言い訳を見破った太夫は姥に離縁を申し渡し、直ちに出家した。一方、六浦の人買いに売られた照手姫は、この後転々とその身を売られ、やがて美濃国青墓の宿へと辿り着き、冥界から甦った小栗と奇跡的な再会を果たすのである。

照手姫の流転の始まりがこの六浦である。『新編鎌倉志』によれば、千光寺・侍従川・瀬戸橋などが照手姫の物語の舞台として紹介されている。

第十四章　鎌倉の落日

稲村ガ崎古戦場跡

■1　犬くひ・田楽

第十四代執権北条高時は後代の評価がことのほか低い。これは文芸作品で虚構化された高時像であって、史実としては倒幕の直接の原因となるような愚かな振舞はしていなかったようであるが、倒された側北条高時と、倒した側足利尊氏との対比といった構図が文芸作品として求められたためであろう。

※本文は日本古典文学大系『神皇正統記　増鏡』（岩波書店、1965）による

『増鏡』第十五「むら時雨《しぐれ》」

相模の守《かみ》高時といふは、病によりて、いまだ若けれど、一年《ひととせ》入道して、今は世の大事どもいろはねど、鎌倉の主にてはあめり。心ばへなどもいかにぞや、うつゝなくて、朝夕好む事とては、犬くひ・田楽などをぞ愛しける。これは最勝円《(園)》寺入道貞時といひしが子なれば、承久の義時よりは八代にあたれる。この頃、わたくしの後見《うしろみ》に、長崎入道円基とかやいふ物あり。世の中の大小事、たゞみなこの円基が心のまゝなれば、宮《都》この大事、かばかりになりぬるをも、かの入道のみぞとりもちて、おきて計らひける。重き武士ども多く上すべしときこゆ。大かた、京も鎌倉も、騒ぎのゝしるさま、けしからず。承久の昔もかくやと、今さらに思ひやらる。

北条高時は病によって執権職から退き、政治の重大事には口を出さなかったが、それでも鎌倉の主には変わりなかった。現実を顧みない性格で、一日中楽しむのは犬くひ（闘犬）や田楽舞《でんがくまい》などであった。高時は北条得宗家として義時から数えて八代目にあたるが、長崎入道円基を後見としてすべてを任せていた。そのた

め、円基の思いのままに政治が動かされ、都での異変をも気にかけなかった。

このような高時に対する低評価は、『太平記』『梅松論』『保暦間記』などにも共通している。

■2　戦闘の展開

北条政権への不満は膨らみ、ついに朝廷後醍醐天皇の命を受けた倒幕軍が鎌倉を攻めた。

〽七里ガ浜の磯伝い　稲村ガ崎　名将の　剣《つるぎ》投ぜし古戦場……

芳賀矢一作詞の文部省唱歌「鎌倉」一番としても知られる逸話は、鎌倉倒幕にまつわるものである。新田義貞率いる朝廷軍が、江ノ島から七里ガ浜を抜け、稲村ガ崎に到達した。

※本文は新編日本古典文学全集『太平記①』（小学館、1994）による

『太平記』巻十「関東氏族幷びに家僕等打死の事」

さる程に、切通《きりどほし》へ向はれたる大館《おほたち》二郎宗氏、本間に打たれて、兵ども肩瀬・腰越まで引き退きぬと聞き給ひければ、新田義貞逞兵二万余騎を卒して、二十一日の夜半ばかりに、肩瀬・腰越を打ち廻《まは》つて、極楽寺坂へ打ち莅《のぞ》み給ふ。明け行く月に敵の陣を見給へば、北は切通にて山高く路《みち》さかしきに、木戸を誘《こしら》へ垣楯《かいだて》をかいて、数万の兵陣を双《なら》べて並居たり。南は稲村が崎にて、沙頭路《しやとうみち》せばきに、浪打ち涯《ぎは》まで逆木《さかもぎ》を繁く引き懸けて、澳《おき》四、五町が程に大船《たいせん》どもを並べて、矢倉をかいて横矢に射させんと構へたり。誠《げ》にもこの陣の寄手《よせて》、叶はで打たれ引きぬらんも、理《ことわり》なりと見給ひければ、義貞馬より下り給ひ

て、冑をぬいで海上を遥々《はるばる》と伏し拝み、竜神に向って祈誓し給ひけるは、「伝へ奉《うけたまは》る、日本開闢《かいびやく》の主、伊勢天照大神宮は、本地を大日の尊像にかくし、垂跡《すいしやく》を滄海の竜神に呈《あらは》し給へりと。我が君その苗裔《べうえい》として、逆臣のために西海の浪に漂ひ給ふ。義貞今臣たる道を尽くさんために、鈇鉞《ふゑつ》を把《と》つて敵陣に莅む。その志ひとへに王化《わうくわ》を資《たす》け奉り、蒼生《さうせい》を安からしめんとなり。仰ぎ願はくは、内海外海の竜神八部、臣が忠義を鑑みて、潮《うしほ》を万里の外に退け、道を三軍の陣に開かしめ給へ」と信を至して祈念し、自ら佩《は》き給へる金作《こがねづく》りの太刀を解《ぬ》いて、海中へ投げ給ひけり。

真に、竜神、納受やし給ひけん、その夜の月の入り染に、塩《しほ》《潮》さらに干る事もなかりける稲村が崎、にはかに二十余町干上つて、平沙《へいさ》まさに渺々《べうべう》たり。横矢を射んと構へたる数千の兵船も、落ち行く塩に誘はれて、遙かの澳に漂へり。不思議と謂ふも類なし。義貞これを見給ひて、「伝へ聞く、後漢の弐師《じし》将軍は、城中に水尽き渇に責められける時に、自ら佩きたる刀《つるぎ》を解いて岩石を刺ししかば、飛泉にはかに湧き出でき。我が朝の神宮《功》皇后は、新羅を責め給ひし時、自ら干珠を取つて海上に抛《な》げしかば、潮水遠く退いて、闘ひに勝つ事を得給へりと。これ皆和漢の佳例にして、古今の奇瑞に相似たり。進めや兵ども」と下知《げぢ》せられければ、江田・大館・里見・鳥山・田中・羽河・山名・桃井の人々を始めとして、越後・上野・武蔵・相模の軍勢ども、六万余騎を一手になして、稲村が崎の遠干潟を真一文字に懸け通つて、鎌倉中へ乱れ入る。

倒幕軍の大館宗氏は極楽寺坂を攻めたが、本間山城左衛門率いる幕府方の反撃に遭い、片瀬・腰越まで退却を余儀なくされた。幕府方は稲村ガ崎の北側極楽寺坂を固めると同時に、南側の海岸線沿いに逆茂木を廻らせた上に、沖からは大船で攻撃の準備を整えていた。新田義貞はこうした状況を見て、この戦は王位を守り世を鎮めるためのものだと神仏に誓い、波が引くように祈りながら、黄金で飾った太刀を海中に投じた。すると、月の沈む頃合いにみるみる潮が引き、二km以上も干上がっていった。沖で待ち構えていた船は引き潮でさらに沖へと運ばれてしまった。義貞は、和漢の戦勝の故事を引き、兵を鼓舞して一気に干潟を抜けて鎌倉に攻め入った。

なお、稲村ガ崎は七里ガ浜と由比ガ浜の中間に位置し、江ノ電の稲村ヶ崎駅改札を左手、海の方向に進み、海岸線を走る国道を左に進むと鎌倉海浜公園に出る。海岸に切り立った崖のように立ちはだかるこの地が稲村ガ崎で、国の史跡に指定され、「新田義貞徒渉伝説地」などの碑がある。

さて、ついに鎌倉の地に敵陣が攻め入った。各所で勝ちを収めた倒幕軍は、各国の兵士を従えた。その数六万余騎と伝えられる。なだれ込んだ軍勢は、稲村ガ崎から稲瀬川辺りまで火をかけ、鎌倉の町並みはみるみる焼けていった。時を同じくして、佐助ガ谷や亀ガ谷などの切通からも軍勢が攻め込んできた。

さる程に、普恩寺前相模入道《さきのさがみのにふだう》信忍も仮粧坂《けはひざか》へ向はれたりしかば、夜昼五日の合戦に、郎従ことごとく打死して、わづかに二十余騎ぞ残りける。諸方の攻め口皆破れて、敵谷々《やつやつ》に入り乱れぬと申しければ、入道普恩寺に走り入り、打ち残されたる若党諸共に自害せられけるが、子息越後守《ゑちごのかみ》仲時六波羅を落ちて、江州《がうしう》番馬にて腹切り給ひぬと告げたりければ、その最後の有様思ひ出《い》だして、哀れに堪へずやと思はれけん、一首の歌をぞ、御堂の柱に血を以《もっ》て書き付け給ひけるとかや。

待《まて》しばし四手の山べの旅の道同《おなじ》く越て浮世語らん

年来《としごろ》嗜《たしな》み弄《もてあそ》び給ひし事とて、最後の時も忘れず、心中の愁緒《しうしよ》を述べて、天下の称嘆に残されける数《す》寄《き》の程こそやさしけれと、皆感涙をぞ流しける。

出家して信忍と名乗っていた第十三代執権北条基時も化粧坂で防戦していたが、まる五日にわたる戦いに多くの兵を失い、かろうじて生き延びた兵士共々普恩寺（所在地未詳）に逃げ入り、皆で自害しようとした。そこへ、息子の仲時が京の六波羅を落ちて、近江国番場で切腹したという知らせが入った。息子の最期に思いを馳せた信忍は、場所は離れていても同じ死出の道に赴こうとしている中で、死後に浮き世のことを共に語ろうという思いを歌に詠み、流れる血で柱に書き留めた。日頃から和歌に親しんだ信忍らしく優美な心映えであったと、後に聞く人々は涙を流したのであった。

■3　鎌倉陥落

戦局はみるみる幕府方の敗北に傾いていった。追い詰められた幕府方の人々は幕府の東方に位置する東勝

東勝寺旧蹟碑

寺に集まったが、もはや形勢逆転の手立てもなく、自害するに及んだ。

『太平記』巻十「高時一門已下東勝寺にて自害の事」

さる程に、高重走り廻つて、「早々《はやはや》御自害候へ。高重まづ仕《つかまつ》つて、手本に見せ進《まゐ》らせん」と云ふままに、筒《どう》ばかりある鎧取つて抛《な》げ捨てて、御前《(高時の)》にありける盃を以《もつ》て、舎弟新右衛門に酌をとらせ、三度傾けて、摂津刑部大夫《せつつのぎやうぶたいふ》入道道準が前にさし置き、「思ひさし申すぞ。これを肴にし給へ」とて、左の小脇に刀を突き立て、右のそば腹まで切り目長に掻き破《わ》つて、腸《はらわた》を手繰り出《い》だして、道準が前にぞ伏したりける。道準盃をおつ取つて、「あはれ肴や。いかなる下戸なりとも、ここをのまぬ物はあらじ」と戯れて、その盃を半分ばかりに呑み残して、諏訪左衛門入道が前にさし置きて、同じく腹截《き》つて死ににけり。諏訪入道直性《ぢきしやう》、その盃を以て、心閑めて三度傾けて、相模入道《(高時)》殿の前にさし置きて、「若物ども随分芸を尽くして振る舞はれ候ふに、年老《としおい》なればとて、ただはいかでか候ふべき。今より後は、皆これを送り肴に仕るべし」とて、十文字に腹を掻き切つて、その刀を入道殿の前にさし置きたり。

長崎入道円喜は、これまでもなほ相模入道の御事をいかんと思ひたる気色《けしき》にて、腹をもいまだ截らざりけるを、長崎新左衛門今年十五になりけるが、祖父の前に畏まり、「父祖の名を呈《あらは》すを以て、子孫の孝行とする事なれば、仏神三宝も定めて御免《おんゆる》しこそ候はんずらん」とて、年老い残つたる祖父の円喜が臂《ひぢ》のかかりを二刀さして、その刀に己れが腹をかき切つて、祖父を取つて引き伏せて、その上に重なつてぞ伏したりける。この小冠《こくわん》に義を進められて、相模入道も截り給へば、城入道《(安達時顕)》つづいて切る。これを見て、堂上《たうしやう》に座を列《つら》ねたる一門・他家の人々、雪の如くなる膚《はだへ》を推膚《おしはだ》脱ぎ脱ぎ、腹を截る人もあり、自ら首をかき落す人もあり。思ひ思ひの最後の体《てい》、殊にゆゆしくぞみえたりし。

北条高時以下、一門の人々は葛西ガ谷東勝寺に集結した。長崎高重がまず自害の手本とばかりに盃を傾けて腹を切った。盃を受けた道準は、高重の潔さを讃え、引き続き盃を呷って切腹した。老齢の直性も若者に負けじと腹を十字に切った。長崎入道円喜は、主君高時の動向を窺いつついまだ切腹しなかったが、十五歳になる孫の新左衛門が、父祖の名を残すことが子孫の孝行であるならば、神仏も許すだろうと述べて、祖父の肘辺りを刺した後、自らも命を絶った。この若武者に武士としての心構えを示されて、ついに高時も切腹した。城入道安達時顕がこれに続き、残りの人々も後に続いた。それぞれの最期のありさまは、武士としてまことに立派であった。

百五十年続いた武家の都市はここに幕を閉じたのである。正慶二年（元弘三年／一三三三）五月二十二日、新田義貞が稲村ガ崎を越えてからわずか一日のことであった。

最期の舞台となった東勝寺は三代執権北条泰時開基の寺で、

北条高時腹切りやぐら

北条一族の菩提寺であった。寺の中で自害した者は、『太平記』によればその数三百八十余人という。この時、幕府軍は東勝寺に火を放ったため、寺自体も焼失したが、後に再建され、室町時代には鎌倉五山に次ぐ寺格である関東十刹《じっせつ》に位置付けられた。しかし、戦国時代には再び廃寺となった。

鶴岡八幡宮の南東、宝戒寺門前から小町大路を海（南西）に向かって進み、二つ目の曲がり角を左折すると滑川を渡る橋が見える。大正時代に作られたアーチ型の橋で、青砥藤綱（第九章参照）の逸話を伝える碑が建っている。この橋を渡ると東勝寺跡に出る。近年発掘調査が進み、平成十年（一九九八）に国の史跡に指定された。また、この跡地の奥に進むと北条高時が自害したと伝えられる腹切りやぐらがある。

■4　混迷の鎌倉

鎌倉幕府と北条得宗家一門は倒れたが、倒幕を掲げた後醍醐天皇、勲功者新田義貞・足利尊氏と、それぞれの思惑があり、一枚岩にはならなかった。後醍醐天皇皇子護良《もりよし》親王は尊氏と対立した上、天皇に対して謀反をはたらいたとの理由で、建武元年（一三三四）十月に捕えられ、十一月に鎌倉へ流罪となった。連行された親王は二階堂ガ谷の東光寺の土牢に幽閉されたといわれる。

さらに、建武二年七月、北条高時の息子時行が信濃国で反乱を起こし、関東を制圧し、鎌倉に攻め入った（中先代《なかせんだい》の乱）。この時、旧幕府軍に護良親王を将軍として推戴されることを畏れた足利直義は鎌倉から逃亡する際に、淵辺《ふちのべ》甲斐守《かいのかみ》義博（伝未詳）に護良親王の殺害を命じた。

『太平記』巻十三「兵部卿親王を失ひ奉る事」

※本文は新編日本古典文学全集『太平記②』（小学館、1996）による

宮は何《いつ》となく闇夜の如くなる土の楼《籠》に、朝《あした》になりぬるをも知らせ給はず、なほ灯《ともしび》を挑《かか》げ、御経あそばして御座ありけるが、淵辺畏まつて、御迎へに参つて候ふ由《よし》申し入れたりければ、宮、淵辺を一目御覧じて、「己《おのれ》は我を失へとの使にてぞあるらん。心得たり」と仰せられて、淵辺が太刀を奪はんと走り懸からせ給ひけるを、甲斐守持ちたる太刀を取り直して、御膝の辺りを強《したたか》に打ち奉りしかば、宮は土の籠に半年ばかり居曲《ゐかが》まさせ給ひて、御足も快く立たざりけるにや、御心は矢武《やたけ》に思し召しけれども、打臥に倒れさせ給ひけるを、起しも立て進《まゐ》らせず、御胸の上に乗り懸かり、腰の刀を抜いて、御頸をかかんとしけるを、宮御頸を縮《つづ》めさせ給ひて、刀の鋒《さき》をしかとくはへさせ給ひしかば、淵辺も強《がう》なる物にてはあり、刀を奪はれ進らせじと引きもぎける程に、刀のさき一寸余り折れて失せにける。淵辺その刀をば打ち捨てて、脇指《わきざし》の刀にて御心元《むなもと》を二刀まで指したりければ、宮些《すこ》し弱らせ給ひけるところを、御ぐしを、をつかんで、御頸をかき落す。楼の中暗かりければ、走り出でて、明き所にてこれを見れば、先に喰ひ切らせ給ひたる刀のさき、いまだ御口の中に留まつて、御眼《まなこ》の色も生きたる人の如くなりしかば、淵辺これを恐怖して、「さる事あり。かやうの頸をば大将に見せぬ事なる物を」とて、辺りなる藪の中へ抛《な》げ入れて、馬に打ち乗り馳せ着きて、左馬頭（直義）殿にこの由申しければ、「神妙《しんべう》なり」とぞ感ぜられける。

御介錯の南の御方（持明院保藤の娘）と申す女房、この有様を見進《みまゐ》らせて、あまりに恐ろしく、悲しみて足手も痿《な》えて

消え入る心地し給ひけるが、しばらく心を取り静めて、藪に捨つる宮の御頸を取り上げて見玉《給》へば、なほも御膚《はだ》も冷えず、御目も塞がらず、ただ本の御気色《みけしき》に見えさせ給ひしかば、「こは、もし夢にてやあらん。夢ならば、さむるうつつとなれかし」と泣き悲しみ給へども、その甲斐なし。

かかるところに、理致光院《りちくわうゐん》の長老、この事を奉《うけたまは》つて、「あまりに御痛はしく候ふ」とて、我が寺へ入れ進らせ、喪礼の事形の如く取り営みて、帰らぬ煙の末となし奉りけるこそ、糸惜《いとほ》しけれ。南の御方は、やがて御髪《ぐし》下して、御骨を取つて身に添へ、泣く泣く都へぞ上らせ給ひける。哀れにも恐ろしかりし事ども語り連ねさせ給ひしにぞ、聞く人袖をば絞りける。

護良親王の牢の御所に淵辺が現れると、親王は自分を殺害に来たのだと気付いた。そして淵辺の太刀を奪おうと飛びかかったが、淵辺が親王の膝辺りを打ち付けると、半年も牢に座ったままの弱った身体だったため倒れてしまった。淵辺が馬乗りになって頸を掻こうとするが、宮は頸をすくめて淵辺の刃先をしっかりと咥えた。淵辺がなんとか引き抜こうとすると、ついには刃先が折れてしまった。淵辺は脇差の短刀で親王の胸元を二度刺し、力の弱った親王の頸を斬り落とした。淵辺が頸を確認すると、先ほどの刃先はまだ口の中にあり、目の色も生きたままのようであった。恐ろしくなった淵辺は、剣先を口に含んだ頸は主君に見せないものだという中国の伝承（眉間尺の説話）に従い、親王の頸を藪の中に捨て、左馬頭《さまのかみ》直義のもとに駆けつけた。宮の世話をしてきた南の御方はこの様子を見ていたが、恐怖心に堪えて藪から親王の頸を拾い上げた。その顔は生きた時のままのようであり、悲嘆にくれた。そうしているところに、理智光院の老僧が気の毒に思い、寺で葬儀を執り行った。南の御方はすぐに剃髪し、遺骨を持って都に戻った。

護良親王の牢のあったところは『太平記』『梅松論』では薬師堂ガ谷（現在の覚園寺近辺）とあるが、『鎌倉大日記』などは東光寺とする。廃寺となった東光寺の跡地に鎌倉宮が造営され、現在も鎌倉宮本殿の奥に、護良親王の土牢と伝えられる横穴がある。また、護良親王の葬儀を執り行った理智光寺は、二階堂永福寺《ようふくじ》史跡から滑川を渡った場所に位置し、明治初期に廃寺となり現在は「理智光寺址」碑が残るのみである。この碑の向かいに、宮内庁の管理する護良親王墓がある。

なお、護良親王を「モリナガ」と読み慣わすこともあったが、近年では「モリヨシ」と読むほうが多い。また護良親王を大塔宮「オオトウノミヤ」とも呼ぶが、鎌倉宮のバス停は「ダイトウノミヤ」となっている。

護良親王の墓

第十五章　追憶の鎌倉

建長寺鐘楼

■1　旧都鎌倉

北条時行たち旧幕府軍は鎌倉を取り戻したが、わずか一カ月で再び足利軍が奪還した。その後、後醍醐天皇・新田義貞と足利尊氏とが対立し、尊氏は三男基氏を鎌倉公方（鎌倉府長官）として関東の支配にあたらせ、その補佐として関東執事（関東管領）を置いた。

鎌倉は武家の町だったこともあって、刀鍛冶が盛んであり、正宗など多数の名工を生んだ。狂言「鐘の音《ね》」はそうした背景を持つ作品である。

ある男が、成人した息子のために、黄金作り（金の装飾）の太刀を新調しようと考えた。そこで、太郎冠者（召使い）に、鎌倉で「黄金の値《カネノネ》」を聞いてくるように命じた。太郎冠者は早合点し、あちこちの寺の「鐘の音《カネノネ》」を聞き比べて帰る。

狂言「鐘の音」　※本文は新日本古典文学大系『狂言記』（岩波書店、1996）による

シテ「やれ〳〵、俄《にはか》な事を仰付られた、まづ急《いそい》で鎌倉へ参り、鐘の音を聞て参《まゐら》うと存ずる、扨《さて》も〳〵目出たい事で御座る。御成人なされて、かやうに刀を作て遣《つかは》さるゝはめでたい事で御座る、やあ、何かと申《まうす》内にはや鎌倉に着《つい》た、まづどれから先へ参て聞かうぞ、先《まづ》五大堂へ参う、これぢや、扨も〳〵、形《なり》のよい鐘かな、さらば撞いてみよう、

「ぐわん」、

これは破《わ》れ鐘ぢや、役立つまい、寿福寺へ参う、はや是ぢや、いかさまこれも形のよい鐘ぢや、さらば

撞いてみよう、
「こん」、
はあ、これはあまり堅い音ぢや、これでは成まい、さらば極楽寺へ参う、何かと言ふうちに是ぢや、扨も〱、これはどれ〱より形のよい鐘ぢや、さらば撞いてみよう、
「じや、もふもう〱」、
はあ、これがよい音ぢや。先急で帰り此通り申そう、定めて、頼うだ人の待かねてござろう、やあ、これぢや、申《まうし》〱頼うだ御方《おかた》、御座りますか、太郎冠者、太郎冠者が帰りました

主「やあ、太郎冠者が戻つたさうな、太郎冠者、戻つたか〱

シテ「唯今帰りました

主「何と〱、金《かね》の値《ね》を聞て来たか、何程するぞ

引用箇所は、『狂言記拾遺』所載「鐘の音」で太郎冠者が鎌倉の寺を廻る部分。五大堂・寿福寺・極楽寺を廻り、極楽寺の鐘が一番と捉えている。五大堂は寛喜寺明王院のことで、嘉禎元年（一二三五）に時の将軍、藤原頼経が建立した。五大明王をそれ

狂言「鐘の音」
シテ大藏彌太郎（大藏流宗家）

ぞれ祀る堂を擁していたことから五大堂とも呼ばれる。鶴岡八幡宮前の県道二〇四号金沢鎌倉線（金沢街道）を東に進み、泉水橋を過ぎたところにある。

寿福寺は北条政子の開基、鎌倉最初の禅宗寺院で、亀ガ谷の地にあり、正式には寿福金剛禅寺という（第十一章参照）。

極楽寺は北条重時邸宅跡に建立された寺で、忍性の開山である（第十一章・十二章参照）。

『狂言記拾遺』所載「鐘の音」は三つの寺を廻り、極楽寺の鐘の音が最上だとする。これに対し、現行の大蔵《おおくら》流では寿福寺・五大堂・極楽寺・建長寺、和泉《いずみ》流では寿福寺・円覚寺・極楽寺・建長寺、と廻り、いずれも建長寺の鐘の音が最上だとしている。また、現行の大蔵流・和泉流ともに、この男がどこの国の者かを示さないが、『狂言記拾遺』では、「相模の国三浦に住まい」する者として登場する。

この中で行程として無理がないのは『狂言記拾遺』所載本で、北東から南西に向かって鎌倉を横切るものとなっている。

■2　五山文学―中巌円月と鎌倉―

鎌倉時代に弘まった禅宗は、中国の寺格に倣って鎌倉、次いで京でも寺の格付けを行った。鎌倉時代末期に幕府によって五山制度が敷かれ、南北朝期から室町時代にかけて五山の寺格が固定し、鎌倉五山は、建長寺・円覚寺・寿福寺・浄智寺・浄妙寺と定められた。

これらの寺を中心にした禅僧らによって作られた漢詩文・日記などを五山文学と呼ぶ。鎌倉には優れた禅僧が多くいたが、その発展の礎となった存在の一人が中巌円月《ちゅうがんえんげつ》である。円月は相模国鎌倉の出身で、徳治二年（一三〇七）、八歳の時に寿福寺に入り、その後、京の醍醐寺に移り、やがて元《げん》に渡った。帰朝は正慶元年（元弘二年／一三三二）で、豊後国で倒幕の報に接した。円月の詩文集に『東海一漚集《とうかいいちおうしゅう》』があり、その中に倒幕後の鎌倉を詠んだ作がある。

※本文は日本古典文学大系『五山文学集』（岩波書店、1966）による

『東海一漚集』

惜陰の偶作

昔年是日鎌倉破　　昔年　是の日は　鎌倉　破れて
所在伽藍気像皆　　所在の伽藍も　気像も皆《つ》きたりけり
商女不知僧侶恨　　商女は　知らず　僧侶の恨みを
売柴売菜打官街　　柴を売り　菜を売りて　官街をも　打せり

過ぎ去る時を惜しむうちに、たまたま詠んだというこの詩は、荒廃した都市鎌倉で、寺の勢力も衰えていく中、たくましく生きる商人の女たちを描き出している。

円月は帰朝後、いくつかの寺を経て、建武元年（一三三四）以後鎌倉に戻り、円覚寺・建長寺などに入った。円月より年長で、鎌倉瑞泉寺にいた夢窓疎石《むそうそせき》とも親交を結んでいる。

■3　五山文学―義堂周信と鎌倉―

中巌円月に次いで、鎌倉で活躍したのが義堂周信《ぎどうしゅうしん》である。周信は土佐国に生まれ、京の禅寺で修行した後、鎌倉に入った。詩文集『空華集《くうげしゅう》』や日記『空華日用工夫略集《くうげにちようくふうりゃくしゅう》』があり、鎌倉での詩作や日常が知られる。

貞治六年（正平二十二年／一三六七）年末に死去した第二代将軍足利義詮《よしあきら》の遺骨が、翌年三月、鎌倉に分骨された。同じく貞治六年に初代鎌倉公方《かまくらくぼう》であった足利基氏の死去によって、その息子で九歳の足利氏満が鎌倉公方に就いていた。

『空華日用工夫略集』　※本文は『訓注　空華日用工夫略集』（思文閣出版、1982）による

（応安元年三月）十八日　浄妙寺に赴き京の先府君（義詮）の遺骨を迎ふ。本府幼主（氏満）も郊迎して之を将《も》って寺に入る。時に住持無く、首座《しゅそ》衆を領し礼を具《そろ》へて門迎す。京の専使古岩西堂遺骨を捧ぐ。両班《りやうはん》光明院に引き入れ、首座骨を按じ塔前に安じ焼香挙唱す。福鹿諸公も亦此に倣ふ。大休・長寿・大統の諸寺院遺骨を頒《わか》つことを求むれど、公命無きを以て允《ゆる》されず。惟《た》だ瑞泉・黄梅両塔処のみ公命を以て班《わか》ち賜ふ。余以《もっ》て礼し塔に入れ演唱す。

浄妙寺で義詮の遺骨を迎え、氏満もこれを迎えた。浄妙寺は当時、住持（住職）は居ず、首座（上位修行者）の人々がこれを迎えた。京の古岩周峨《こがんしゅうが》が遺骨を捧げ、両班（両序）職の者が浄妙寺光明院にそれを受け入

れ、首座が法要を行った。福・鹿（巨福山建長寺・瑞鹿山円覚寺）の人々も参列した。大休寺・長寿寺・建長寺大統庵の諸寺院も分骨を希望したが、公的な許可がなく、瑞泉寺と円覚寺黄梅院だけが分骨を受けた。周信自身が黄梅院で迎えて読経した。

大休寺は足利直義《ただよし》（尊氏弟、鎌倉で死去）の菩提所として建立され、浄妙寺西側山腹に位置したが、後に廃絶となった寺である。また長寿寺は、足利尊氏が鎌倉の邸宅の地に創建し、その子基氏が尊氏の菩提を弔うために堂を建立したものと伝えられる。亀ガ谷坂北側の入り口のところに位置する。建長寺塔頭《たっちゅう》（寺に所属する坊）の大統庵は、現在の円応寺の地（建長寺の斜め向かい）にあったと考えられているが、詳細は未詳。円応寺は元禄十六年（一七〇三）の地震時の津波によって大破して由比ガ浜から現在の地に遷ったので、大統庵はそれ以前に廃絶していたと見られる。

義堂周信は、延文四年（正平十四年／一三五九）足利基氏の招きで鎌倉に入って以来、康暦二年（一三八〇）まで二十年以上の長きにわたって鎌倉の禅宗を支えた。また幼い氏満の教育係も務めている。当時、周信は円覚寺塔頭の黄梅院の塔主で、瑞泉寺の住持（住職）を兼ねていた。こうした足利氏との深い結びつきによって、周信の管理する寺院に分骨されたものと思われる。瑞泉寺は周信の師である夢窓国師が嘉暦二年（一三二七）に開山した。周信は、瑞泉寺での日々も同じく『空華日用工夫略集』に記している。

（応安四年）二月一日　大雪。午后雪を掃いて一覧亭に登り、諸公と時を同《とも》にす。時に雪晴れて斜暉遠岫《しゃきえんしゅう》に映じ、海水は一帯の碧色、遍界皆白し。独り富士山のみ他山と同じからず。蓋《けだ》し他山雪無ければ則《すなは》ち此の山独り白し。今は則ち諸峰皆白く此の山のみ独り青し。余感じて云く、「賢士の世に処するや、通斤俗と同じくせず。此の山の類なり」と。乍《たちま》ち筥根山上に一点の蒼烟の狗の如きを見るも、須臾《しゅゆ》にして白に変ず。杜陵《とりょう》の句虚しからざるなり。又来る者あり。楷・朝・与・杭・園・哲・東・漂・善・堤、恰《あたか》も是れ薬山の十禅客と相ひ似たり。

瑞泉寺

応安四年（建徳二年／一三七一）仲春にもかかわらず大雪になり、午後からは道の雪を掃いて一覧亭に登り、人々と過ごした。雪が止み、夕陽が遠くの山あいに射し、海は一面碧色で、地上は雪で真っ白という中で、富士山は他の山から際立って見える。山に雪が降っていない時には富士山だけが白い雪化粧だが、今は辺りの山が白い中で富士山ばかりが青々としている。周信はこの景色に感じて、「賢い者は処世術において、節度ある行いで俗世間と一線を画している。これは富士山のようなものだ」と感懐を述べた。箱根山の頂上のわずかな青い煙がたちまち白く変わっていくように、杜陵（杜甫）の詩も無益ではない。そうしていると、十人の来訪があった。唐の時代、薬山惟儼のもとを十人の禅僧が訪問した話と似ている。

周信が上った偏界一覧亭《へんかいいちらんてい》は瑞泉寺本堂奥の山上にあり、嘉暦三年（一三二八）夢窓疎石の作。相模湾や富士山を望む位置にあり、修行の地であると同時に、五山の僧たちが詩作に励んだ場所の一つである。「一点の蒼烟……」は杜甫の詩にあるような書きぶりだが、何を指すかは未詳。十人の来訪者は、例えば「楷」は模堂周楷というように、一字で略されている。

瑞泉寺庭園および偏界一覧亭を作った夢窓疎石の歌にも、このような広大な景色を詠んだ歌がある。

『正覚国師集』　※本文は『新編国歌大観第七巻』（角川書店、1989）による

瑞泉院にすみ給ひける比《ころ》、一覧亭にて雪のふりける日

まつも又かさなる山のいほりにてこずゑにつづく庭の白雪　（五一）

松に覆われた山を庵に見立て、その松の梢の先、眼下に広がる景色を庭に降り敷く雪と捉えたのである。なお、初句「まつ」は「まへ」と伝える資料もある（『新編鎌倉志』など）。

さて、円覚寺に在った義堂周信には、次のような作がある。

『空華集』　※本文は新日本古典文学大系『五山文学集』（岩波書店、1990）による

円覚の記室寮の北軒を、扁して耕秋と曰ふ。壬寅の夏、職を茲に添うす。感ずる有りて作る

軒扁耕秋意若何　　軒に耕秋と扁す　意若何《いかん》ぞや、

古人晩節興応多
虚名却似鉄鑪歩
不見黄花挿旧窠

古人晩節　興応《まさ》に多かるべし。
虚名却つて鉄鑪に歩むに似たり、
黄花の旧窠に挿すを見ず。

周信は壬寅の年・貞治元年（正平十七年／一三六二）に書記に任ぜられて、記室寮（書記の執務棟）入りした。記室寮の北側の軒には耕秋の扁額が掲げられていた。「古人」は前任者のことで、周信は前任者の行跡を讃えると共に、唐の詩人陶淵明《とうえんめい》を想起する。これは扁額「秋を耕す」の文字からの発想で、田園での生活を求めた淵明の生き方による。責任ある役職を拝命することは熱く焼けた溶鉱炉の上を歩くような厳しいものであるが、淵明の愛した菊花さえもないこの堂舎で、この記室寮の新たな主として自分なりに生きていく、という決意を詠んだものである。

4　五山文学—万里集九と鎌倉—

文明十八年（一四八六）十月、昵懇の仲であった太田道灌《どうかん》の死（七月）を契機として江戸城を発った万里《ばんり》集九《しゅうく》は鎌倉・金沢《かねさわ》を廻り、「上倉（鎌倉に上る）」の日記と詩とを残している。

『梅花無尽蔵』巻二「上倉日乗詩幷叙」　※本文は『梅花無尽蔵注釈第一巻』（続群書類従完成会、1993）による

二十有四日、丙申、味早、亀谷山寿福禅刹に入り、殿裡の釈迦・文・普の三尊を拝す。開山の千光禅師

の法雨塔を扣《たづ》ね、鎮守の白山霊祠に詣で皈雲洞《きうんどう》を穿《きは》むれば、羽人の村に遊ぶが如し。一个《いっこ》の僧にも逢はず、唯、老力《らうりき》の手を背にして、阿弥を唱ふる有るのみ。人丸塚を山巓に望み、六郎（畠山重保）の五輪を路傍に指さし、遂に長谷観音の古道場を見る。相去ること数百歩、而して両山の間に、銅大仏に逢ふ。仏の長《たけ》七八丈。腸中、空洞にして応《まさ》に数百人を容《い》るべし。背後に穴有り、鞋《あい》を脱して腹に入る。僉《みな》云ふ、「此の中、往々にして博奕《ばくえき》の者、白昼に五白を呼ぶの処なり。」と。堂宇無くして、露坐、突兀《どっこつ》たり。歩を由井が浜の華表《くわへう》の下に移す。厥《そ》の両柱の大なること三囲。浜の畔に両鷗、一鴉有り。魚を争ひ、煙波の間に翺翔《かうしやう》す。余謂《おも》へらく、「鷗は以て愈閑に、鴉は以て愈貪なり」と。今は則ち然らず、生を天に稟《う》けし者は、争はざるは無し、と。此の浜を号して、七里と為す。千度の小路を透《とほ》りて、鶴岡の八幡宮に謁す。高門、飛橋、回廊、曲檻、玉を雕《ほ》り金を鏤す。巍《ぎ》然《ぜん》として、其の昔に減ぜず。階除に踏まずの石有り、石紋の亀鶴、凡眼、之を視るを得ず。晩間、宗猷《しゆういう》の玉隠和尚を明月庵下に問ふ。一室飄然として、床に長物無し。福山の舜琴浦。性心渓二丈、速やかに来らず。二丈は則ち、福山の社中の秉筆《へいひつ》の徒なり。聯句《れんく》の詩、五十韻あり。燭を吹きて枕に就くに、朝日の三竿なるを知らず。八幡と大仏の二詩を作りて云ふ。

浜の大鳥居跡

千度壇連二七里浜一。崢嶸《さうくわう》華表《くわへう》、奪二竜鱗一。回廊六十間霊地。風不レ鳴レ条《えだ》、宗廟神。

八幡宮

兄在二南都一、弟東福。可レ憐仏亦去年貧。宝趺《はうふ》底蝕無二堂宇一。腸痩、纔容数百人。

銅大仏

十月二十四日、寿福寺を訪れ、釈迦三尊像（釈迦如来・文殊菩薩・普賢菩薩）や栄西《ようさい》（千光は諡号）の開山塔、鎮守の白山権現の霊堂などを見物した。一人の僧に会うこともなく、ただ一人歩き回って弥陀の名号を唱える人夫がいるばかりである。人丸塚や畠山重保の五輪塔、長谷観音を巡った後、青銅の大仏に参詣した。胎内が空洞で、数百人が入れるほどである。中に入ると、最近は博奕を打つ者が入り浸っていると人々が教えてくれた。この大仏は堂舎がなく露座で、ぬきんでて高く聳えている。そのまま由比ガ浜の大鳥居へと歩みを進めると、二本の柱は非常に太く、三囲（約五・四ｍ）ほどもあった。また浜を歩いていると、二羽の鷗と一羽の烏が、餌の魚を求めて争うように飛んでいた。鷗は静かで烏は貪欲なものだとばかり思っていたが、生あるものはいずれも生きるために争うのだと悟った。

鎌倉大仏

この浜を「七里」と呼んでいる。

千度小路（未詳）を抜けて鶴岡八幡宮へ参詣した。建造物の意匠はいずれも美しく、時代の遜色がない。階段には、踏まずの石があったが、磨くと鶴と亀の文様が浮かび上がると伝えられる鶴亀石は凡人である我身には見えなかった。

夜には明月院《めいげついん》宗猷庵《しゅうゆうあん》の玉隠《ぎょくいん》和尚《おしょう》を訪ねた。建長寺（巨福山）の書記を務める舜琴浦《しゅんきんぽ》・性心渓《せいしんけい》の二人は遅参した。聯句五十韻を詠み、その後、床に就いたが、翌日は日が高くなるまで寝過ごした。この体験を基に鶴岡八幡宮と長谷の大仏の詩を作った。

千度小路と段葛は七里ガ浜へと続く。高く聳える鳥居は、竜の鱗を奪ってきたかのように美しい。八幡宮は回廊を六十間もめぐらせた霊地で、この地は風も枝を鳴らさないほど静かで、ありがたい源氏の氏神がいらっしゃる。（八幡宮）

兄の大仏は奈良、弟の大仏は関東の巨福《こふく》にある。気の毒に仏も去年は貧しい限りであった（私もまた頼みとする太田道灌を失った）。足は腐蝕し、堂もない。腹もやせて空洞で、数百人が入れるばかりである。（銅大仏）

平景清（第三章参照）の娘人丸は、謡曲「景清」では盲目となった景清を日向国（現在の宮崎県）まで訪ねている。景清が鎌倉で幽閉されていた土牢の跡に人丸の建立したのが向陽庵だといい、ここに安置した十一面観音は、現在、海蔵寺に遷されている。化粧坂切通を上る入り口手前の角に景清土牢跡（向陽庵跡）があり、その先に海蔵寺がある。人丸は死後、扇ガ谷に葬られたと伝えられる。この墓は近世の古地図類では巽荒神《たつみこうじん》（鎌倉駅西口から今小路を北に少し進んだ右側）辺りに描かれ、『新編鎌倉志』でも「巽荒神の東の方、畠の中にあり」と記されている。そして、この墓付近に建立された人丸塚の碑は、現在は安養院（若宮大路下馬橋の交差点を東に進んだ左側）に遷されている。

若宮大路を南（海側）に向かって進んで下馬橋交差点を過ぎた一の鳥居の右側に、畠山重保（第五章参照）の墓と伝えられる宝篋印塔《ほうきょういんとう》がある。ここから長谷までは一km強で、当時の海岸線に沿って進んだのであろう。

■5　宗長の鎌倉訪問

永正六年（一五〇九）十二月、連歌師宗長は鎌倉に立ち寄る。元々は古人が歌に詠んだ白河の関の訪問を企画したが、事情があって断念して関東各地を廻ったのであった。

『東路のつと』　※本文は新編日本古典文学全集『中世日記紀行集』（小学館、1994）による

今月五日、天源庵に立ち寄りて侍りし。修理のこと申し合せなどするほどに、浄光明寺の中、慈恩院にして、

　風や今朝枝にとをその松の雪

臘八《らふはち》、建長寺永明軒にして、和漢一折あり。

　かささぎの渡せる橋か天つ霜

当寺、天津橋などの言寄《ことよ》せばかりなるべし。

対レ雪水仙王　　　　　　　　　永明
その日、明月院参拝のついで、漢和あり、その席
　客若二花兄弟一
脇、数反《すうへん》辞退すといへども、貴命に応ずるばかり。
　行く年深き松の木高さ
蘇谷《そや》宮内少輔《くないせう》仲次一会興行に、
　霜雪を上毛か鶴が岡の松
当社星霜のことなるべし。
去秋七月中旬ころより、おなじ十二月始め、鎌倉までの事を、かたのやうに書き記し侍るものならし。

十二月五日、建長寺塔頭《たっちゅう》の天源庵に立ち寄り、修理のことなどを相談した後、浄光明寺塔頭の慈恩院で連歌会を催し、松の枝も撓うかのように降り積もった雪を発句に詠んだ。

十二月八日、建長寺の永明軒で和漢聯句《れんく》（和歌の句で始め、漢詩の句と和歌の句とを交互に詠む形式）があり、発句は、霜の見事に置いた橋は天空の鵲の渡す天の川の橋と見紛う、というものであったが、これはこの寺にある天津橋にかこつけたものであった。脇句は永明が、白い水仙があたかも雪に向かうかのようである、と付けた。

同日、明月院に参拝し、そこでは漢和聯句（漢詩の句で始め、和歌の句と漢詩の句とを交互に詠む形式）を行っ

た。院主が、今日訪れる客人たちは梅・菊のように咲き匂っていると発句に詠んだ。これに対する脇句を求められた宗長は度々辞退したが、院主の命に従って、暮れ行く年にこの院の松はさらに高く生い茂るよ、と付けた。

蘇谷宮内少輔仲次の連歌の興行では、発句に、鶴岡八幡宮の境内の松に降りかかる霜や雪は、まるで鶴の白い上毛のようだと詠んだ。これは鶴岡の長い歴史を讃えて詠んだものである。

前年秋からの東国の旅は、この十二月の鎌倉滞在の記をもって擱筆としている。禅僧や連歌師が旅した鎌倉は、どのような賑わいを見せていたのであろうか。鎌倉公方が不在の時代もあったが、十六世紀後期まで、鎌倉公方・関東管領による統括拠点となった町は、近世に入ると、徳川光圀の訪問を経て、江戸の人々の観光地として江ノ島と並んで新たに発展していくのであった。

作品解説（本書で取り上げた主な古典）

凡例

＊本解説は、本文を引用した作品および鎌倉にかかわる内容に言及した作品についての、簡略な文学史的説明である。加えて、作品ジャンルについて説明したものもある。

＊作品名は現代かな遣いによる読みかたの五十音順になっている。

＊本文を字下げで引用した作品については、書名の下に括弧書きで、引用した章を挙げておく。

朝比奈《あさいな》（第五章）

狂言。現行二流に残る。寛正五年（一四六四）四月、糺河原での勧進猿楽での上演記録がある。死去した朝比奈義秀が六道の辻で閻魔王と出会い、和田合戦の様子を語る。その後、閻魔王を手玉に取った義秀は極楽へ旅立っていく。→**狂言**

明日香井和歌集《あすかいわかしゅう》（第六章）

藤原雅経の家集。雅経の孫雅有が、永仁二年（一二九四）春に編纂した。おそらく雅有が勅撰集編纂を命じられた時（永仁勅撰の議、ただしこの企画は途絶）、資料として編纂したものと見られる。一六七二首を収載。→**みやぢの別れ**

吾妻鏡《あずまかがみ》（第二・三・六・七章）

鎌倉時代後期の成立と見られる歴史書。五十二巻。治承四年（一一八〇）四月の以仁王の令旨が伊豆に届くところから、文永三年（一二六六）七月の第六代将軍宗尊親王が将軍職を停められて帰京するまでを変体漢文の日記で記す。北条氏、特に得宗家に好意的な記述が見られ、幕府の公的な記録ではないものの、北条氏に近いところで編纂したと見られる。途中、記事のない時期（欠巻）があるなど、未完成だった可能性が高い。徳川家康が愛読し、徳川幕府周辺では有職故実の書としても重用された。

東路《あずまじ》のつと（第十五章）

連歌師宗長による紀行文。永正六年（一五〇九）七月、古人の詠んだ白河の関を目指して出発し、関東各地を廻り、十二月に鎌倉に滞在したことを記して擱筆。それから間もない時期に成立したと見られる。日次記としての性格は薄く、紀行文、とりわけ所々での連歌の記録といった性格が強い。簡潔明快な文章で各地の風光を伝える。宗長は宗祇に師事し、宗祇の旅にも帯同した。

十六夜日記《いざよいにっき》（第九・十二章）

阿仏尼のかな日記紀行。弘安二年（一二七九）十月の鎌倉への旅の記と翌年秋までの鎌倉滞在記とからなり、伝本によっては巻末に長歌一首を加えるものがある。下向理由は、藤原為家との間に生んだわが子に播磨国細川庄の土地を正式に譲らせることを、鎌倉幕府に訴えるためである。先妻の子為氏の不孝への憤りとわが子を思う親心や歌道家を守る意識が見られる。阿仏尼には、失恋体験を描いたかな日記『うたたね』や歌論書『夜の鶴』があり、歌人としては勅撰集入集歌が四八首にのぼる。

一遍聖絵《いっぺんひじりえ》（第十一章）

一遍の生涯と事績を描いた絵巻。正安元年（一二九九）に一遍の弟子聖戒《しょうかい》が詞書を作成し、円伊《えんい》が絵を制作した。絵は諸国の風景が丹念に描かれ、宗教性は薄い。一遍は正応二年（一二八九）に死没しているので、没後十年で制作されたことになる。

永久百首《えいきゅうひゃくしゅ》（第一章）

永久四年（一一一六）に詠進された歌集。堀河天皇・中宮篤子の相次ぐ崩御を悼み、藤原仲実など六人がそれぞれ百首ずつを提出したもの。全体のおよそ四分の一の歌に地名（名所歌枕）が詠まれるといった特徴を持つ。

をぐり《お》（第十三章）

説経浄瑠璃。室町時代末期には成立していたと見られる小栗判官と照手姫との物語が説経としてまとまったもので、熊野権現・藤沢遊行上人と深く関わりながら成立した。数奇な運命を辿りながらも最後には大団円を迎える展開は説経の中でも屈指の名作で、後世に多大な影響を与えた。→**説経浄瑠璃**

〈お伽草子《とぎぞうし》（室町時代物語）〉

狭義には、享保年間（一七一六〜三六）に書肆《しょし》渋川清右衛門が刊行した二十三編の短編物語で「御伽草子」と表記する。これらを含む、室町時代に成立したと考えられる短編物語の総称としては「お伽草子」と表記することが多く、室町時代物語ともいう。→**唐糸さうし・清水冠者物語**

廻国雑《かいこくざっ》記《き》（第十三章）

聖護院門跡であった道興准后による紀行文。古くは宗祇の作と見られていたこともある。文明十八年（一四八六）六月に都を発ち、翌年三月に至る記事を収め、北陸から関東に入って諸国を廻り、陸奥へ旅立ち、再び武蔵国名取川での歌を記して擱筆とする。成立はその直後か。多数の和歌・連歌・漢詩が書き留められるほか、人々との交流や諸国の伝説、また地名とその由来などが記され、資料的価値も高い。

海道《かいどう》記《き》（第八章）

紀行。貞応二年（一二二三）四月上旬に都を出立し、五月初旬に帰途に就くまでを記す。作者は都の白川近辺に住んでいた隠遁者で五十歳前後とあるが、具体的には不明。『海道記』中の歌を採録する『夫木和歌抄』『歌枕名寄』は作者を鴨長明とし、『海道記』を収載する「群書類従」では作者を源光行と記すが、年齢・経歴等がいずれも合わない。近年では、藤原宗行の兄弟、行長という説もある。対句の多用や漢文の訓読体など、漢文の影響の強い文章であり、同時に仏教語を多用する面もあり、全体に硬質な文体となっている。

鐘《かね》の音《ね》（第十五章）

狂言。現行二流に残る。主人が息子の成人に際し、黄金作りの太刀を作らせるため、「黄金の値」を調べに、太郎冠者を鎌倉に行かせるが、太郎冠者は鎌倉の寺々の「鐘の音」を聞き比べてしまう。和泉流は主と太郎冠者が登場し、主に叱られる叱リ留（狂言の演出の一つ）。大蔵流は最後の場面に仲裁人が登場して仲を取りなすものの、太郎冠者が寺々を廻った様子を謡と舞にしたため、結局主人が怒る叱リ留。→**狂言**

鎌倉将軍《かまくらしょうぐん》記《き》（第六章）

寛文四年（一六六四）に刊行された『将軍記』のうちの五巻三冊で、浅井了意の作と見られる。林羅山『将軍家譜』の影響も認められるが、独自の記事も多い。第六代将軍宗尊親王までは『吾妻鏡』の記述によるところが多いが、それのみならず多くの史料を基にしていたようである。

鎌倉攬《かまくららん》勝考《しょうこう》

植田孟縉《もうしん》による地誌。文政十二年（一八二九）成立。水戸藩が編纂した『新編鎌倉志』の記事によりつつ、足りない部分を補い、特に室町期の鎌倉の説明が詳細になっている。全十一巻のうち末尾の二巻は江ノ島・武蔵国金沢など鎌倉の周辺に関する地誌になっている。

唐糸《からいと》さうし《ぞうし》（第三章）

お伽草子（室町時代物語）。享保年間（一七一六～三六）に渋川清右衛門が刊行した御伽草子二十三編の一つ。作者は未詳。舞の徳によって母の唐糸を救い出す娘万寿を描く、芸能成功譚。またその背後に八幡神の霊験譚を含む。↓**お伽草子**

関東往還記《かんとうおうかんき》（第十一章）

性海《しょうかい》による鎌倉下向と滞在の記。性海は、北条時頼・実時によって招かれた西大寺の叡尊の随行者で、本書は性海の行動記録というよりは叡尊を中心とする一派の宗教活動の記録である。弘長二年（一二六二）二月から七月までの変体漢文の記録であるが、八月に奈良に戻るまでの記事がなく、これとは別に弘長元年十二月・弘長二年一月・二月の記事が伝わるなど、完本ではない。弘長二年は『吾妻鏡』の欠巻部分であり、鎌倉の様子を伝える貴重な資料となっている。

紀伊続風土記《きいぞくふどき》（第七章）

紀州藩士らによる地誌。中断時期を含む三十年以上にわたる編纂で、天保十年（一八三九）に完成した。全百九十五巻で紀伊国をあまねく調べ、各地の来歴・地理や伝説、名産・農業石高などを記すが、特に高野山関係に紙幅を割いている。

義経記《ぎけいき》（第四章）

源義経の一代記である伝記的物語。作者は未詳。室町時代初期から中期に成立したと見られる。源平の合戦での義経の活躍はほとんど記さず、不遇な少年時代や、兄頼朝に追われる身となった後半生に重点を置いている。内容の多寡によって三系統に分類される。また、いわゆる「判官贔屓」の気運を生み出し、謡曲や幸若舞、近世諸芸能で「判官物」と呼ばれる一群につながっていく。

金槐和歌集《きんかいわかしゅう》（第六章）

源実朝の家集。①定家所伝本・②群書類従本・③貞享四年版本の三つの系統が知られる。①は建保元年（一二一三）の成立で、春・夏・秋・冬・賀・恋・旅・雑の部類がある。実朝二十二歳までの六六三首を収める。②は①のうち一〇首を欠き、巻末に六六首を追加したもの。③は七一九首を春・夏・秋・冬・恋・雑に部類配列したもので、重出二首と他者詠三首を含む。③の伝本の多くに、「柳営亜槐（将軍で大納言）」が編纂した旨の奥書があり、編者には藤原頼経・足利義政・一条兼良といった説がある。

〈狂言《きょうげん》〉
台詞と仕草中心の芸能で、能と同様に散楽・猿楽を源流としているが、笑いの要素が強い。江戸初期には鷺流・大蔵流・和泉流の三つの流儀があったが、現在、鷺流は地方芸能にその痕跡を留めるのみである。『狂言記』は近世に読み物として刊行された狂言詞章で、『狂言記』『狂言記外五十番』『続狂言記』『狂言記拾遺』があり、各五十番、計二百番の台本を収める。**→朝比奈・鐘の音**

空華《くうげ》集《しゅう》（第十五章）
義堂周信の漢詩文集。嘉慶二年（一三八八）の周信没後早くに成立した五山版とそれを再構成した元禄版とが知られる。

空華日用工夫略集《くうげにちようくふうりゃくしゅう》（第十五章）
義堂周信の日記（散佚）が元にあり、門弟によって段階的に補充・再編成されたもので、貞治六年（一三六七）から嘉慶二年（一三八八）に至る記事を収める。義堂の属する夢窓派の勢力が伸びる時期でもあり、政治的・宗教的な動向が窺える上、義堂を中心とする文芸活動を知ることができる。『空華日工《にっく》集』とも。

愚管抄《ぐかんしょう》（第五章）
慈円の歴史評論書で、七巻。承久二年（一二二〇）頃にまとまり、後に一部修正が加えられたと考えられる。神武天皇から説き起こし、順徳天皇に至る歴史を、仏教的世界観で解釈している。慈円は藤原忠通の息子で、九条兼実の同母弟。幼少から青蓮院《しょうれんいん》に入って修行を積み、その後、天台座主《ざす》を勤めた。歌人としても優れ、家集『拾玉集』があり、上洛した源頼朝との贈答歌も収めている。勅撰集入集歌は二六九首にのぼる。

九穴《くけつ》の貝《かい》（第五章）
舞の本。舞の本「浜出《はまいで》」の続編と見られる作品で、畠山重保の驚異的な潜水能力を示し、沢山の貝を採ったことで祝言性を示す。謡曲「九穴」（現在は上演されない）にも海中深くの竜宮城に潜る畠山重保（または重忠）が描かれる。**→舞の本**

瓊玉和歌集《けいぎょくわかしゅう》（第十章）
宗尊親王の家集。文永元年（一二六四）十二月九日、親王の命により真観が撰んだ。十巻五〇八首で、そのうち一首は『後拾遺和歌集』中の藤原長能歌が誤って混入したもの。第十一代勅撰和歌集『続古今和歌集《しょくこきんわかしゅう》』の編纂が進む中であり、その資料として親王の秀歌撰集として編まれたものと見られる。**→宗尊親王三百首・宗尊親王百五十番歌合**

兼好法師集《けんこうほうししゅう》（第十二・十三章）
卜部兼好《うらべかねよし》（兼好法師）の家集。前田育徳会尊経閣文庫蔵本は兼好自筆と見られる。成立は貞和元年（一三四五）四月から同二年十二月の間で、『風雅和歌集』撰集の資料として編纂した草稿本と考えられる。部立はなく、自らの意に任せた配列とその巻頭で断っている。歌数は二八四首と連歌二句で、他者詠一五首・連歌一句を含む。**→徒然草**

源平盛衰記《げんぺいじょうすいき》**→平家物語**

古今著聞集《ここんちょもんじゅう》（第五章）
橘成季《たちばなのなりすえ》の編による説話集で、建長六年（一二五四）に成立。二十巻三十編。鎌倉時代初期までの様々な説話を内容によって三十に分類している。採録の範囲は本朝の説話に限り、年代順で一定の関連性を持たせた配列となっている。

古事記《こじき》
現存最古の歴史書。三巻。稗田阿礼《ひえだのあれ》が誦習したものを太安《おおのやす》万侶《まろ》が撰録して、和銅五年（七一二）に元明天皇に献上した。神代から推古天皇までの歴史を、神話・伝説や歌謡を含みながら描き、大和朝廷の勢力拡大を物語る。

西行物語《さいぎょうものがたり》（第三章）
平安末期の歌人西行の一生を伝記風にまとめた歌物語。作者は未詳。後深草院二条の『とはずがたり』に「西行が修行の記の絵」との名前が見え、鎌倉時代中期には、絵入りの物語としてその原型ができあがっていたと考えられる。幾度かの改作を経たようで、内容に異なりのある伝本が幾つかある。近世における西行像は、この物語及び西行に仮託された説話集『撰集抄《せんじゅうしょう》』によるところが大きい。

実方集《さねかたしゅう》（第一章）
藤原実方の家集。実方は花山・一条天皇に仕えたが、一条天皇の目の前で藤原行成と歌について口論となり、その大人げない振舞によって陸奥守に左遷となった。長徳四年（九九八）に任国で没したと伝えられる。風流才子としての逸話が多く、中古三十六歌仙の一人で、勅撰集には六七首が採られる。

清水冠者物語《しみずのかじゃものがたり》（第四章）
お伽草子（室町時代物語）。作者は未詳。木曾義仲の子義高と源頼朝の娘大姫との悲恋を潤色したもの。伝本によって本文が著しく相違し、義高処刑の展開や斬首の場所も様々であり、どのような経緯で流布していったかは定かではない。↓お伽草子

沙石集《しゃせきしゅう》（第十一・十二章）
無住道暁《むじゅうどうぎょう》編の仏教的説話集。十巻。弘安六年（一二八三）頃の成立で、その後も何度か改訂を経ている。無住は源頼朝に仕えた梶原氏の出で、鎌倉やそこに住む人々の話を多数収める。庶民の生活、またそこに息づく信仰が垣間見られるほか、和歌を陀羅尼（梵語の呪文をそのまま唱えることで功徳を得る）と捉える論を展開し、後代に様々な影響を与えた。「させきしゅう」とも読む。

沙弥蓮愉集《しゃみれんゆしゅう》
宇都宮景綱《かげつな》（蓮愉）の家集。正応・永仁（一二八八〜九九）頃の作を中心にする。春・夏・秋・冬・恋・雑の部立があり、歌数六九八首には他者詠六首を含む。京・鎌倉の歌壇との交流の一端が知られる。

拾遺風体和歌集《しゅういふうていわかしゅう》（第十二章）
冷泉為相の撰と見られる私撰集。十巻。採録歌人の官職表記から、嘉元二年（一三〇四）七月を下限とする頃の成立と考えられる。春・夏・秋・冬・賀・哀傷・離別・羈旅・恋・雑・神祇・釈教に部類される。

正覚国師集《しょうがくこくししゅう》（第十五章）
『夢窓国師集』とも呼ばれる、夢窓疎石の家集。他撰。収載歌数に異なりのある数種の家集が伝わり、最も歌数の多いものは一二二首を収める。足利尊氏や冷泉為相との交流が知られ、実景・実感の歌が多い。

承久記《じょうきゅうき》（第七章）
承久の乱の発端から終結までを描いた軍記物語。作者は未詳であるが、北条氏を中心とした幕府に近い立場にあり、後鳥

羽院に対して批判的な面がある。最古態と見られる慈光寺本は延応二年（一二四〇）以前の作で、その後の改作があり、前田家本・流布本・『承久軍物語《じょうきゅういくさのものがたり》』の書名を持つものと合せて四つの系統になる。慈光寺本は物語全体の分量が少なく、時代が下るに従って分量が増えている。

詞林采葉抄《しりんさいようしょう》（第一章）

『万葉集』の注釈書。貞治五年（一三六六）に藤沢遊行寺の僧由阿《ゆあ》が著したもので、枕詞・地名・難語などを考証する。奥書によれば、二条良基の求めに応じて由阿が上洛して、提出したものである。

新後撰和歌集《しんごせんわかしゅう》（第十章）

第十三番目の勅撰和歌集。後宇多院の下命、二条為世によって撰ばれた。嘉元元年（一三〇三）奏覧。撰歌対象を天仁元年（一一〇八）から正安三年（一三〇一）の作に限定する点は、勅撰和歌集の中ではやや異色である。二十巻一六一二首で、入集数第一位は藤原定家、次いで為家・為氏と御子左家三代が並ぶ。

信生法師日記《しんしょうほうしにっき》（第八章）

信生法師の家集『信生法師集』の前半部をなす旅日記。元仁二年（一二二五）二月に都を出て、鎌倉・信濃善光寺と廻り、翌年故郷である下野国塩谷に戻るまでの記で、折々の和歌四六首を含む。信生の俗名は塩谷朝業《ともなり》。宇都宮頼綱の弟で、宇都宮歌壇を形成した一人。建保七年（一二一九）の源実朝暗殺を契機に下野国塩谷に戻り、承久二年（一二二〇）に出家した。勅撰集には一四首入集。

新編鎌倉志《しんぺんかまくらし》

徳川光圀の命によって水戸で編纂された地誌。光圀らが延宝元年（一六七三）に鎌倉周辺を旅した時の見聞を基に作られ、貞享二年（一六八五）に刊行された。八巻十二冊で、鎌倉及び江ノ島・武蔵国金沢の名所旧跡を詳述する。所々に絵を挿入する他、鎌倉七口《ななくち》・十井《じっせい》・五名水《ごめいすい》などの名数を設定し、その後の地誌類から今日に至るまで多大な影響を与えている。なお、諸国漫遊の伝承を持つ光圀であるが、鎌倉は実際に旅行をした数少ない場所の一つである。

新編相模国風土記稿《しんぺんさがみのくにふどきこう》

昌平坂学問所地誌調所の編纂による相模国の地誌。『新編武蔵風土記稿』の完成に続けて編纂され、天保十二年（一八四一）に成立。全百二十六巻で、相模国各地の歴史・地理・寺社遺跡の説明などを中心とする。全体の約四分の一を鎌倉の説明が占めている。

新和歌集《しんわかしゅう》（第八章）

宇都宮歌壇による私撰集で、宇都宮一族とそれに関わった人々の歌を集めたもの。正元元年（一二五九）あるいは弘長元年（一二六一）の成立か。信生法師の息子笠間時朝か宇都宮景《かげ》綱《つな》の撰で、編纂の監修に二条為氏が関わったと見られる。十巻八七五首で、春・夏・秋・冬・恋・雑などの部類で配列される。

〈説経浄瑠璃《せっきょうじょうるり》〉

仏教の経説を説いて人々を導く説経に様々な音楽的要素を加え、芸能として発展したもの。中世に起こり、後には操り人形芝居とも提携して十七世紀に隆盛を極め、現在も各地に伝承されている。説経節ともいう。→をぐり

仙覚律師奏覧状《せんがくりつしそうらんじょう》（第十章）

建長五年（一二五三）、仙覚が『万葉集』に新しい訓を付した際の心情や経過を後嵯峨院に奏上したもの。仙覚からの書状の他に、付属文書として、新点（新しい訓）の根拠や、後嵯峨院からの院宣、後嵯峨院の返書などが含まれる。

贈答百人一首《ぞうとうひゃくにんいっしゅ》（第十一章）

緑亭川柳編・葛飾為斎ほかが挿絵を描いた秀歌撰、近世に多数作られた百人一首の一つ。嘉永六年（一八五二）刊。平安時代後期の藤原基俊、江戸時代後期の加茂季鷹の独詠歌を最初と最後に置き、西行上人・藤原俊成、源頼政・小侍従など平安時代後期から、扇屋墨河・遊女花扇、法印寛常・橘千蔭など江戸時代後期までの二名一組の贈答歌を四十九組九八首配列する。

曾我物語《そがものがたり》（第二章）

曾我祐成・時致兄弟の一代記である伝記的物語。作者は未詳。南北朝期の成立か。実父河津祐泰を工藤祐経一行に殺害された兄弟は、継父曾我祐信に育てられた。様々な困難を乗り越え、建久四年（一一九三）五月、兄弟は祐経を斬り、親の敵討ちを果たす。しかし、兄祐成はその場で討たれ、弟時致は捕えられて後に処刑された。三大敵討ちの一つとして中世後期から近世に至る諸芸能に取り込まれ、「曾我物」と呼ばれる一群を形成している。

太平記《たいへいき》（第九・十四章）
軍記物語。鎌倉倒幕から建武の新政を経て、様々な戦乱と細川頼之の管領就任までのおよそ五十年間を描き、通常三部構成と考えられている。全四十巻は、成立過程で幾人かの手が入り、小島法師が最終的に関与して成ったと見られる。『平家物語』のような抒情性は乏しいが、現実と向き合い、貴族社会の没落と武士階級の内部矛盾を突くなど、軍記文学としての価値は高い。また、謡曲や講談、歌舞伎など様々な芸能に影響を与えている。

徒然草《つれづれぐさ》（第九・十二章）
兼好法師の随筆。序段と長短様々な二百四十三段からなる。成立過程ははっきりしないが、鎌倉倒幕から建武の新政に至る事件に触れていない点や、作中の人物表記から、倒幕直前（一三三〇年頃）かと考えられている。内容は多岐にわたり、文体も段によって変化しているため、段階的に執筆したものをある時期にまとめたものと推測される。成立当初は流布しなかったようであるが、室町時代から近世期にかけて、その思想が広く受け入れられていった。**→兼好法師家集**

東海一漚集《とうかいいちおうしゅう》（第十五章）
中巌円月の漢詩文集。南北朝時代の成立。漢詩・賦のほか、円月のさまざまな文章を収める。円月は正応二年（一三〇〇）相模国鎌倉に生まれた。平氏（土屋氏）の出身であるが、八歳で寿福寺僧童となり、以後、円覚寺などでの修行を経て、正中二年（一三二五）に中国の元に渡った。帰朝後も、鎌倉・京都をはじめ各地の禅宗寺院を転々とした。応安八年（文中四年／一三七五）京都建仁寺で没した。

東関紀行《とうかんきこう》（第八章）
紀行。仁治三年（一二四二）八月に都を出立し、十月に帰途に就くまでを記す。作者は都の東山に住んでいた隠遁者であるが、具体的には不明。伝本によっては「鴨長明道之記」「親行道之記」などと記すものがあるが、鴨長明・源親行いずれも合わない。和漢混淆文《こんこうぶん》で、『平家物語』などに取り込まれている箇所もある。

東撰和歌六帖《とうせんわかろくじょう》（第十章）
藤原（後藤）基政撰と見られる私撰集。『吾妻鏡』弘長元年（一二六一）七月二十二日の記事がこの作品を指す可能性があり、宗尊親王の位階表記などから、文永二年（一二六五）

以前の成立と見られる。春・夏・秋・冬・恋・雑の六部、約二百の題で部類編纂されたらしいが、現存するのは春部のみ三一九首の本と、春から冬部までの抜粋四九一首の本のみである。鎌倉ゆかりの歌人の作のみで構成され、鎌倉に下った公家や関東武士・僧侶・女房など多彩な顔ぶれが浮かび上がってくる。

とは《わ》ずがたり（第十二章）

後深草院二条（久我雅忠の娘）の自伝的かな日記。全五巻で、宮中での日々や当代の帝（後深草）ほか様々な男性との愛欲体験を記す三巻と、念願の出家を果たし諸国を遍歴した後、都で後深草院崩御に遭い、法皇三回忌までを記す二巻からなる。最終記事の嘉元四年（一三〇六）をあまり下らない時期の成立と考えられる。『増鏡』に多量の引用が見られるが、作品そのものは秘匿されたらしく、現存伝本は宮内庁書陵部蔵本の一本のみである。

日蓮《にちれん》聖人《しょうにん》註《ちゅう》画讃《がさん》（第十一章）

室町時代の日蓮宗僧侶日澄による撰述で、日澄没後の十六世紀前半には絵巻としても制作されたと考えられる。全五巻三十二段の絵巻は日蓮の生涯と事績を辿る物語で、天文五年（一五三六）本圀寺蔵本が現存最古のものである。今日に至る日蓮の人物像は、同時期成立の『元祖《がんそ》化導記《けどうき》』とあわせて本書によるところが大きい。近世には、日蓮宗の信仰者拡大と共に、度々刊行されている。

梅《ばい》花《か》無《む》尽蔵《じんぞう》（第十五章）

万里集九の漢詩文集。全七巻、永正三年（一五〇六）に完成している。集九自身が、内容を分類整理し、それぞれの部類を年代順に配したと見られる。集九は正長元年（一四二八）の生まれで、東福寺・相国寺（いずれも京都五山）といった五山文学の盛んな寺で修行を重ね、詩をよくし、応仁の乱後は、京都を離れ、諸国を旅した。

鉢木《はちのき》（第九章）

謡曲。四番目物・現在能。現行五流で上演される。作者は未詳。佐野源左衛門常世（シテ）の高潔な精神と、旅の僧（ワキ、実は最明寺殿北条時頼）の慈悲深さ、理非をわきまえた判断を描く。北条時頼の廻国伝説の一つ。→**謡曲**

浜出《はまいで》（第三章）

舞の本。源平物・祝言曲。源頼朝が東大寺大仏供養から戻り、三日にわたる祝言の賀を催したことを語る。二日間は酒宴で、最終日が江ノ島詣でのための浜出となる。渋川清右衛門による御伽草子二十三編に採られる「浜出草子」とほぼ同文で、当時の鎌倉への関心の高さが窺われる。↓**舞の本**

光源氏《ひかるげんじ》物語《ものがたり》抄《しょう》

『異本紫明抄』とも。『源氏物語』のそれまでの注釈を集成したもので、建長四年（一二五二）に原型が成立し、文永四年（一二六七）以降に増補・清書されたと見られる。従来の説を挙げつつ、時に「今案」として編者の説を載せる。編者は未詳であるが、笠間朝時・北条実時の説がある。

平家《へいけ》物語《ものがたり》（第一・三・四章）

平清盛一門の興隆から、治承～寿永・文治の滅亡を描いた軍記物語で、作者や編纂過程は未詳。「平家語り」といった原型となる平家物語を想定し、物語の成長段階で各種の異本が現れたとするのが通説である。諸本は読み本系と語り本系に大別される。「祇園精舎の鐘の声」に始まり、平清盛一門の繁栄と衰退を描くという大きな枠組みは共通しながら、細部において様々な違いを有する本が多数作られ、その生成の過程は今なおはっきりとしない。史実に基づきながらも、時に虚構を交え、詠嘆的な無常観に貫かれ、後代文学や芸能への影響が非常に大きい。

［平家物語主要諸本―読み本系］

＊延慶本―延慶年間の奥書を有し、現存本では最古の書写年代を持つ本。平家一門の滅亡後、源頼朝が奥州を制圧し、その果報を讃える形で作品が終わる。漢字カタカナ交じり、六巻十二冊。

＊長門本―長門国赤間神社蔵本を代表とし、近世に多数書写された。延慶本と本文の合致する箇所が多いが、独自の説話を取り込む箇所もある。漢字かな交じり、二十巻二十冊。第二十巻の後ろ三分の二は建礼門院徳子の往生を描き、「灌頂巻《かんじょうのまき》」と記されている。

＊源平盛衰記―延慶本・長門本と類似する箇所が多いが、独自の記事を多数取り込む。かつては最も古い本と見なす説もあったが、現在は南北朝期頃に現在伝わる形になったという考えが強い。漢字かな交じり、四十八巻四十八冊。第四十八巻が「灌頂巻」と名付けられている。

＊源平闘諍録―建武四年（一三三七）の奥書を有し、関東武士団の記述が多い。真字本（漢文体表記）で、巻一上下・五・八上下の五冊が知られるのみで全容は不

明。

＊四部合戦状本―原資料をそのまま取り込んだと思われる記事が多く、逆に説話的・挿話的記述が少ない。真字本（漢文体表記）であるが、構成面では語り本系の諸本と共通する箇所も見られる。十二巻で、巻二・八は現在見つかっていない。また全十二巻とは別に「灌頂巻」がある。

［平家物語主要諸本―語り本系］

＊屋代本―語り本系では最古態とみなされる本。全体を大きく編年的に捉えようとする傾向があり、細かく章段を分けることをしない。全巻を通しで語る「一部平家」の形を残していると見られる。末尾は平維盛の子息六代が処刑されるところで終わる「断絶平家」型。漢字カタカナ交じり、十二巻十二冊で、これとは別に抽書と「剣巻」上下が伝わる。巻四・九は現在見つかっていない。

＊覚一本―南北朝時代に琵琶法師の座を確立した明石検《けん》校《ぎよう》覚一によって、正統的な台本として書き留めさせた本を基とする。ただし、純粋な琵琶語りの台本ではなく、机上での編纂の跡も認められる。他本よりも構成の完成度、文学的到達度が高く、現在活字化されて最も流布している『平家物語』である。漢字かな交じりと漢字カタカナ交じりとがあり、十二巻十二冊に「灌頂巻」を加える。

＊流布本―覚一本を基に、江戸時代初頭に一方《いちかた》流検校の校訂を経て、出版されたもので、近世から昭和初期までもっとも広まっていたため流布本と呼ばれる。漢字かな交じり、十二巻十二冊に「灌頂巻」を加える。

＊百二十句本―各巻を十句に分け、全体で百二十句となる構成を持つ。琵琶語り「一部平家」の流れを汲むと見られる。漢字かな交じり・漢字カタカナ交じりの二種があり、漢字かな交じりの本は、覚一本と本文の合致する箇所が所々見られる。十二巻十二冊の「断絶平家」型。

北条《ほうじょう》九代記《くだいき》（第十章）

物語風の編年体による年代記。延宝三年（一六七五）刊行。浅井了意の作と見られる。「北条九代」と書名にあるが、実際には源氏将軍から第十四代執権北条高時に至る鎌倉幕府の歴史を描いている。書名は、北条得宗家九代の意であると考えられる。『吾妻鏡』『保暦間記』などに依拠しつつ、儒教的思想・天命思想に基づいて歴史を説いている。

保暦間記《ほうりやくかんき》（第六章）

編者未詳の歴史書。書名は、「保」元元年（一一五六）の保元の乱から「暦」応二年（一三三九）後醍醐天皇崩御までを描くことによる。鎌倉時代とその前後の貴重な通史であり、本作品に記された事件の名称が、現代までそのまま使用されるということも少なくない。成立は十四世紀半ば、後醍醐天皇の崩御から大きくは下らない時期と見られる。

頬焼阿弥陀縁起絵巻《ほおやきあみだえんぎえまき》

光触寺蔵、鎌倉国宝館寄託の絵巻、二巻。盗みの疑いをかけられた万蔵法師の頬に、町の局という女性が焼き印を当てさせようとしたところ、法師の頬は焼けず、代わりに阿弥陀如来の頬に焼き印が残っていた。局は行いを悔い改め、比企ガ谷に岩蔵寺を建立し、その阿弥陀を安置した。

北国紀行《ほっこくきこう》

二条派歌人堯恵の紀行。文明十七年（一四八五）秋、美濃国に滞在していた堯恵は翌年五月に東方へ旅立ち、越後から上野・武蔵と廻る。文明十九年三月、鎌倉を訪れ、三浦半島芦名に逗留、再び武蔵・上野を経て、十一月に越後に入ったところで記事を終える。各地の景観に加えて、折々の歌を記す。堯恵には、寛正六年（一四六五）の旅『善光寺紀行』もあるほか、朝廷で歌学を講じたこともある。

堀河百首《ほりかわひやくしゅ》（第一章）

堀河天皇の勅命によって、当時の代表的歌人十六人にそれぞれ百首ずつを詠進させたもので、長治二年（一一〇五）頃の成立。すべて題詠で、春二十・夏十五・秋二十・冬十五・恋十・雑二十の百題。その形式や歌は、『永久百首』を始め後代の和歌に大きな影響を与えた。

〈舞《まい》の本《ほん》〉

幸若舞の台本。幸若舞は室町後期に発展した芸能で、幼名を幸若丸と称した桃井直詮《もものいなおあきら》が創始したといわれる。『平家物語』『義経記』『曾我物語』と共通の題材が多く、武士に尊ばれた。福岡県の大江で現在も伝承されている。→**九穴の貝・浜出**

増鏡《ますかがみ》（第七・十四章）

歴史物語。二条良基の作という説が有力。作中の官職表記などから康永二年（一三四三）以後、応安年間（一三六八〜七五）頃までの成立と見られる。治承四年（一一八〇）の後鳥羽天皇誕生から、元弘三年（一三三三）に後醍醐天皇が隠岐から遷幸するまでの歴史を編年体で記す。『大鏡』などの歴史物語に則った聞き書きの形式を採る。『とはずがたり』『平家物語』など様々な依拠資料が指摘されている。

万葉集《まんようしゆう》（第一章）

現存最古の歌集。二十巻約四五〇〇首を収める。天皇や宮廷歌人の歌から民衆の歌、また東歌《あずまうた》（東国地方の歌）や防人《さきもり》歌《うた》（北九州警備に当たった東国の者たちの歌）を収め、その時期はおよそ三百五十年間にわたる。最終的には大伴家持の編纂を経たと見られるが、その途中経過については定説がない。

みやぢの別《わか》れ（第十章）

飛鳥井雅有のかな日記・紀行。建治元年（一二七五）秋、都から鎌倉への帰郷とその後を簡潔な文と和歌で綴る。鎌倉を故郷と記す一方、都への思慕を全体で表現している作品である。雅有は祖父藤原雅経・父教定に続いて鎌倉幕府に仕え、北条実時の娘を妻とする一方、朝廷にも仕え、京鎌倉を度々往還した。『春のみやまぢ』など五篇のかな日記、蹴鞠書『内外三時抄《ないげさんじしよう》』などがあり、六八首が勅撰集に採られる。↓**明日香井和歌集・隣女和歌集**

六浦《むつら》（第十三章）

謡曲。三番目物・夢幻能。現行五流で上演される。作者は未詳。冷泉為相の歌によって紅葉しないことを誓った青葉の楓の精（シテ）が、美しい心構えと舞を見せる。↓**謡曲**

宗尊親王三百首《むねたかしんのうさんびやくしゆ》

宗尊親王の定数歌集。文応元年（一二六〇）十月六日以前、それを大きくは遡らない時期の成立と見られる。春・夏・秋・冬・恋・雑の部立があるが、詞書はなく、宗尊親王の二十歳までの作を集めたものか。同時期に飛鳥井雅有が宗尊親王の命によって三百首和歌を詠進していることから（『隣女和歌集』巻一奥書）、年近い二人の間で企画した可能性が高い。

↓**瓊玉和歌集**

宗尊親王百五十番歌合《むねたかしんのうひやくごじゆうばんうたあわせ》（第十章）

弘長元年（一二六一）七月七日、宗尊親王のもとで行われた歌合。三十人の参会者がそれぞれ一〇首（春・夏・秋・冬・恋の各二首）を詠み、左右に番《つが》えて優劣を競ったものである。京の九条基家に送り、判を仰いだ。鎌倉に下っていた公家や北条氏ほか関東御家人などが参会し、鎌倉で最も規模の大きな歌合の一つとなった。

蒙古《もうこ》襲来《しゅうらい》絵詞《えことば》
文永・弘安の二度の元寇を描いた絵巻、二巻。宮内庁三の丸尚蔵館蔵。作者未詳であるが、肥後国（現在の熊本県）の御家人竹崎季長の活躍が中心であり、季長に近いところで成立したと考えられる。前巻末尾近くで季長が鎌倉に赴き安達泰盛に自分の活躍を語る場面がある。

〈謡曲《ようきょく》〉
散楽・猿楽を源流とする能の詞章。能は、謡と舞を中心とする芸能。室町時代に、観阿弥・世阿弥父子により芸術性が高められ、足利氏ほか多くの武将に愛好され、江戸時代には幕府の式楽に定められた。**→鉢木・六浦**

柳風和歌抄《りゅうふうわかしょう》（第十二章）
冷泉為相撰かと見られる私撰集。採録歌人の官職表記から、延慶三年（一三一〇）三月から九月の間と推定されている。現存本は春・夏・秋・冬・恋の一三六首（途中二首欠落）であるが、終わりの部分が欠けているようで、本来何首であったか、どのような部類だったかは判らない。

隣女和歌集《りんじょわかしゅう》
飛鳥井雅有の家集。四巻二六一九首。巻一が正元年間（一二五九～六〇）といったように詠作年で巻を区切り、その中に春・夏・秋・冬・恋・雑の部立がある。永仁三年（一二九五）前半に序を付し、全体をまとめたらしい。雅有の青年～壮年期の詠歌活動がよく知られる。これとは別に、弘安元年（一二七八）の作を歌会などの機会別に集めた『別本隣女和歌集』もある。**→みやぢの別れ**

六代勝事記《ろくだいしょうじき》（第七章）
高倉天皇から後堀河天皇に至る六代五十四年間の、編年体歴史物語。承久の乱直後に成立したと考えられる。大事件を通して為政者のありようを、華麗な和漢混淆文で描く。『平家物語』『承久記』『吾妻鏡』などへの影響が見られる。序文によれば、作者は貞応年間（一二二二～二四）に六十余歳の世捨て人で、藤原定経・藤原長兼・源光行などの説があるが、定説を見ない。

鎌倉略年表

凡例

＊本年表は、『吾妻鏡』の記録の始まる治承四年（一一八〇）四月から、慶長五年（一六〇〇）関ヶ原の戦いまでの、都市鎌倉を中心とした歴史事項をまとめたものである。

＊改元の年の出来事に関しては、その項目内容の時点での年号を表記している。また天皇や将軍などの代替わりと下段事項とは必ずしも一致しない。

＊「鎌倉入り」「鎌倉下向」の併記は、鎌倉に入ることそのものに重点を置いているか、都から鎌倉への移動に重点を置いているかによる。「都入り」「上洛」も同様である。

天皇	将軍	執権／公方	和暦	西暦	事項
81 安徳			治承四	一一八〇	四月　以仁王、平家追討の令旨
					四月　吾妻鏡の記事開始
					八月　源頼朝、伊豆国で挙兵（石橋山の合戦）
					一〇月　源頼朝、由比の若宮を雪ノ下に遷す（→鶴岡八幡宮）
					一一月　侍所設置
					一二月　大倉郷に頼朝邸完成（大倉御所）
			養和二	一一八二	三月　若宮大路造成
			寿永二	一一八三	七月　木曾義仲軍、入京（平氏都落）

天皇	将軍	執権/公方	和暦	西暦	事項
82後鳥羽					一〇月　源頼朝に東国支配を認める宣旨の下賜
					閏一〇月　源頼朝ら、上洛（頼朝は途中で引き返す）
			寿永三	一一八四	一月　源義経ら、入京
					三月　平重衡、捕虜として鎌倉入り
					四月　木曾義高、鎌倉から逃亡
					一〇月　公文所（→政所）・問注所設置
			文治元	一一八五	三月　壇ノ浦で平氏一門入水
					五月　源義経、腰越で書状執筆
					八月　文覚、鎌倉下向
					八月　御霊神社の社殿が鳴動
					一〇月　源頼朝、勝長寿院を建立
					一一月　守護・地頭設置の勅許（鎌倉幕府開設）
			文治二	一一八六	八月　源頼朝、西行と対面
			文治三	一一八七	二月　源義経、奥州に下る
			文治四	一一八八	この年、極楽寺（→浄妙寺）造営、足利義兼開基・退耕行勇開山
			文治五	一一八九	四月　源義経、衣川の戦で自決
					七月　奥州藤原氏を制圧（〜八月）
					一一月　源頼朝、中尊寺二階大堂を模した永福寺の建設の開始
			建久元	一一九〇	一〇月　源頼朝、上洛（一一月　権大納言兼右近衛大将）
			建久二	一一九一	一月　政所文書始
	〔鎌倉将軍〕①源頼朝		建久三	一一九二	七月　源頼朝征夷大将軍就任
					八月　政所開設
					一一月　源頼朝、永福寺を建立
			建久四	一一九三	五月　曾我兄弟、工藤祐経を討つ
					八月　源頼朝、弟の範頼を伊豆国へ追放・誅殺
			建久六	一一九五	三月　源頼朝一行上洛、東大寺落慶供養参列

天皇	将軍	執権／公方	和暦	西暦	事項	
83土御門			建久八	一一九七	七月	大姫没
			建久九	一一九八	二月	幕府、平維盛子息六代を斬首
					一二月	源頼朝、相模川の橋供養
			建久一〇	一一九九	一月	源頼朝没
					一月	源頼家家督相続
					四月	十三人の合議制開始
			正治元	一一九九	一一月	梶原一族、鎌倉を追われる
			正治二	一二〇〇	一月	駿河国で梶原氏討たれる（梶原景時の変）
					閏二月	寿福寺造営、北条政子開基、明庵栄西開山
			建仁元	一二〇一	一月	城氏一族の反乱（～五月 城長茂の乱）
					八月	鎌倉大風雨（九月にも）
	②源頼家		建仁二	一二〇二	七月	源頼家、従二位、征夷大将軍就任
			建仁三	一二〇三	六月	源頼家一行、駿河国人穴洞穴探索
					八月	源頼家危篤
					九月	比企一族、滅ぼされる（比企能員の変）
	③源実朝	〔執権〕1北条時政			九月	源頼家出家、伊豆国へ移る、千幡（→源実朝）、従五位下、征夷大将軍就任
			元久元	一二〇四	七月	源頼家殺害
			元久二	一二〇五	六月	畠山一族、滅ぼされる（畠山重忠の乱）
					閏七月	北条時政と牧の方が平賀朝雅を擁立（牧氏の変）
		2北条義時	承元元	一二〇七	二月	後鳥羽院、専修念仏禁止
84順徳			建暦元	一二一一	一〇月	源実朝、鴨長明と対面
			建暦三	一二一三	二月	幕府和歌会、学問所番設置
					二月	泉親衡が頼家遺児を擁立（泉親衡の乱）
					五月	和田一族、大倉御所等を襲撃（和田合戦）
			建保二	一二一四	六月	宋の陳和卿が鎌倉訪問

天皇	将軍	執権／公方	和暦	西暦	事項
			建保三	一二一五	一月　北条時政没 七月　幕府、鎌倉中の諸商人の人数を定める
			建保四	一二一六	六月　陳和卿、源実朝に謁見 一一月　源実朝、渡宋のための造船命令（翌年四月失敗）
			建保六	一二一八	二月　北条政子、熊野参詣の途次、入京 七月　北条義時、大倉薬師堂（→覚園寺）建立 一〇月　源実朝、内大臣（→一二月　右大臣）
	（尼将軍　北条政子）		建保七	一二一九	一月　源実朝殺害 七月　三寅（→九条頼経）鎌倉下向 一二月　大倉御所焼亡、北条政子は北条義時邸南に移動
85仲恭 86後堀河			承久三	一二二一	五月　後鳥羽上皇、挙兵（～七月　承久の乱） 六月　六波羅探題設置 七月　後高倉院、院政開始
			貞応二	一二二三	四月　『海道記』作者、鎌倉周遊
		3北条泰時	貞応三	一二二四	六月　北条義時没、北条泰時執権就任 閏七月　伊賀光宗ら、北条氏に反乱（～八月　伊賀氏の変） 八月　朝廷、専修念仏禁止
			嘉禄元	一二二五	七月　北条政子没 一二月　宇都宮辻子に幕府移転 一二月　評定衆設置
	④九条頼経		嘉禄二	一二二六	一月　九条頼経征夷大将軍就任
			寛喜二	一二三〇	秋、深刻な天候不順（寛喜の大飢饉）
87四条			貞永元	一二三二	七月　勧進聖人往阿、和賀江島築港開始（八月完成） 八月　御成敗式目制定
			文暦元	一二三四	六月　五大堂創建、九条頼経開基
			文暦二	一二三五	一月　僧徒の武装化禁止

天皇	将軍	執権／公方	和暦	西暦	事項
			嘉禎元	一二三五	この年、寛喜寺明王院創建、藤原頼経開基
			嘉禎二	一二三六	八月　九条頼経、若宮大路御所に遷る
			嘉禎三	一二三七	この年、常楽寺創建、北条泰時開基・退耕行勇開山
			暦仁元	一二三八	一月　九条頼経、上洛（～一〇月在京）
					三月　浄光、鎌倉大仏建立開始
			延応元	一二三九	二月　後鳥羽院崩御
			仁治元	一二四〇	三月　忍性、叡尊の下で出家
					一〇月　巨福呂坂開削
			仁治二	一二四一	二月　鎌倉地震（四月も）
					四月　朝夷奈切通開削
88後嵯峨			仁治三	一二四二	六月　北条泰時没
		4北条経時			六月　北条経時執権就任
					八月　『東関紀行』作者、鎌倉周遊（～一〇月）
			寛元元	一二四三	六月　深沢の木造大仏供養
			寛元二	一二四四	四月　九条頼経征夷大将軍辞任
	⑤九条頼嗣				四月　九条頼嗣征夷大将軍就任
89後深草			寛元四	一二四六	三月　北条経時執権退任（↓閏四月没）
		5北条時頼			三月　北条時頼執権就任
					閏四月　北条（名越）光時ら、反乱（～六月　宮騒動）
					七月　九条頼経、都に送還
			宝治元	一二四七	六月　三浦一族、滅ぼされる（宝治合戦）
			建長元	一二四九	一二月　引付を設置
			建長三	一二五一	二月　鎌倉大火
					一二月　鎌倉の小町屋七箇所を指定
					この年、浄光明寺創建、北条長時発願・真阿開基
			建長四	一二五二	二月　九条頼嗣征夷大将軍辞任

天皇	将軍	執権／公方	和暦	西暦	事項
	⑥宗尊親王				四月　宗尊親王、鎌倉入り、征夷大将軍就任
					四月　九条頼嗣、帰京
					八月　深沢に金銅製の大仏建立
			建長五	一二五三	一一月　建長寺供養、北条時頼開基・蘭渓道隆開山
			建長六	一二五四	一月　鎌倉大火
					この年、日蓮、鎌倉で布教活動を始める
			建長七	一二五五	二月　北条時頼、建長寺の鐘を鋳造
			建長八	一二五六	七月　北条時頼、最明寺建立（→禅興寺）
					九月　九条頼嗣没
		6北条長時	康元元	一二五六	一一月　北条時頼出家、北条長時執権就任
			正嘉元	一二五七	八月　鎌倉大地震
			正元元	一二五九	この年、極楽寺創建、北条重時開基・忍性開山（諸説有り）
90亀山			文応元	一二六〇	七月　日蓮、『立正安国論』を北条時頼に提出
					一二月　真観、宗尊親王の歌道師範として鎌倉到着
			弘長元	一二六一	五月　荏柄天神社天神像制作
			弘長二	一二六二	二月　叡尊鎌倉下向（～八月、『関東往還記』）
			弘長三	一二六三	八月　諸国の大風により、宗尊親王の上洛中止
					一一月　北条時頼没
			文永元	一二六四	七月　北条長時、出家（→八月没）
		7北条政村			八月　北条政村執権就任
					一〇月　幕府、越訴奉行設置
			文永二	一二六五	三月　鎌倉七箇所の町屋を指定
			文永三	一二六六	三月　引付を廃止、評定衆再編
					七月　宗尊親王征夷大将軍辞任、上洛
	⑦惟康親王				七月　惟康親王征夷大将軍就任
			文永五	一二六八	三月　北条政村執権辞任

天皇	将軍	執権／公方	和暦	西暦	事項
		8北条時宗			三月　北条時宗執権就任
			文永六	一二六九	四月　問注所廃止
			文永八	一二七一	九月　日蓮、竜口の法難（→佐渡配流）
			文永九	一二七二	二月　北条氏内紛、北条長時・北条時輔誅殺（二月騒動）
			文永一〇	一二七三	五月　北条政村没
91後宇多			文永一一	一二七四	八月　宗尊親王没
					一〇月　文永の役
			建治元	一二七五	八月　竹崎季長、鎌倉下向
					九月　元の使い杜世中ら、竜口で処刑
					この頃、北条実時、金沢文庫創設
			建治二	一二七六	一〇月　北条実時没
			弘安二	一二七九	八月　宋僧無学祖元、鎌倉入り
					一〇月　阿仏尼、鎌倉下向（『十六夜日記』）
					秋頃、一遍、踊り念仏を開始
			弘安四	一二八一	五月　弘安の役（～閏七月）
			弘安五	一二八二	三月　一遍、鎌倉入りを止められる
					この年、円覚寺創建、北条時宗開基・無学祖元開山
			弘安六	一二八三	この年、浄智寺創建、北条師時開基・南洲宏海開山
		9北条貞時	弘安七	一二八四	四月　北条時宗没
					五月　幕府、新式目三十八箇条制定
					七月　北条貞時執権就任
			弘安八	一二八五	一一月　安達一族、滅ぼされる（霜月騒動）
92伏見			正応二	一二八九	三月　後深草院二条、鎌倉入り（『とはずがたり』）
					九月　惟康親王征夷大将軍辞任、上洛
	⑧久明親王				一〇月　久明親王、鎌倉下向、征夷大将軍就任
			正応六	一二九三	三月　鎮西探題設置

天皇	将軍	執権/公方	和暦	西暦	事項
					四月 鎌倉大地震
					四月 平頼綱、襲撃される（平禅門の乱）
			永仁三	一二九五	一一月 勝長寿院焼亡
			永仁四	一二九六	この年、覚園寺創建、北条貞時開基・心慧開山
			永仁五	一二九七	三月 永仁の徳政令
93 後伏見			正安元	一二九九	五月 北条貞時、浄智寺を五山に列す
					一〇月 一山一寧、鎌倉下向
94 後二条			正安三	一三〇一	八月 北条貞時出家
		10 北条師時			八月 北条師時執権就任
			乾元元	一三〇二	一二月 鎌倉大火
					この年、幕府、一向宗徒の活動を禁止
			嘉元三	一三〇五	四月 北条氏内紛（～五月 嘉元の乱）、北条時村殺害
			徳治三	一三〇八	八月 久明親王征夷大将軍辞任、上洛
	⑨守邦親王				八月 守邦親王征夷大将軍就任
95 花園			延慶元	一三〇八	一二月 北条貞時、建長寺・円覚寺を定額寺と定める（→鎌倉五山）
			延慶三	一三一〇	一一月 鎌倉大火、法華堂・勝長寿院等焼亡
			応長元	一三一一	九月 北条師時没
		11 北条宗宣			一〇月 北条宗宣執権就任
					一〇月 北条貞時没
			応長二	一三一二	五月 北条宗宣出家
		12 北条熙時			六月 北条熙時執権就任、北条宗宣没
			正和四	一三一五	三月 鎌倉大火、将軍御所・執権邸等焼亡
					七月 北条熙時出家（→没）
		13 北条基時			七月 北条基時執権就任
			正和五	一三一六	七月 北条基時執権辞任
		14 北条高時			七月 北条高時執権就任

天皇	将軍	執権／公方	和暦	西暦	事項
					一一月　北条基時出家
			文保元	一三一七	四月　文保の和談
96後醍醐			文保二	一三一八	一二月　鎌倉殿中問答～翌年九月
			元応元	一三一九	五月　夢窓疎石、鎌倉下向
			元応二	一三二〇	春、鎌倉で花の下一日万句連歌興行
			元亨三	一三二三	五月　鎌倉大地震
					六月　北条宣時没
					一〇月　冷泉為相、鎌倉下向
					一一月　後醍醐天皇、日野資朝を鎌倉へ派遣
			元亨四	一三二四	九月　後醍醐天皇の倒幕計画露見（正中の変）
			正中三	一三二六	二月　北条高時出家
		15北条貞顕			三月　北条貞顕執権就任
					三月　北条貞顕出家（嘉暦の騒動）
		16北条守時			四月　北条守時執権就任
			嘉暦元	一三二六	一〇月　惟康親王没
			嘉暦二	一三二七	八月　夢窓疎石、瑞泉院創建（→瑞泉寺）
			嘉暦三	一三二八	一〇月　久明親王没
			元弘元	一三三一	五月　後醍醐天皇の倒幕計画露見（→譲位　元弘の変）
					八月　後醍醐天皇、都を去る
北1光厳			元弘二	一三三二	六月　日野俊基没
			元弘三	一三三三	五月　新田義貞鎌倉攻略、北条高時ら、東勝寺で自害（→倒幕）
					五月　守邦親王征夷大将軍辞任、北条守時自刃
					六月　後醍醐天皇、帰京
					六月　護良親王、鎌倉入り、征夷大将軍
					八月　守邦親王没
					一二月　成良親王、親王宣下、鎌倉下向

天皇	天皇	将軍	執権／公方	和暦	西暦	事項
				建武元	一三三四	一一月　護良親王、鎌倉幽閉
				建武二	一三三五	七月　北条時行、信濃国で挙兵（〜八月　中先代の乱）
						八月　足利尊氏軍、鎌倉入り
						この年、宝戒寺創建、後醍醐天皇開基・円観恵鎮慈威開山
	北2光明		（足利義詮）	建武三	一三三六	八月　光明天皇即位（→後醍醐天皇は吉野へ∴南北朝時代）
						一一月　足利尊氏、建武式目制定（室町幕府開設）
						一二月　後醍醐天皇、吉野入り
				建武四	一三三七	一二月　北畠顕家・義良親王軍、鎌倉攻め
				建武五	一三三八	五月　北畠顕家、和泉国で敗死
						閏七月　新田義貞、越前国で敗死
		〔室町将軍〕①足利尊氏				八月　足利尊氏、征夷大将軍就任
97後村上				暦応二	一三三九	八月　後醍醐天皇没
				暦応三	一三四〇	この年、高師冬・上杉憲顕、関東執事就任
				暦応五	一三四二	四月　五山十刹の序列を定める
	北3崇光		〔鎌倉公方〕①足利基氏	正平四	一三四九	九月　足利基氏、鎌倉下向、公方就任（鎌倉府体制開始）
				観応元	一三五〇	一二月　足利基氏・高師冬ら鎌倉を発つ（観応の擾乱）
				観応二	一三五一	一月　高師冬、鎌倉を落ち、甲斐国で敗死
						一一月　足利直義、鎌倉下向
				観応三	一三五二	一月　足利尊氏、鎌倉下向、足利直義と和睦
						二月　足利直義、鎌倉延福寺で急逝
						閏二月　南朝方、鎌倉攻め、足利尊氏敗走
						三月　足利尊氏、鎌倉奪回
	北4後光厳			文和三	一三五四	九月　関東府の禅宗寺院、寺規の厳守化
				延文三	一三五八	四月　足利尊氏没
				延文四	一三五九	この年、義堂周信、鎌倉下向
		②足利義詮		康安元	一三六一	一一月　畠山国清、関東執事罷免（→鎌倉追放）

天皇		将軍	執権／公方	和暦	西暦	事項
				貞治二	一三六三	三月　足利基氏、上杉憲顕を関東管領として招聘
			②足利氏満	貞治六	一三六七	四月　足利基氏没 五月　金王丸（↓足利氏満）鎌倉公方就任
98 長慶				応安元	一三六八	二月　上杉憲顕、武蔵国平一揆の鎮圧に向かう（～六月　平一揆の乱） 九月　上杉憲顕没 九月　宇都宮氏綱、鎌倉に降る
	北5 後円融	③足利義満		応安四	一三七一	一〇月　報恩寺建立、上杉能憲開基・義堂周信開山
				応安六	一三七三	一〇月　鎌倉五山の規程整備
				応安七	一三七四	一月　後光厳院没 一一月　円覚寺炎上
				永和四	一三七八	三月　足利義満、室町新第（花の御所）に移る
				康暦元	一三七九	四月　足利氏満、幕府への叛逆企図（上杉憲春諫死により中止）
	北6 後小松			永徳二	一三八二	四月　後円融天皇譲位
99 後亀山				至徳三	一三八六	七月　幕府、京都・鎌倉五山を定める（京都南禅寺が別格一位）
				嘉慶二	一三八八	この年、上杉憲方、鶴岡八幡宮に浜の大鳥居を寄進
100 後小松				明徳三	一三九二	二月　関東分国に陸奥・出羽が加わり、関東府の管轄となる 閏一〇月　南北朝合一
		④足利義持		応永三	一三九六	二月　小山若犬丸、陸奥で反乱（～七月　鎌倉府が鎮圧）
			③足利満兼	応永五	一三九八	一一月　足利氏満没 一一月　足利満兼鎌倉公方就任
				応永六	一三九九	一一月　応永の乱
				応永九	一四〇二	九月　上杉氏憲、陸奥の伊達政宗を降す
				応永一四	一四〇七	八月　鎌倉公方邸焼亡
				応永一五	一四〇八	五月　足利義満没
				応永一六	一四〇九	七月　足利満兼没

天皇	将軍	執権／公方	和暦	西暦	事項
101 称光		④足利持氏			七月　幸王丸（→足利持氏）鎌倉公方就任
			応永二〇	一四一三	三月　由比ガ浜に大鳥居建立
			応永二二	一四一五	五月　上杉禅秀、関東管領辞任
			応永二三	一四一六	一〇月　上杉禅秀の乱（足利持氏敗走）
			応永二四	一四一七	一月　上杉禅秀の乱、鎮圧（→足利持氏、鎌倉へ）
			応永二六	一四一九	一月　足利持氏、上総本一揆鎮圧
					一〇月　関東、大風・地震
			応永二八	一四二一	六月　足利持氏、常陸国額田義亮の反乱を鎮圧
			応永二九	一四二二	八月　小栗満重の乱（～翌年八月）
					閏一〇月　足利持氏、佐竹与義討伐
	⑤足利義量		応永三一	一四二四	二月　足利持氏、将軍足利義持に和議の誓状を送る
			応永三二	一四二五	二月　足利義量没（～正長二年三月まで将軍空位）
	足利義持（代理）		応永三三	一四二六	八月　甲斐国武田信長、足利持氏に降る
			応永三五	一四二八	一月　くじ引により将軍後嗣決定
102 後花園	⑥足利義教		正長二	一四二九	三月　青蓮院義円将軍就任（→足利義教）
			永享四	一四三二	九月　足利義教、富士遊覧
			永享六	一四三四	三月　足利持氏、関東支配の血書願文を鶴岡八幡宮に奉納
					五月　世阿弥、佐渡流罪
			永享八	一四三六	閏五月　宝戒寺心海と本覚寺日出との宗論
			永享一〇	一四三八	七月　足利憲実討伐のため鎌倉府挙兵（～翌年二月　永享の乱）
			永享一一	一四三九	閏一月　上杉憲実、足利学校修造
					二月　足利持氏、鎌倉永安寺で自害
			永享一二	一四四〇	四月　上杉清方、挙兵（結城合戦）
			嘉吉元	一四四一	四月　結城城陥落
					六月　嘉吉の乱（足利義教誘殺）
	⑦足利義勝		嘉吉二	一四四二	一一月　足利義勝将軍就任

天皇	将軍	執権／公方	和暦	西暦	事項
			嘉吉三	一四四三	七月　足利義勝夭逝
			文安四	一四四七	八月　足利成氏、鎌倉下向
	⑧足利義政	⑤足利成氏	文安六	一四四九	一月　足利成氏鎌倉公方就任
			宝徳二	一四五〇	四月　長尾景長ら、足利成氏公方邸を襲撃（↓江ノ島合戦）
					八月　足利成氏、鎌倉帰還
			宝徳四	一四五二	四月　鎌倉府、小田原通過に関銭を課す
			享徳三	一四五四	一二月　足利成氏、上杉憲忠を謀殺（↓享徳の乱）
			享徳四	一四五五	閏四月　足利成氏、常陸小栗城を落す
		〔古河公方〕①足利成氏			六月　今川範忠軍、鎌倉入り（足利成氏は古河へ敗走し、古河公方に）
			康正三	一四五七	四月　太田道灌、江戸に築城
			長禄元	一四五七	一二月　足利政知、鎌倉下向、後に伊豆国堀越へ
			長禄四	一四六〇	一月　今川範忠軍、鎌倉撤退
103 後土御門			応仁元	一四六七	五月　応仁の乱勃発
			文明三	一四七一	六月　足利成氏、古河城を落ちる
			文明四	一四七二	春、足利成氏、古河城奪回
	⑨足利義尚		文明九	一四七七	一一月　応仁の乱終結
			文明一四	一四八二	一一月　足利成氏、幕府と和睦
			文明一八	一四八六	七月　太田道灌、誘殺
					九月　道興准后、鎌倉周遊（〜一〇月、『廻国雑記』）
					一〇月　万里集九、鎌倉周遊（『梅花無尽蔵』）
			文明一九	一四八七	二月　堯恵、鎌倉周遊（『北国紀行』）
			長享三	一四八九	三月　足利義熙没
	足利義政（代理）		延徳二	一四九〇	一月　足利義政没
	⑩足利義材		延徳二	一四九〇	七月　足利義材（↓義植）将軍就任
	⑪足利義高		明応三	一四九四	一二月　足利義高（↓義澄）将軍就任

天皇	将軍	執権／公方	和暦	西暦	事項
			明応四	一四九五	八月　鎌倉大地震・津波
			明応六	一四九七	九月　足利成氏没
		②足利政氏			九月　足利政氏公方就任
			明応七	一四九八	四月　足利政氏、建長寺住持に玉隠英璵を任命
					八月　高徳院大仏殿倒壊（地震による津波）
104後柏原	（再）足利義稙		永正六	一五〇九	七月　宗長、関東下向（『東路のつと』）
			永正九	一五一二	六月　足利政氏古河公方辞任
		③足利高基			六月　足利高基古河公方就任
					一〇月　伊勢長氏、鎌倉玉縄城築城
			永正一三	一五一六	七月　伊勢長氏、三浦義同らの新井城を襲撃（三浦氏滅亡）
	⑫足利義晴		大永三	一五二三	六月　北条氏綱、箱根神社を再建
105後奈良			大永六	一五二六	一二月　里見実堯、鎌倉襲撃（鶴岡八幡宮等焼亡）
			天文四	一五三五	六月　足利高基古河公方辞任
		④足利晴氏			六月　足利晴氏古河公方就任
			天文六	一五三七	六月　北条氏綱、駿河国へ出兵
			天文七	一五三八	一〇月　足利義明没（第一次国府台合戦）
			天文九	一五四〇	一一月　鶴岡八幡宮再建
			天文一〇	一五四一	七月　北条氏綱没
			天文一一	一五四二	四月　北条氏康、建長寺・円覚寺・東慶寺の諸公事を免除
			天文一三	一五四四	六月　北条氏康、鶴岡八幡宮の法度を定める
			天文一四	一五四五	三月　宗牧、鎌倉周遊（『東国紀行』）
			天文一五	一五四六	四月　川越夜戦
	⑬足利義輝		天文一六	一五四七	一〇月　北条氏綱、鎌倉検地
			天文一八	一五四九	七月　フランシスコ・ザビエルら、鹿児島に着く
			天文二一	一五五二	一二月　足利晴氏古河公方辞任
		⑤足利義氏			一二月　足利義氏古河公方就任

天皇	将軍	執権／公方	和暦	西暦	事項
			天文二三	一五五四	一一月　北条氏康、足利義氏に家督相続
106 正親町			永禄三	一五六〇	五月　桶狭間の戦
			永禄四	一五六一	三月　長尾景虎、小田原城包囲、鶴岡八幡宮拝賀
			永禄六	一五六三	一二月　円覚寺焼亡（↓永禄の大火）
	⑭足利義栄		永禄一一	一五六八	九月　織田信長、入京
	⑮足利義昭				一〇月　織田信長、畿内を治め美濃に戻る
			元亀四	一五七三	七月　将軍足利義昭、河内国へ護送（以後、将軍、洛中不在）
			天正四	一五七六	二月　織田信長、安土城築城
			天正一〇	一五八二	六月　本能寺の変
			天正一一	一五八三	二月　足利義氏没
		（足利氏姫）			二月　義氏の娘が家督を継ぐ（足利氏姫）
107 後陽成			天正一六	一五八八	七月　豊臣秀吉、刀狩令
			天正一八	一五九〇	七月　豊臣秀吉、小田原城攻略（↓鎌倉入り）
			慶長五	一六〇〇	九月　関ヶ原の戦

おわりに

鎌倉を描く作品は現代に至るまで、枚挙に遑《いとま》がない。特に、幕府の置かれた鎌倉時代、関東・東国の拠点となった室町時代と、実に数多くの作品と向き合うことができる。このことから、鎌倉という都市が日本の文芸史上いかに重要であったかが透視できるであろう。

本書をなすにあたって、全体の構成や分量に配慮した反面、やむなく削除した場面や作品も少なくない。曾我兄弟処刑の場面や静の舞、鎌倉倒幕、様々な紀行文など、いずれも引用箇所の前後も含めて読んでいただきたい。

また、作品そのものを取り上げられなかった例もある。たとえば、平家の武将平重衡が鎌倉に連行された時のことを描いた能「千手《せんじゅ》」。囚われの身となった重衡を世話した千手（狩野介宗茂の侍女）は心を込めて接待し、重衡もまた千手の濃やかな心遣いを受け入れていく。他では、能「放下僧《ほうかぞう》」や紀行文・連歌など、取り上げたかった作品はなおもある。そうした誹りを免れないのは重々承知の上で、本書が鎌倉を描く古典作品に触れる扉となれば幸いである。

鎌倉は小さな街である。葉脈のように小路が走り、寺社や史跡が点在している。そこには、それぞれの歴史があり、それぞれの今の佇まいがある。

この魅力あふれる街で最も好きなところはどこか、と問われたならば、常盤亭跡を挙げたい。鎌倉市役所の前の道を西に向かい、トンネルを三つ抜けていく。途中、佐助稲荷・銭洗弁天へ続く道、鎌倉大仏へ続く道などを曲がらずに直進すると、突然、右側に開けた土地が目に飛び込んでくる。七百年以上前、ここには北条政村の屋敷があったという。将軍や多くの御家人が出入りし、政治的にも文化的にも成熟した鎌倉の要所であった。さりげなく整備されたこの跡地は、新緑の眩しい時期、落ち着いた黄葉の時期、うっすらと雪に覆われる時期、それぞれに表情を変えながら、ひっそりと、実にひっそりと広がっている。右手にある細い道を山の斜面に沿って回り込むと、「たちんだい」と呼ばれる高台に出る。政村の邸宅はこの高台にあったらしい。見晴らしの良いこの場所で、時には深刻な会議が、時には風雅な歌会が行われていた。奥手にはやぐら（岩石に穴を掘った場所）も残っている。訪れる者のほとんどないこの地に立ち、想像の翼を羽ばたかせるのは至福の時間だ。

鎌倉に残るこうした土地は、本書で触れた、北条義時法華堂跡・東勝寺跡のほか、鶴岡八幡宮西側に広がる二十五坊跡（古都保存法制定のきっかけとなった場所）などがある。また、釈迦堂切通のように現在通れなくなったところもあるが、名越切通や朝夷奈切通など、古風な面影を残す道も、七百年以上にわたり幾多の人が通り抜けていたことを偲ばせる。

もちろん、高徳院の大仏や人工の港湾施設である和賀江島のように長年の風雪に耐え、目の前に在り続ける、そうした見どころも少なくない。

古典作品に描かれてきた鎌倉を通して改めて今の鎌倉を見直していただけたら幸いである。

平成二十六年梅月　記録的な降雪の日　東京城南の地にて

（附記）

本書で使用した写真のうち、永福寺復元図・唐糸やぐらの二点は、鎌倉市教育委員会からお借りしました。また、能「盛久」「鉢木」「六浦」の写真は中森貫太氏（鎌倉能舞台）から、狂言「朝比奈」「鐘の音」の写真は大蔵千太郎氏（大蔵流宗家）からお借りしました。そのほかの写真については、著者が撮影し、鎌倉市各部局、社寺、学校等の関係諸機関から掲載のご許可をいただきました。末筆ながら、お礼申し上げます。写本・刊本はすべて筆者個人蔵のものを使用しています。

佐藤　智広（さとう　ともひろ）
1967年10月17日　東京都大田区に生まれる
1990年 3月　青山学院大学文学部日本文学科卒業
1992年 3月　筑波大学大学院修士課程教育研究科修了
1996年 3月　筑波大学大学院博士課程文芸言語研究科退学
専攻（学位）　教育学（修士）・文学（修士）
現職　昭和学院短期大学教授
主著（主要論文）
『中世・鎌倉の文学』（2002年, 翰林書房, 共著）,『長門本平家物語自立語索引』（2009年, 勉誠出版, 共編）,『平家物語長門本延慶本対照本文』（2011年, 勉誠出版, 共編）
「宗尊親王『文応三百首』流伝考―『夫木抄』所載本文を手懸りとして」（『和歌文学研究』1998年, 和歌文学会）,「〈夜寒〉考―中世和歌における質的転換を中心に」（『中世文学』2000年, 中世文学会）,「正広の旅―日記と家集とのあわい」（『日記文学研究誌』2004年, 日記文学研究会）,「飛鳥井雅有『みやぢの別れ』執筆の背景」（『昭和学院国語国文』2009年, 昭和学院短期大学国語国文学会）,「『新続歌仙』撰者考―宗尊親王との関わりを中心に―」（『古代中世文学論考』2012年, 新典社）

古典と歩く古都鎌倉

2014 年 3 月 28 日　初刷発行
2020 年 3 月 27 日　二刷発行

著　者　佐藤智広
発行者　岡元学実

発行所　株式会社　新典社

〒101－0051　東京都千代田区神田神保町1－44－11
営業部　03－3233－8051　編集部　03－3233－8052
ＦＡＸ　03－3233－8053　振　替　00170－0－26932

印刷所　惠友印刷㈱　製本所　牧製本印刷㈱

ISBN 978-4-7879-7854-7 C0095
http://www.shintensha.co.jp/
E-Mail:info@shintensha.co.jp